SCIENCE FICTION

Herausgegeben
von Wolfgang Jeschke

Ein vollständiges Verzeichnis aller
im HEYNE VERLAG erschienenen STAR TREK-Romane
finden Sie am Schluß des Bandes.

DIANE CAREY

DIE KATAKOMBE

Roman

STAR TREK®
DEEP SPACE NINE™
Band 16

Deutsche Erstausgabe

**WILHELM HEYNE VERLAG
MÜNCHEN**

HEYNE SCIENCE FICTION & FANTASY
Band 06/5516

Besuchen Sie uns im Internet:
http://www.heyne.de

Titel der Originalausgabe
STATION RAGE
Übersetzung aus dem Amerikanischen von
BERNHARD KEMPEN

Umwelthinweis:
Dieses Buch wurde auf
chlor- und säurefreiem Papier gedruckt.

Redaktion: Rainer-Michael Rahn
Copyright © 1995 by Paramount Pictures
All Rights Reserved
STAR TREK is a Registered Trademark of Paramount Pictures
Erstausgabe bei Pocket Books,
a division of Simon & Schuster, Inc., New York
Copyright © 1998 der deutschen Ausgabe und der Übersetzung
by Wilhelm Heyne Verlag GmbH & Co. KG, München
Printed in Germany 1998
Umschlagbild: Pocket Books/Simon & Schuster, New York
Umschlaggestaltung: Atelier Ingrid Schütz, München
Technische Betreuung: M. Spinola
Satz: Schaber Datentechnik, Wels
Druck und Bindung: Ebner Ulm

ISBN 3-453-13972-0

*Für Gregory Brodeur,
meinen Ehemann und Kollaborateur,
den Mann mit dem
Plot-Zauberstab, der Unsinn
in Sinn verwandelt.*

1

„Chief, passen Sie auf!"

Zu spät. Aus dem Schatten fuhr eine mattschwarze Keule nieder und krachte gegen einen menschlichen Schädel mit lockigem, hellbraunem Haar.

Miles O'Brien schüttelte benommen den Kopf und verfluchte sich selbst, weil er nicht schneller auf die Warnung reagiert hatte. »Zum Teufel ... Verdammt!«

Er schaute blinzelnd zum schweren Türsturz hinauf. Das Ding hatte sich nicht wirklich bewegt, aber es hatte ganz danach ausgesehen. Der ganze Tunnel machte Jagd auf sie beide. Seine blutenden Hände, die zerrissene Uniform und jetzt auch die Beule auf seiner Stirn konnten ein Liedchen davon singen.

Er drückte eine schmerzende Hand gegen seinen Schädel und lehnte sich erschöpft an die gekrümmte Wand des Zugangstunnels. »Ich hätte mich nie von Ihnen hierzu überreden lassen dürfen, Odo. Das habe ich jetzt davon. Schauen Sie mich nur an! Ich bin völlig hinüber!«

Der Sicherheitsoffizier kam zwischen den harten Schatten und den Lichtspeeren der Illuminatoren hervor, die sie wie eine Spur aus Brotkrumen hinter sich zurückgelassen hatten. »Werden Sie wieder auf die Beine kommen?«

O'Brien versuchte zu nicken, zuckte jedoch zusammen, als er dabei einen heftigen Schmerz verspürte. Er betastete seinen Schädel. »Mein Kopf schwillt an wie ein Luftballon. In solchen Augenblicken möchte ich am liebsten den Laden hinschmeißen!«

Odo drehte sich mit einem Brummen herum, stützte sich mit dem Knie auf einem abgebrochenen Metallstück ab und berührte den Türsturz, der O'Brien aus heiterem Himmel einen Schlag versetzt hatte. »Hmm ... die mattschwarze Farbschicht wird an einigen Stellen scheinbar völlig willkürlich von schwarzem Glanzlack unterbrochen. Auf diese Weise bleibt das Ding unsichtbar, bis es gegen jemanden ausschlägt.«

»Rufen Sie das Cardassianische Zentralkommando an und sagen Sie den Kerlen, daß es immer noch funktioniert!«

Dieser Tunnel wirkte eher wie der Schacht eines Kohlebergwerks und nicht wie der Zugangskorridor in einem der Andockmasten, die wie Spinnenbeine in den Weltraum hinausragten. Die Tricorder hatten keine brauchbaren Daten über die zerstörten Bereiche und Irrwege geliefert, so daß sich ihr anfänglicher Routinecheck zu einer ausgedehnten Erkundung entwickelt hatte. Die breiteste Stelle, die sie bislang passiert hatten, lag etwas über hundert Meter zurück und war knapp anderthalb Meter breit und zwei Meter hoch gewesen. Odo hatte an vielen Stellen nicht aufrecht gehen können.

Natürlich konnte Odo sich jederzeit kleiner machen, wenn er wollte.

Die bisher engste Stelle war gerade fünfzig Zentimeter weit gewesen. Für Odo hatte sie kein Problem dargestellt, doch O'Brien hatte den Bauch einziehen müssen, um mit dem Oberkörper hindurchzukommen. Trotzdem hatte er sich dabei mehrere Abschürfungen zugezogen.

Einige Kanten und Vorsprünge waren messerscharf gewesen – was natürlich kein Zufall war. Dieser Korridor war ein Labyrinth, in dem sich jeder auf vielfältige Weise verletzen sollte, der sich darin nicht auskannte. Ein falscher Tritt konnte zu einem Sturz führen, und dabei konnte man leicht eine Hand oder ein Bein verlieren.

»Eine unentschuldbare Nachlässigkeit«, brummte Odo verärgert, während er auf den kleinen Bildschirm seines Tricorders blickte. Sein glattes Gesicht konnte eine größere Palette von Gefühlen ausdrücken, als er vermutlich selbst ahnte. »Als Starfleet die Station übernahm, habe ich dringend dazu geraten, die Andockmasten gründlich zu inspizieren. Aber niemand hat auf mich gehört.«

»Wir hatten nicht genügend Zeit«, rechtfertigte sich O'Brien. »Es ist eine recht große Station. Außerdem hätten Sie sich jederzeit allein hier umsehen können, Kollege, statt abzuwarten, bis Captain Sisko auf diese Idee kommt. Sie können niemandem einen Vorwurf machen. Dieser Andockmast war außer Betrieb, seit wir hier sind. Also bestand kein zwingender Grund, sich darin umzusehen. Ich meine, auch Sie können doch nicht in jede dunkle Nische und jeden Seitengang schauen!«

»Wenn ich mich umschaue, pflege ich meine Arbeit gründlich zu tun!«

O'Brien legte eine Hand auf eine Spinnwebe, die so dick wie Baumwolle war, und starrte in die Schatten. Odo schien sich hier völlig zu Hause zu fühlen. Er blickte auf seinen Tricorder, und das schwache, normalerweise unsichtbare Licht des Bildschirms fiel auf die faltenlose Maske seines Gesichts. Irgendwie wirkte er hier in der Dunkelheit und im Staub besonders geheimnisvoll, ein Widerhall von Legenden, die aus ferner Vergangenheit an O'Briens Ohr drangen und sogar für seinen technisch geschulten Verstand nur schwer zu ignorieren waren.

»Also hat sich seit dem Abzug der Cardassianer niemand mehr so weit in diesen Bereich vorgewagt?« fragte O'Brien.

Odo blickte auf. Seine Augen sahen wie Daumenabdrücke in weichem Ton aus, und seine scharfe Stimme klang plötzlich bedeutungsschwanger. »Niemand.«

»Na gut«, seufzte O'Brien und zwang sich zum Weitergehen. »Wenn wir schon einmal hier sind, können wir auch weitermachen.«

»Einverstanden. Möchten Sie, daß ich die Führung übernehme?«

»Nein, es geht schon. Passen Sie auf, wo Sie hintreten ... da ist wieder eins von diesen schwarzen Dingern ... Willkommen in der Hölle! Soll ich Sie zu einem Zimmer, einem Kerker oder einem Sarg führen?«

»Wie bitte?«

»Ach nichts. Kommen Sie!«

Diese Umgebung schien ihr eigenes Leben zu besitzen. Nicht nur der Tunnel, sondern ganz *Deep Space Nine*. Selbst wenn man die Station evakuieren würde, könnte man noch ihren Pulsschlag hören. Das hatte er gespürt, seit er sich ihr zum ersten Mal mit einem Flitzer genähert hatte, seit er zum ersten Mal gesehen hatte, wie sich dieses Riesenrad im Weltraum drehte, wie es in mattem Violett schimmerte und vom kalten Licht der bajoranischen Sonne wie von Reif überzogen wurde, von einer Patina, die nicht auf ein hohes Alter, sondern auf die hohe Beanspruchung zurückzuführen war.

Dieser gigantische Kreisel war eine Herberge der Unverbesserlichen, ein Basar, Ramschladen, Jahrmarkt, Treffpunkt, Krankenhaus, Asyl oder Versteck für die Mengen, die hier ein und aus gingen. Und hier konnten sich jeder Spezies die Nackenhaare sträuben, sofern sie welche besaß. Nur das Schicksal jeder einzelnen Person würde entscheiden, ob das kalte, silbrige Gebilde in dieser trockenen Weltraumsteppe sich als sichere Zuflucht oder als Kerker erwies, während die Station auf keine Hoffnung Rücksicht nahm, sondern sich nur im kalten Raum drehte und flüsterte: *Kein Versprechen, keine Garantie ...*

Für Miles O'Brien war diese widerspenstige, mißmutige Station, auf der er Dienst tat, eine Baracke in der

Wildnis am Ende des zivilisierten Weltalls, und sie sah immer noch viel zu cardassianisch aus, um sich darin wohl fühlen zu können.

Er mußte husten, was ihn aus seinen trüben Gedanken riß.

»Chief?« erkundigte sich Odo hinter ihm.

»Alles in Ordnung ... die Luft ist etwas stickig.«

Odo hielt sich an einer Metallstange fest, die an der Decke entlangführte, als er über einen Müllhaufen am Boden hinwegsprang und schnaufend etwas Luft einsog. »Nur wenn man sie atmet.«

O'Brien blieb stehen. »Es scheint, als wären wir in eine Sackgasse geraten.«

»Sind Sie sicher?«

»Weder nach links noch nach rechts geht es weiter ... und ich stehe genau vor einer Wand. Kalt ist sie auch noch. Vielleicht können wir bei Licht mehr sehen.«

Aus einem Beutel an seinem Gürtel, der durch den langen Gewaltmarsch bereits leicht ramponiert war, zog Odo einen neuen Illuminator und schaltete ihn ein.

Fahlweißes Licht vertrieb die Dunkelheit in die letzten unzugänglichen Winkel und zeigte eine verstaubte Wand, die aus mehreren verbeulten Metallplatten bestand. Sie waren auf recht nachlässige Weise miteinander verschweißt und vernietet worden.

»Das wird dem Captain nicht gefallen«, murmelte O'Brien. »Überhaupt nicht.«

Odo schob sich an ihm vorbei, um eine Hand auf die provisorische Wand zu legen. »Warum nicht?«

»Schauen Sie sich nur die Schweißnähte an! Man könnte hier problemlos innerhalb von fünf Minuten mit einem Büchsenöffner durchbrechen. Sie kennen doch den Captain ... bei jeder kleinen Unregelmäßigkeit regt er sich auf, als hätte man die Familie seines besten Freundes umgebracht.«

Odo verzog die schmalen Lippen und neigte den Kopf. »Das war keine sehr nette Bemerkung.«

»Ich hab's nicht böse gemeint. Wir hatten jetzt eine Weile Frieden in der Station. Und ich möchte nicht derjenige sein, der ihm jetzt neuen Ärger macht. Ich wünsche mir, ich müßte ihm hiervon nichts erzählen.«

»Ich werde es ihm sagen«, bot Odo sich an. »Ich bin für die Sicherheit verantwortlich. Es ist meine Aufgabe, ihm Ärger zu machen.«

»Und Sie sind sicher, daß es keinen Plan von diesem rostigen Labyrinth gibt?«

»Absolut. Dieser Andockmast und der andere genau gegenüber sind die ältesten Teile der Station. *Deep Space Nine* ist zwar erst etwa einundzwanzig Jahre alt, aber für den Bau hat man bereits existierende Stationen ausgeschlachtet. Somit können wir unmöglich sagen, wie alt dieser Teil ist.«

»Die Station ist also Flickwerk«, brummte O'Brien. »Hier lernt man jeden Tag etwas Neues dazu!«

»Ja, so ist es.« Odo reckte seinen langen Hals, um in alle Ecken zu blicken. »Hinter dieser Stelle befindet sich ein Sensor.«

»Da draußen ist kein leerer Weltraum?«

»Nein. Zwischen uns und dem Weltraum liegt eine sechs Komma vier Meter lange Kammer.«

»Ist sie mit Luft gefüllt? Vielleicht gibt es ein Leck in der Außenhülle.«

Odo bearbeitete seinen Tricorder und wartete ab, bis das Gerät die Messungen abgeschlossen hatte. »Sehr wenig Luft. Aber kein Leck. Die Kammer ist vakuumversiegelt.«

»Dann wollen wir sie mit Luft füllen.«

»Jetzt? Ohne Schutzausrüstung?«

»Warum nicht? Es war verdammt anstrengend, bis hierher vorzudringen, und jetzt will ich wissen, was die Cardassianer vor uns verstecken wollten.«

Statt seine Zeit mit einer sinnlosen Einverständniserklärung zu vergeuden, reichte Odo den Tricorder an den Ingenieur weiter und begann im Schrotthaufen zu wühlen, bis er eine anderthalb Meter lange Metallstange gefunden hat. Sie sah recht schwer aus. Vielleicht eine Rhodinium-Legierung. Sogar Odo schien Mühe zu haben, sie anzuheben.

Er nahm ein Ende der schweren Stange in die Hand, stützte die Mitte mit der anderen Hand ab und zielte auf eine dünne Nahtstelle zwischen den Wandplatten. Er spannte die schmalen Schultern an und brachte sich in Stellung.

»Gehen Sie in Deckung«, sagte er und machte sich bereit.

Ein lautes Krachen.

Ein helles Zischen, das allmählich zu einem tiefen Röhren wurde.

O'Brien versuchte sich an der scharfkantigen Tunnelverkleidung festzuhalten, als der plötzliche Luftzug ihn beinahe von den Beinen riß. Er landete auf einem Knie, während sein anderer Fuß ohne Halt wegrutschte. Ein Tornado aus Metallteilen und Fetzen aus Isoliermaterial fegte über ihn hinweg. Bevor er die Augen fest zukniff, sah er als letztes den Rhodiniumstab, der Odo aus den Händen gerissen wurde, und den schlanken Körper des Constables, der sich nach vorn beugte.

O'Brien streckte den Arm aus und bekam Odo am Handgelenk zu fassen. Er zog mit aller Kraft und konnte gerade noch verhindern, daß sein Kollege gegen die scheppernde Wand geschleudert wurde.

Die Luft rauschte immer noch mit einem ohrenbetäubenden Lärm. O'Brien spürte, wie seine Gesichtszüge verzerrt wurden, und er grimassierte, um sich unter Kontrolle zu halten, während er darauf wartete, von irgendeinem umherfliegenden Metallteil in Stücke gerissen zu werden. Seine Hand verkrampfte sich, als seine Finger sich in den Ärmel von Odos Uniform verkrallten. Seltsam, daß es sich fast wie richtiger Stoff anfühlte – trotzdem spürte er eine gewisse Glätte, wo seine Fingerspitzen sich tief hineingruben. Bildete er es sich nur ein, weil er wußte, wie es sich wirklich verhielt? War er durch den Lärm und den Sturm verwirrt?

Er biß die Zähne zusammen und ließ nicht locker. Falls es im Widerspruch zu den Tricorderanzeigen doch ein Leck in der Außenhülle gab – oder vielleicht nur eine winzige undichte Stelle – dann würde das Loch spätestens jetzt aufreißen, was bedeutete, daß sie beide in wenigen Augenblicken tot waren. Er konnte nicht mehr tun, als sich festzuhalten und abzuwarten, bis der Sog nachließ.

Jede Menge Gerümpel flog an ihnen vorbei, auf das zehn Zentimeter weite Loch zu, das Odo in die behelfsmäßige Wand gestoßen hatte. Obwohl sie sich zusammenkauerten, konnten sie sich nicht vollständig vor dem Trümmerregen schützen. O'Brien versuchte, Odo nach unten zu drücken, doch der Constable zog sich an ihm hoch, um ihn vor dem Trommelfeuer zu schützen. Einen Moment lang dachte O'Brien daran, ihn anzubrüllen, daß er nicht den Helden spielen sollte, doch dann erkannte er, daß Odo vermutlich weniger als er in Mitleidenschaft gezogen wurde. Trotzdem ...

Das Zischen wurde allmählich leiser. Es hatte verdammt lange gedauert.

Er öffnete vorsichtig ein Auge, nur einen winzigen Spalt weit.

Die Wand war immer noch vorhanden. Doch jetzt war sie von Beulen übersät und lag hinter einer Trümmerhalde. Die Struktur hatte gehalten.

Als O'Brien sich zitternd aufrichtete, stellte er fest, daß er stechende Schmerzen in den Beinen und im Rücken hatte. Er blickte an sich herab, um zu sehen, ob er irgendwo verletzt war.

Kein Blut. »An mir ist noch alles dran«, murmelte er. »Wie steht's mit Ihnen?«

»Keine Sorge.« Odo strich mit der Hand über die eingedellte Wand und warf dann einen Blick auf seinen Tricorder. »Der Druck in der Kammer ist ausgeglichen. Die Luft ist nicht gerade von bester atembarer Qualität, aber sie dürfte uns keine Probleme bereiten. Da drinnen ist es noch etwas kühl, aber es wird bereits wärmer.«

O'Brien wischte sich Schmutz und Metallspäne von den Armen. »Und was jetzt?«

»Jetzt machen wir weiter«, sagte Odo und reichte ihm wieder seinen Tricorder.

»Seien Sie diesmal vorsichtig.«

»Dazu dürfte es jetzt ohnehin zu spät sein. Treten Sie bitte etwas zurück, Chief!«

O'Brien stolperte, als er mit der Ferse gegen einen festen Metallblock stieß, doch er konnte sich abfangen und fand schließlich eine Stelle, wo er genügend Platz zum Stehen hatte. Als er wieder aufblickte, sah Odo bereits nicht mehr wie Odo aus. Wo der Constable gestanden hatte, befand sich nun eine flüssige Säule, deren Arme und Beine ihre Gestalt verloren. Einen Augenblick später hatte das Gebilde keine Knie, kein Kinn und kein Haar mehr.

O'Brien erschauderte unwillkürlich und wich ein paar Zentimeter weiter zurück. Die Säule verwandelte sich in einen Turm aus silbrigem Gelee, wurde länger, krümmte sich und schlüpfte durch das armdicke Loch in der Wand. Sie streckte sich und verschwand darin wie eine Schlange in einem Erdloch, bis das letzte Stück sich wie ein Schwanz hindurchwand.

O'Brien bezog vor dem Loch Stellung, doch es war zu dunkel, um drinnen etwas erkennen zu können. Dann glaubte er, ein saugendes oder platschendes Geräusch zu hören. Oder spielte seine Phantasie ihm einen Streich?

»Odo?« Er bekam eine Gänsehaut. Dieser Gestaltwandler ...

Hatte der Tricorder richtige Werte angezeigt? Gab es da drinnen wirklich genügend Luft zum Atmen? War es womöglich viel zu kalt? Konnte Kälte einem Gestaltwandler schaden?

»Können Sie etwas sehen?« versuchte er es erneut. »Odo?«

Als er sich gerade mit irgendeinem stumpfen Gegenstand am Loch zu schaffen machen wollte und sich darüber ärgerte, daß sie keine Phaser mitgenommen hatten, bewegte sich etwas hinter der Wand.

»Reichen ... mir ... durch ...«

»Was?« O'Brien reckte sich auf den Zehenspitzen hoch, weil der Trümmerhaufen vor der Wand ihn behinderte.

Er hörte ein Scharren. »Reichen Sie mir einen Illuminator durch das Loch.«

»Ja ... klar doch! Kommt sofort.«

Der Illuminator paßte kaum hindurch, so daß O'Brien mit einigen Faustschlägen nachhelfen mußte. Eine Sekunde später wurde hinter dem Loch ein eisiger Nebel sichtbar.

»Können Sie etwas erkennen?« O'Brien schob den Kopf wieder an das Loch. »Was sehen Sie?«

Seine Finger verkrampften sich, nachdem er sein Körpergewicht eine Weile abgestützt hatte. Daraufhin legte er statt dessen die Handflächen gegen die Wand, doch das Metall war so kalt, daß er es auch auf diese Weise nicht lange aushalten würde.

Ärger wühlte in seinen Eingeweiden. Diese verdammte Station! Als er gerade begonnen hatte zu glauben, er würde sich darin auskennen, er hätte alles unter Kontrolle, es wäre sicher, hier zu leben, riß dieses Monstrum das Maul auf und zeigte ihm die Zähne.

Er stellte einen Fuß auf den Trümmerhaufen. »Odo! Können Sie mich hören?«

»Ja, Chief«, kam die leise Antwort des Constables.

»Was sehen Sie?«

»Rufen Sie Captain Sisko! Sagen Sie ihm, er soll Dr. Bashir und den Major holen und sofort herkommen!«

»Warum?« O'Brien drückte ein Auge gegen das Loch, doch er konnte nur Staubteilchen sehen, die in einem geisterhaften Lichtstrahl schwebten.

Odos Stimme kam aus tiefer Dunkelheit. »Weil wir jetzt ein ziemlich großes Problem haben.«

2

Alle bitte zurücktreten! Gehen wir es an, Chief!« Die Baßstimme hallte durch den halb zusammengestürzten Korridor im Andockmast. Sie klang trotz der Ruhe kräftig und laut.

Nicht die Umgebung war ruhig, sondern die Stimme. Sie war nicht besonders laut, aber sie tönte unüberhörbar durch den Korridor.

Obwohl es Ultraschalldisruptoren und Schneidphaser gab, war für bestimmte Arbeiten eine gute alte Brechstange immer noch am besten geeignet. Chief O'Brien stemmte sich mit der Schulter gegen die Eisenstange, die er in eine Naht zwischen den zusammengeflickten Wandplatten gesteckt hatte, und drückte. Hinter ihm hatte Captain Benjamin Sisko das Ende der Stange gepackt und unterstützte die Hebelwirkung mit seinem Körpergewicht.

Die Wand knirschte, leistete eine Weile Widerstand und gab dann plötzlich nach. O'Brien wurde unvermittelt nach vorne gerissen, als er durch die neue Öffnung stürzte. Dabei hatte er noch gar nicht seine ganze Kraft eingesetzt.

Er landete auf einer Schulter und zwei Backen – die eine in seinem Gesicht und die andere auf seiner Kehrseite. Er hatte keine Ahnung gehabt, daß sein Körper zu solchen Verrenkungen imstande war.

Er blinzelte und wollte sich gerade vom Trummerhaufen rollen, in den sich die Wand verwandelt hatte, als er Ben Siskos schwarzes Gesicht im aufgewirbelten Staub schweben sah.

Der Captain griff nach seiner Hand, um ihm auf die Beine zu helfen.

O'Brien stemmte seinen Körper hoch und schaffte es, fast ohne fremde Hilfe aufzustehen. Er ließ die Brechstange auf dem Boden liegen und schaute sich blinzelnd in der Kammer um, die fast genauso lange verschlossen gewesen war, wie die Station existierte. Sie hatten die Zeitspanne mit ihren Instrumenten anhand der chemischen Veränderungen in den Schweißnähten ermittelt. Es waren etwa achtzehn Jahre.

Als O'Brien neben dem Captain stand, hielt er einen Moment lang den Atem an und versuchte, mit der Hand die Staubwolke zu vertreiben.

»Hier ist es recht kalt.« Hinter ihnen trat Major Kira durch die Öffnung und wirkte dabei wie Peter Pan, der eine dunkle Höhle in Nimmerland erkundete. Sie war äußerst reaktionsschnell, weil sie um jeden Preis verhindern wollte, daß sie die Kontrolle über eine Situation verlor – und genau aus diesem Grund war sie jetzt hier. Sie konnte sich niemals damit zufriedengeben, daß Sisko oder ein anderer in vorderster Reihe stand, sondern mußte sich stets vordrängen, um zu sehen, was die anderen sahen. Auch wenn es ihr nicht immer gelang.

Der feine Staub hüllte Kiras kurzgeschorenes rotes Haar ein und trübte ihre Augen, als sie zu Sisko aufblickte, der einen Kopf größer als sie war.

O'Brien bemerkte erst jetzt, daß er ebenfalls wie gebannt den Captain ansah.

Sisko erwiderte ihre Blicke nicht, sondern starrte mitten in die Staubwolke. Er war vollauf damit beschäftigt, die zehntausend Konsequenzen zu verarbeiten, die ihn seine Erfahrung sofort erkennen ließ. Doch hier war er mit einer Situation konfrontiert, für die es in seinem Erfahrungsschatz keinen Vergleich gab. O'Brien rechnete damit, daß Sisko jeden Moment aus seiner Starre erwachte, wenn sich die Möglichkeit einer Krise ergab.

Odos schmale Gestalt, die weiter hinten in der verstaubten und überfüllten Kammer vor der kalten Wand der Außenhülle stand, wurde von zwölf steinernen Tischen eingerahmt. Und auf diesen Tischen lagen in trügerischer Reglosigkeit zwölf Cardassianer.

Sie waren ausgezehrt und eingefallen, grauer und noch reptilienhafter als im Leben. Die Haut war zu Pergament ausgetrocknet, unter der sich blutleere Adern abzeichneten. Obwohl sie schon so lange tot waren, wirkten sie noch beunruhigender, als wenn sie erst heute gestorben wären, dachte O'Brien, während er an Siskos breiten Schultern vorbeiblickte.

Sie waren unverhüllt. Kein Leichentuch, keine Schutzdecke, nichts. Nur Staub dämpfte die grellen Farben ihrer ungewöhnlichen Kleidung und bedeckte ihre knochigen Gesichter. Der Anblick war unangenehmer als der einer gewöhnlichen Leiche. Ihre Körperhaltungen waren keineswegs einheitlich. Einige lagen auf der Seite, andere auf dem Rücken, einige hatten die Hände auf der Brust verschränkt, bei anderen hingen die Arme über die Steintische herab, als hätten sie sich im Schlaf hin und her gewälzt.

Ben Sisko war so ruhig wie ein Vulkanier, der einer unmerklichen Gefühlsregung auf den Grund zu gehen versuchte, und bewegte sich kaum. Zuerst schien es, als würde er mehrmals die Leichen zählen, um sicherzugehen, daß es hier keine verborgenen Winkel oder Nischen gab oder daß keine Überraschungen unter der Decke lauerten.

»Einige dieser Tunnel sind abgeschirmt, so daß wir mit Hilfe der Sensoren nur unzureichende Daten erhalten, Sir«, sagte O'Brien. »Daher hatten wir keine Ahnung, was sich hier befindet.« Als er Sisko ansah, stellte er eine bizarre Ähnlichkeit zwischen dem Captain und ihren toten Feinden fest – sie hatten den gleichen massiven Körperbau, die gleichen breiten Schultern, die gleichen ausgeprägten Augenbrauen und sogar die gleichen schwarzen Augen, die scharfe Pfeile verschießen konnten. Es schien fast, als hätte er das Kommando über *Deep Space Nine* erhalten, damit Sisko es mit den Cardassianern aufnehmen und ihnen unterschwellig zu verstehen geben konnte, daß sie lieber nicht versuchen sollten, die Station zurückzuerobern.

Die Cardassianer hatte sie verloren, und jetzt gehörte sie Ben Sisko.

»Das ist ja großartig!« platzte es aus Major Kira heraus, als sie das Schweigen nicht länger ertragen konnte. Sie streckte die Arme aus. »Sie haben eine cardassianische Katakombe geschändet!«

O'Brien riß sich aus seiner Benommenheit und erkannte, daß Kira ihn wütend anfunkelte.

»Wie, bitte schön, hätten wir das vorher wissen sollen?« fragte er schnell zurück.

»Sie konnten die Sache nicht einfach auf sich beruhen lassen? Sie mußten unbedingt diese aufgegebenen Tunnel erkunden? Und was jetzt?« Als Sisko ihr einen fragenden Blick zuwarf, riß sie sich zusammen. »Entschuldigung, Sir ... Aber was machen wir jetzt?«

»Jetzt«, brummte Sisko, »gehen wir nach Vorschrift vor.«

»Aber für diese Situation gibt es keine Vorschriften!«

»Dann werden wir eben welche erfinden.« Er tippte auf den Insignienkommunikator an seiner Brust. »Sisko an Dr. Bashir. Wie ist Ihre Position?«

»Ich bin ... irgendwo im Tunnel ...«, war die Stimme des Arztes zu hören. »Hier kommt man nur schwer voran, Sir ...«

»Lassen Sie sich Zeit, Doktor.«

»Wir hätten ihn herbeamen lassen sollen, Sir«, sagte O'Brien mitfühlend. »Dieser Tunnel ist nicht gerade für einen gemütlichen Spaziergang geeignet.«

»Wir werden ihn so schnell wie möglich ausräumen, Chief.« Sisko ging langsam durch den fünf Zentimeter tiefen Staub und wirbelte bei jedem Schritt eine kleine

Wolke auf. »Es wird ein hervorragender Abenteuerspielplatz für die Jungen werden, sobald wir den Tunnel gesichert haben.«

Kira beugte sich über eine der Leichen. Ihre Schultern waren angespannt, als sie in das leblose cardassianische Gesicht starrte, in die Maske ihres lebenslangen Feindes. »Mumifiziert«, brummte sie. »Sie sehen nicht mehr sehr frisch aus.«

»Wir wissen noch nichts Genaues«, bemerkte Odo. Er hielt sich von den Toten fern, wie O'Brien feststellte. »Berühren Sie nichts, solange wir keine Ahnung haben, woran sie gestorben sind.«

»Jetzt ist nicht der richtige Augenblick für Witze, Odo«, sagte Kira.

Der Gestaltwandler hob sein Kinn. »Ich mache keine Witze, Major. Hier gibt es keine sterilen Kraftfelder.«

Kira zuckte die Schultern und trat einen Schritt zurück, ohne die Leichen aus den Augen zu lassen. »Das gefällt mir nicht ...«

»Major«, sagte Sisko und drehte sich zu ihr um, »könnte es sein, daß sie von der bajoranischen Untergrundbewegung getötet und hier deponiert wurden, wo niemand die Leichen findet?«

»Niemand aus dem Widerstand hätte tote Cardassianer so gut behandelt«, erwiderte Kira mit einem vielsagenden Augenrollen. »Selbst ein Müllschlucker wäre eine viel zu ehrenvolle Bestattungsart gewesen. Außerdem wollten wir, daß jeder die Leichen sieht!«

Ein Geräusch aus dem Tunnel – ein Rascheln und ein Poltern – ließ O'Brien zur Wandöffnung blicken. Unbewußt hatte er auf diesen Moment gewartet; er griff durch die gezackte Öffnung, um Julian Bashir beim Durchsteigen zu helfen.

»Ich wußte es«, murmelte O'Brien, als der Arzt hereinstolperte.

Bashirs jungenhaftes Gesicht war so grau wie die Haut der Leichen, sein bronzefarbenes Haar unterschied sich kaum von der staubigen Decke, ein Ärmel seiner Uniform war zerrissen, Blut lief über seine Hand und tropfte von dort auf den Boden.

»Doktor ...« Sisko trat zu ihnen.

»Mit mir ist alles in Ordnung.« Bashirs sanfte Stimme war kaum überzeugender als ein ersticktes Keuchen, während in seinen großen Augen sichtliche Erleichterung stand, endlich am Ende dieses Tunnels angelangt zu sein. »Ich habe mich irgendwo geschnitten. Ich weiß nicht einmal, was es war.«

»Wir hätten ihnen eine Sicherheitseskorte mitgeben sollen«, kam Odos tiefe Stimme von den cardassianischen Totenbahren.

»Oh, mein Gott!« Julian Bashirs Unterkiefer klappte herunter, als er sich an O'Briens Schulter festhielt und in die Grabkammer starrte. »Gütiger Himmel, was hat das zu bedeuten?«

Sein anfänglicher Schauder wurde durch professionelle Neugier überwunden, als der Arzt vortrat, um die zwölf Leichen in dieser Katakombe zu betrachten. Er blieb neben einem Steintisch stehen und wühlte mit einer blutverschmierten Hand in seiner Tasche, bis er einen Medo-Tricorder gefunden hatte. Vorsichtig hielt er ihn über den Toten, dessen Kopf zur Seite gedreht war, so daß er ihm genau in die Augen zu starren schien. Unwillkürlich erschauderten alle Anwesenden – mit Ausnahme des Arztes. Auch Odo schien es kaltzulassen.

O'Brien bemerkte, daß er sich ein Stück zur Seite gebeugt hatte, um dem Blick der toten Augen auszuweichen. »Julian, meinen Sie nicht, daß wir uns lieber zuerst um Ihren Arm kümmern sollten?«

»Einen Augenblick noch.« Der Arzt war ganz auf die Daten des fremden Metabolismus konzentriert.

Beziehungsweise auf das, was noch davon übrig war.

»Todesursache?« fragte Captain Sisko ohne Umschweife.

Dr. Bashir hob die Augenbrauen und legte die Stirn in tiefe Falten, als er auf seinen Tricorder blickte. »Irgend etwas scheint meine Messungen zu stören... Ich brauche bessere Geräte.«

»Darum kümmern wir uns später. Sagen Sie mir einfach, was Sie bis jetzt feststellen konnten.«

»Nun... ihre Schädel sind unversehrt, es gibt keine Schnittwunden, Stichverletzungen oder sonstige schwere Traumata... und alle Organe sind noch vorhanden...«

»Sind sie mumifiziert?«

»Sie meinen, so wie die Pharaonen?«

»Ich meine, ob die Leichen nach dem Tod irgendwie behandelt wurden, ob zum Beispiel das Blut abgelassen wurde.«

Die Stirn des Arztes lag immer noch in Falten. »Soweit ich feststellen kann, nicht... Nach meinen Daten ist Blut vorhanden, auch wenn es in dehydrierter Form vorliegt. Ich kann allerdings nichts über die Menge sagen.«

»Doktor, ich möchte nur wissen, ob man sie absichtlich hierher gebracht hat, oder ob sie zufällig in diesen Raum geraten und in der Kälte erstarrt sind. Können Sie wenigstens ungefähr feststellen, wie lange sie schon hier liegen?«

»Meine Messungen des Hautgewebes ergeben keine eindeutigen Werte, aber die Kleidung...« Bashir rekalibrierte seinen Tricorder. »Wie es aussieht, wurde die Kleidung vor fünfundsiebzig Jahren hergestellt. Zumindest ergibt der molekulare Zerfallszustand der Fasern einen solchen Wert.«

»Können Sie irgendeine Kontamination feststellen, Doktor? Etwas, das uns gefährlich werden könnte?«

»Nein, Sir...« Bashir ließ das letzte Wort langsam verklingen, als wäre er sich nicht ganz sicher. »Ich habe hier ein paar schwache Anzeigen. Möglicherweise sind es Bakterien, aber sie scheinen ungefährlich zu sein. Die

Haut ist wirklich ungewöhnlich ... liegt vermutlich am Alter ... Ich hatte nie die Gelegenheit, bei einem Cardassianer eine Autopsie durchzuführen, daher fehlt mir die Erfahrung, aber nach meinen Anzeigen ist es hier für uns sicher, Sir.«

»Sicher«, wiederholte Sisko mit seiner tiefen Stimme. Er ging von der Mitte der Kammer zum Steintisch, der am weitesten entfernt war, blickte dem toten Cardassianer ins Gesicht, als wollte er auf dem Pergament der Haut nach einer eingeritzten Botschaft suchen, und kam wieder zurück. »Wir werden uns keine Seuche einfangen, aber trotzdem haben wir ein Problem. Da keine Bajoraner für ihren Tod verantwortlich sind, wurden sie vermutlich von anderen Cardassianern hier zurückgelassen. Wie werden die Cardassianer darüber denken, daß wir eine ihrer Katakomben geöffnet haben? Was meinen Sie, Major?«

Kira zuckte zusammen. Sie wollte gerade mit den Fingerspitzen den Arm einer Leiche berühren.

Plötzlich hatte sich ein Abgrund zwischen ihnen aufgetan, zwischen ihr und den anderen Menschen einschließlich Odo. Auf einmal war sie nur noch eine Bajoranerin. Sie war kein Offizier im Dienst von Starfleet mehr, sondern wieder eine Soldatin im Widerstand, eine knallharte Kämpferin, die von allen Bewohnern der Station die längste und feindseligste Beziehung zu den Cardassianern hatte. Im Augenblick war sie der einzige Experte, den sie hatten.

»Sir«, sagte sie mit weit aufgerissenen Augen, nachdem sie plötzlich das erdrückende Gewicht der Verantwortung auf den Schultern spürte. »Mein Umgang beschränkte sich in erster Linie auf *lebende* Cardassianer ... wenn auch zu dem Zweck, sie möglichst bald in tote Cardassianer zu verwandeln.«

Sisko kam einen Schritt auf sie zu. »Aber Sie müssen doch einiges über ihre Traditionen wissen! Ist das hier eine normale Form der Bestattung? Ich habe gehört, daß sie ihre Toten im Weltall zu bestatten pflegen. Ist das hier ein neuer Ritus? Der Doktor sagt, daß diese Leichen fünfundsiebzig Jahre alt sind. Wie ist das möglich, wo die Station nur achtzehn Jahre alt ist? Major, Sie haben gegen diese Leute gekämpft, seit Sie ein kleines Mädchen waren! Wissen Sie denn gar nichts über ihren Glauben oder ihre Überlieferungen? Ihre Religion? Ihren Aberglauben? Irgend etwas, Major!«

»Ich habe noch nie etwas Derartiges gesehen!« Kira lächelte ohne Humor und deutete mit einer verzweifelten Geste auf die bestürzende Szene, vor der sie standen. »Auch diese Uniformen sind mir völlig unbekannt. Falls es sich um Uniformen handelt ... Es sieht eher wie eine Art Stammestracht aus. Ich habe gehört, daß die Cardassianer früher in Stämme aufgeteilt waren. Oder es handelt sich um eine spezielle Kleidung zur Bestattung ...« Sie ging zur nächsten Leiche weiter, neben der Odo stand, und stieß mit dem Finger gegen die rüstungsähnliche Beinkleidung. »Sieht eher wie etwas aus, das von Klingonen getragen wird.«

»Aber nicht in diesen Farben«, mischte sich O'Brien ein und erschrak über seine eigene Stimme. Doch, er bildete es sich nicht ein – hier drinnen gab es tatsächlich ein leises Echo. Wie zum Teufel war das möglich, bei einer so niedrigen Decke? Verdammte cardassianische Architektur! »Ich habe bisher weder Klingonen noch Cardassianer gesehen, die sich wie diese Leute hier in Knallrot, Orange und Purpur kleideten. Und ich wüßte auch nicht, daß ich selbst schon einmal so etwas getragen hätte.«

Julian Bashir richtete sich auf, stützte sich jedoch mit dem Handballen auf dem Tisch unter dem Cardassianer ab, den er untersucht hatte. Er blinzelte und ächzte. »Hier ist es etwas stickig, nicht wahr?«

»Sie sollten sich einen Augenblick ausruhen!« Sisko hielt den Arzt am unverletzten Ellbogen fest und dirigierte ihn zu einer Stelle, wo er sich hinsetzen konnte. »Sie bluten. Haben Sie das schon vergessen?«

»Ach ja.«

»Ich kümmere mich darum.« O'Brien nahm sofort die Gelegenheit wahr, sich bewegen und etwas tun zu können, um sich von der gruseligen Szene abzulenken. Er war offenbar nicht abgehärtet genug, um problemlos als Archäologe arbeiten zu können. »Wo ist Ihre Tasche?«

»Ich habe sie da drüben abgestellt.« Bashir zeigte auf den Boden neben dem Steintisch und betrachtete dann seinen blutenden Arm. »Ich habe nicht die leiseste Ahnung, wie ich mich verletzt habe.«

»Im Tunnel sind mehrere versteckte Fallen angebracht«, sagte Sisko. »Wir werden ein Team losschicken, das sie entschärft.«

O'Brien machte sich an die Aufgabe, den zerrissenen Ärmel aufzuschneiden, Bashirs Arm zu desinfizieren und einen provisorischen Verband anzulegen. Er wollte eine Bemerkung machen, doch dann kniff er die Lippen zusammen, um nicht etwas zu sagen, was der Captain bereits wußte. Eine cardassianische Katakombe! Daraus ergaben sich zwangsläufig eine Menge Probleme.

Sisko war für Miles O'Brien ein Rätsel. Als Ingenieur hatte er es mit überschaubaren und greifbaren Problemen zu tun. So mochte er es am liebsten. Er kam schon ins Schwitzen, wenn er sich mit Theorien auseinandersetzen mußte. Die Diplomatie schrie nach Problemen, wo es möglicherweise gar keine gab. Sisko hätte sich mühelos der schwierigen Aufgabe entziehen können, eine Raumstation zu leiten, erst recht nachdem in der Nähe ein stabiles Wurmloch entdeckt worden war. Jetzt war *DS Nine* nicht mehr irgendein Außenposten, sondern ein Weltraumbahnhof, der für die Cardassianer wieder interessant geworden war, nachdem sie ihn als Schrotthaufen zurückgelassen hatten.

»Fünfundsiebzig Jahre«, murmelte er und blickte auf

die toten Soldaten. »Das war mitten in der Zeit, als in diesem Sektor der Krieg tobte, lange bevor die Föderation den Weg hierher fand. Ich denke, es gibt nicht mehr viele Artefakte oder erhaltene Leichen aus dieser Zeit. Wir haben einen großen Fund gemacht.«

»Was tun wir jetzt?« fragte Odo.

»Der nächste Schritt steht fest«, sagte Sisko und hob eine Hand, um seinen Kommunikator zu berühren. »Wir werden unseren hauseigenen Cardassianer herbeirufen.«

3

»Sisko an Dax. Stellen Sie mich bitte zu Garak durch!«

Alle Anwesenden warteten gespannt ab.

O'Brien hielt unwillkürlich den Atem an. Einer jener Augenblicke stand bevor, in denen ihr hauseigener und freundlich gesonnener Cardassianer seine Rolle als Schneider aufgab, in denen er mehr wurde als ein Außerirdischer im Exil, der unter seinesgleichen nicht mehr willkommen war. Wobei die freundliche Gesinnung ohnehin nur unter Vorbehalt galt. Dies war ein solcher Augenblick, in dem Garak zu einem richtigen Cardassianer wurde, auch wenn die Cardassianer selbst nichts mehr von ihm wissen wollten. Er war *ihr* Cardassianer, der Cardassianer von *Deep Space Nine*, vielleicht sogar von Starfleet, je nach dem, wie der Wind wehte.

O'Brien konnte es plötzlich gar nicht abwarten, das selbstgefällige Gesicht des Schneiders zu sehen und seine Erklärung für das hier zu hören.

Aber nichts geschah. Keine Antwort.

»Hier unten gibt es jede Menge Interferenzen, Sir«, sagte O'Brien. »Versuchen Sie es noch mal.«

Die Stirn des Captains legte sich in unzufriedene Falten. Er tippte erneut auf seinen Kommunikator. »Sisko an Dax, bitte melden Sie ...«

»Dax hier, Sir.«

»Stellen Sie mich zu Garak durch. Ich benötige sein monumentales Wissen, um ein kleines Problem zu lösen, vor dem wir hier unten stehen. Nein, ich habe es mir anders überlegt. Bringen Sie ihn einfach her. Stellen Sie ihn in einen Transporter und beamen Sie ihn direkt zu mir.«

O'Brien tauschte einen kurzen Blick mit Kira aus, und er hatte den Eindruck, als könnten sie beide Jadzia Dax sehen, wie sie sich lächelnd über ihre Kontrollen beugte. Das würde ihr gefallen.

»Er wird in ein paar Minuten bei Ihnen sein, Benjamin. Dax Ende.«

»Das wird den Cardassianern überhaupt nicht gefallen, Sir«, sagte Kira plötzlich, als hätte sie endlich ihr Wissen über die Mentalität ihrer Feinde an die Oberfläche des Bewußtseins dringen lassen. »Sie könnten den Verdacht hegen, wir hätten das hier getan.«

Das Summen eines Transporterstrahls ließ sie zur Seite treten, und kurz darauf befand sich ein weiteres graues Gesicht in der Menge, doch es war ein lebendiges und volles Gesicht.

»Captain, ich muß protestieren! Sie lassen mich ohne Vorankündigung mitten in die Eingeweide der Station beamen?«

»Völlig richtig, Mr. Garak«, sagte Sisko unverblümt. »Ein Schlag mitten in die Eingeweide.«

O'Brien gab seinem spontanen Reflex nach und stellte sich vor den verletzten Arzt, denn er hatte kein Vertrauen zu Garak. Die Anspannung war plötzlich zurückgekehrt, als alle Anwesenden bemerkten, daß Garak genau in die Mitte der Kammer gebeamt worden war, und zwar so, daß er Sisko das Gesicht zuwandte und mit dem Rücken zu dem bizarren Arrangement stand.

»Es gefällt mir nicht, einfach so aus meinem Laden geholt zu werden«, sagte Garak. »Ich gehöre nicht zur Besatzung der Station, wie Sie vielleicht wissen. Ich unterstehe nicht Ihrem Befehl. Sie können mich nicht nach Belieben herumkommandieren. Constable, ich bin sicher, daß Sie mir erklären können, was ...«

Der Exil-Cardassianer wirbelte herum und wollte sich an Odo wenden, doch er vergaß seinen Protest, als ein Steintisch in sein Sichtfeld geriet. Er drehte sich ganz herum, hob die Arme, riß Augen und Mund weit auf.

In Garaks Gesicht stand das nackte Entsetzen.

O'Brien empfand unwillkürlich Mitleid für jemanden, der von einem so heftigen Schock getroffen wurde. Gleichzeitig war er neugierig. Was war so schrecklich an den Leichen? Sie waren doch tot!

Garak schien völlig das Atmen vergessen zu haben. Er reckte sich auf den Zehenspitzen hoch und drehte sich langsam im Halbkreis, um das gesamte Bild mit den zwölf Toten zu überblicken, die ohne zeremonielles Beiwerk auf den Tischen ausgestreckt lagen, seit Jahrzehnten in der Haltung erstarrt, die sie im Augenblick ihres Todes innegehabt hatten.

»Ich möchte Ihre Meinung dazu hören, Mr. Garak.« Der Captain sprach in einem Tonfall, als hätte er ihn um eine Preisliste für Freizeitanzüge gebeten. »Wen sollte ich Ihrer Ansicht nach zuerst hierüber informieren?«

»Sie dürfen es niemandem sagen!« antwortete Garak erstickt. Dann schrie er fast: »*Niemandem!* Auf gar keinen Fall!«

Sisko ging auf ihn zu. »Warum nicht, Mr. Garak? Wir haben es hier doch nur mit einer Grabkammer zu tun, oder?«

»Nur eine Grabkammer?« Garak preßte seine Hände an die Schläfen und wich taumelnd zurück, während sein Blick über die Leichen wanderte. »So etwas gibt es nicht – *nur* eine Grabkammer!«

Ein triumphierendes Glitzern trat in Ben Siskos Augen, als er eine Augenbraue hob und die Mitglieder seiner Besatzung ansah, von O'Brien, der neben Bashir stand, bis zu Kira, die sich am weitesten rechts befand.

»Sie sind sehr alt.« Garak beugte sich über eine

cardassianische Leiche, die eingefallener und schwächer gebaut als die anderen wirkte. Seine Stimme war kaum zu verstehen, er schien beinahe ein Selbstgespräch zu führen. »Achtzig Jahre vielleicht. Aus der alten Ära... dem Zeitalter des Hohen Gul... bemerkenswert!«

»Warum ist es bemerkenswert?« hakte Sisko nach.

»Weil es sich um Soldaten handelt.«

»Woher wissen Sie das?«

»Weil man einem Schneider keine solche Behandlung zukommen läßt!« Garak schüttelte sich und richtete sich auf, bevor er zurücktrat, um noch einmal die aufgebahrten Toten zu betrachten. »Meine Leiche wird man vermutlich einfach ins All hinauswerfen. Und wenn ich Glück habe, wird man es erst dann tun, wenn ich bereits tot bin.«

Kira bedachte Garak mit einem stechenden Blick und trat dann zwischen ihn und Sisko. »Ich denke, Sie sollten Starfleet informieren, bevor Sie sich an das Cardassianische Zentralkommando wenden.«

»Hmm.« Siskos Augen fixierten O'Brien, als hoffte er, dem Mann eine weitere Meinungsäußerung entlocken zu können.

Der Ingenieur senkte den Blick, während der Arzt aufsah. O'Brien wußte, was man von ihm erwartete. Er hatte auf einem Raumschiff gedient, nicht nur in einer Station, und er hatte seinen Captain und die Offiziere dabei beobachtet, wie sie sich mit galaktischen Konflikten, mächtigen Persönlichkeiten und komplizierten Protokollen herumgeschlagen hatten. Dabei mußte er doch irgend etwas aufgeschnappt haben, was ihnen weiterhelfen konnte.

Also bemühte O'Brien sich um eine Stellungnahme. »Ich würde sagen, es hängt ganz davon ab, wie weit Sie die Situation unter Ihrer Kontrolle behalten möchten, Sir.«

Sisko beobachtete Garak, der langsam die Steintische

abschritt. Der Cardassianer hatte die Arme wie ein Eichhörnchen an die Brust gedrückt und streckte nun zögernd eine Hand aus, um eine der Leichen zu berühren. Er schreckte sofort zurück, als würde er damit rechnen, sie könnte plötzlich aufspringen. Die schweigenden Gesichter der Toten gaben keinen Hinweis auf die Lösung des Rätsels.

»Wenn ich Starfleet benachrichtige«, sagte Sisko, »löse ich damit eine Verschiebung der Verantwortlichkeiten aus. Person A ist verpflichtet, Person B zu informieren, die sich daraufhin mit C in Verbindung setzen muß, und so weiter. Dabei verliere ich natürlich einen großen Teil meines Einflusses und meiner Kontrolle. Zu guter Letzt läuft alles auf die Auslegung der interstellaren Gesetze und des Vertrags zwischen der Föderation und Cardassia hinaus.« Angesichts dieser Komplikationen runzelte Sisko die Stirn und schüttelte den Kopf. »Vielleicht sollte ich das Problem einfach dadurch erledigen, daß ich diese Toten an die Cardassianer übergebe.«

»Damit wäre das Problem keineswegs erledigt«, sagte Garak und drehte sich halb zu ihm herum. Er versuchte seine Stimme zu beherrschen, doch seine Augen verrieten, was in ihm vorging.

Sisko biß die Zähne zusammen. »Und warum nicht?« fragte er mit gepreßter Stimme.

»Sie sollten sich den Vertrag zwischen den Cardassianern und der Föderation noch einmal genau durchlesen, Captain. Darin heißt es: ›Solange sich cardassianische Bürger von Rang in dieser Station aufhalten, hat das Cardassianische Zentralkommando das Recht, die Räumlichkeiten der Station zu inspizieren.‹«

»Wollen Sie damit etwa behaupten, Sie waren ein Cardassianer von Rang?«

»Das nicht. Aber der Vertrag macht keinen ausdrücklichen Unterschied zwischen lebenden und toten cardassianischen Bürgern, Captain. Rein juristisch hat ein toter Cardassianer genau dieselben Rechte wie ein lebender. Wenn Sie glauben, daß meine Artgenossen sich diese Gelegenheit entgehen lassen, haben Sie Ihre Hausaufgaben nicht gemacht!«

»Doch, das habe ich!« erwiderte Sisko mit tiefer Stimme. »Zumindest weiß ich, daß der Vertrag eine Klausel enthält, in der es heißt, daß beide Seiten Rücksicht auf die religiösen Überzeugungen des anderen nehmen sollen, wenn sie mit einer Situation wie dieser konfrontiert werden, auch wenn wir gar nicht wissen, welche Glaubensgrundsätze hier zur Anwendung kommen könnten.«

»Damit haben die Cardassianer die Möglichkeit, sich irgendwelche angeblichen Überzeugungen aus den Fingern zu saugen«, sagte Odo. »Der Vertrag wurde offenbar nicht sehr gründlich ausformuliert.«

»Wir hatten es eilig«, warf Kira ungeduldig ein. »Wir wollten, daß sie möglichst schnell von hier verschwinden. Es kann doch nicht so schwierig sein, sie von der Station fernzuhalten!«

Sisko warf ihr einen skeptischen Blick zu. »Sie wissen genauso gut wie ich, daß Cardassia gerne die Kontrolle über diese Station und das Wurmloch zurückerlangen möchte. Daran besteht kein Zweifel, und ich wäre ein Narr, wenn ich ihre mittelfristigen Pläne außer Acht lassen würde. Der Vertrag ist für sie kaum mehr als ein Deckmantel, unter dem sie den günstigsten Augenblick abwarten können. Ich bin sicher, daß Sie genauso wenig wie ich etwas an der gegenwärtigen Situation ändern möchten, Major.«

»Nein, Sir ... natürlich nicht. Aber ich kenne die Cardassianer.« Sie sprach weiter, als wäre Garak gar nicht anwesend. »Sie sind abergläubisch und habgierig, aber gleichzeitig sehr gerissen. Sie möchten bestimmt ihre eigenen Rituale mit diesen Toten vollziehen, sie salben und als Helden der Vergangenheit ehren, um die allgemeine Moral zu heben. Wenn sie erfahren, daß wir tote cardassianische Soldaten in diesem Zustand zurückgehalten haben – unbestattet, unverbrannt, einfach nur aufgebahrt und ausgetrocknet wie irgendein Stück Fleisch ...«

»Dann werden die Cardassianer darauf bestehen, daß man die Station an sie zurückgibt, bis eine ordnungsgemäße Untersuchung durchgeführt werden konnte«, sagte Garak.

Sisko blickte ihn gereizt an. »Wie würden Sie ›ordnungsgemäß‹ definieren?«

»Genau das ist der Haken! Die Cardassianer können es nach eigenem Ermessen definieren. Eine solche Untersuchung kann eine Ewigkeit dauern. Sie könnten zum Beispiel behaupten, daß Sie oder ich oder irgend jemand anderer verantwortlich ist, so daß die Untersuchung nie zu einem Abschluß kommt.«

»Gütiger Himmel!« brummte O'Brien und erkannte dann, daß seine Bemerkung nicht gerade hilfreich war. »Haben Sie eine Ahnung, wieviel Ärger wir mit einer sanktionierten Untersuchung der gesamten Station am Hals hätten?«

Odo trat aus dem Schatten. Seine steifen Bewegungen verrieten mühsam unterdrückte Wut. »Nachdem die Cardassianer abgezogen waren, dauerte es fast ein Jahr, bis wir sämtliche Lauscheinrichtungen, Fangschaltungen und Fallen entschärft hatten. Vorher sah die ganze Station wie der Tunnel dort drüben aus. Wir werden an Bord nie wieder ein abhörsicheres Gespräch führen können, wenn man ihnen noch einmal freie Hand in der Station läßt!«

»Und die bajoranischen Bewohner wären überhaupt nicht glücklich darüber, wieder eine cardassianische Besatzung an Bord zu haben«, warf Kira ein. »Wir haben diese Station unter schweren Verlusten erkämpft und werden sie jetzt nicht ohne weiteres aufgeben. Viele meiner Leute würden die Gelegenheit nutzen, den Cardassianern ein Messer zwischen die Rippen zu stecken. Wir müßten Sicherheitskräfte abstellen, um das cardassianische Inspektionsteam zu beschützen!«

»Auf diese Weise könnte die Sicherheit nicht mehr effektiv arbeiten«, fügte Odo hinzu, »und wir müßten Verstärkung anfordern.«

»Dann wird sich jeder einmischen«, führte Sisko den Gedanken weiter. »Cardassia, die Föderation – jeder! Wenn ich Starfleet informiere, ist man verpflichtet, die Cardassianer einzuschalten, damit sie sich in der Station umsehen können. Aber nur, wenn ich etwas von alldem hier wüßte und wenn meine Besatzung mir etwas von der Anwesenheit dieser Leichen gesagt hätte. Doch zum Glück haben weder ich noch meine Leute sich darüber irgendwelche Gedanken gemacht.«

»Vielen Dank, Captain«, sagte Garak mit einem erleichterten Seufzer.

»Chief ...«

O'Brien blinzelte, während er vor seinem geistigen Auge bewaffnete und ungehaltene cardassianische Inspektionsteams sah, die sich in den Korridoren dieses Monstrums im Weltall drängelten. *DS Nine* würde sich endgültig in eine Hölle verwandeln, und es würde hier noch chaotischer werden, als es ohnehin schon war.

»Sir?«

»Ich möchte, daß Sie diesen Bereich versiegeln und ein Schild mit der Aufschrift ›Verseucht‹ an der Wand anbringen. Wir werden alle Zugänge absperren, bis wir die Gelegenheit haben, einige inoffizielle Nachforschungen anzustellen ... um einen weniger dornenreichen Weg zu finden.«

»Das könnte Monate dauern, Sir.«

»Tote sind geduldig, Chief. Sie alle werden den Mund halten, bis ich eine Entscheidung über unser weiteres Vorgehen getroffen habe. Bis dahin müssen wir damit leben, daß wir ein paar Leichen im Keller haben.«

4

Welch ein trauriger Ort, um die Ewigkeit zu verbringen, wo es statt Fahnen nur Spinnweben gab. Weder Ehrenbezeugungen noch Trommelschläge oder anerkennendes Raunen bewegten die abgestandene Luft.

Welch ein trauriger Ort, um die Helden eines großen Zeitalters zu verstecken.

Diese verfluchte Starfleet-Technik! Wenn Chief O'Brien etwas versiegelte, dann machte er es gründlich. Wer hier durchkommen wollte, mußte sich auf stundenlange, schweißtreibende Arbeit gefaßt machen, während ihn das verlogene Schild mit dem Aufdruck VERSEUCHTER BEREICH zu verspotten schien. Er konnte keinen Phaser benutzen, da der Energieausstoß sofort registriert werden würde. Er durfte auch nicht zu viel Schaden anrichten, damit es nicht auffiel – zumindest nicht sofort –, daß sich hier jemand zu schaffen gemacht hatte.

Garaks Hände waren kalt und steif, obwohl er Schwerarbeit leistete und keuchend atmete. Seine Kleidung war zerrissen und seine Haut aufgeschürft, nachdem er sich auf allen vieren einen Weg durch den Tunnel gesucht hatte. Er wußte, was sich hier verbarg, und obwohl die Leichen schon seit achtzig oder mehr Jahren hier lagen, trieb ihn die Vorstellung in den Wahnsinn, sie auch nur eine Stunde länger hier ruhen zu lassen. Als er vorhin durch den Tunnel gekrochen war – und während er jetzt an der versiegelten Wand hantierte –, schien jede Minute mit quälender Langsamkeit zu verstreichen.

Plötzlich zuckte er zusammen und fuhr herum. Er glaubte bereits, den großen, gefährlichen Schatten eines Menschen zu sehen, der ihn an seinem Vorhaben hindern könnte. Doch da war niemand.

Trotzdem blickte er sich immer wieder gehetzt um. Sisko schien nicht sehr von dem beunruhigt gewesen zu sein, was sie hier gesehen hatten, aber schließlich hatte der Mann auch gar nicht verstanden, was er gesehen hatte. Trotzdem war in Siskos Augen ein zögerndes Flackern gewesen, ein Hinweis, daß er einen Verdacht hegte.

Sisko war nicht zu unterschätzen. Dieser Mann hatte sich den wackligsten Stuhl der ganzen Galaxis ausgesucht und regte sich jedesmal furchtbar auf, wenn jemand daran rüttelte. Aber er dachte keineswegs daran, seinen Sitzplatz aufzugeben. Er wünschte sich ein sicheres Nest, in dem er seinen Sohn aufziehen konnte, aber er dachte überhaupt nicht daran, sich aus der Gefahrenzone zu bringen. Wie gebannt hockte er regungslos vor dem Auge des Wurmlochs. Er gierte nach Aufregung, veranstaltete jedoch jedesmal ein furchtbares Geschrei, wenn es dazu kam.

Und er hatte einen untrüglichen Sinn für Gefahren. Es würde nicht lange dauern, bis die unheimlichen und widersprüchlichen Details in Siskos Kopf zu einem einheitlichen Bild verschmolzen. Dann würde es ihn unwiderstehlich in die Katakombe zurücktreiben. Warum befanden sich hier tote Cardassianer, und warum waren sie schon so lange tot, ohne daß sie zu Staub zerfallen waren? Warum waren sie mumifiziert, obwohl die Cardassianer so etwas gewöhnlich nie mit ihren Toten machten?

Aus Furcht vor möglichen Problemen würde Sisko sich immer wieder mit diesen Fragen herumquälen. Die Geister der Toten würden ihm ebensowenig Ruhe lassen, wie es die Geister jener Menschen taten, die er in den Tragödien seines Lebens hatte zurücklassen müssen. Und schon bald würde er sich mit der Vergangenheit der cardassianischen Kultur beschäftigen, um nach dem zu suchen, was vor achtzig Jahren geschehen war. Vielleicht begann es mit einer völlig harmlosen Bitte an Jadzia Dax. »... ach ja, und während Sie das tun, könnten Sie vielleicht ein paar Daten aus der cardassianischen Geschichte für mich heraussuchen. Wenn es keine besonderen Umstände macht.«

Und wenn Sisko die ersten unklaren Antworten gefunden hatte, wäre er sehr bald wieder hier. Es würde bestimmt nicht sehr lange dauern.

Garaks lehmgraue Hände begannen zu zittern und wurden blasser, als er eine Metallplatte zurückbog. Die Fingerknöchel, nur wenige Zentimeter vor seinem Gesicht, traten weiß hervor, als jede Ader und jede Sehne an die Oberfläche drängte.

Es war eine Katakombe der vereitelten Hoffnungen. Hineingebeamt zu werden, war eine ganz andere Erfahrung als auf eigenen Füßen hineinzuschreiten und sich ehrfurchtsvoll den edlen Cardassianern aus der Vergangenheit zu nähern, die einem Zeitalter entstammten, als Cardassia noch die herrschende Macht in diesem Sektor gewesen war, als die Föderation ihnen noch angstschlotternd entgegengetreten war. Was für eine Zeit!

Garak wich zurück, bis seine Schulterblätter gegen die verbeulte Wand stießen. Er schloß die Augen und atmete tief die staubige, trockene Luft ein. Achtzig Jahre ... ein unvorstellbar langer Traum.

Er fuhr herum, als er ein Geräusch aus dem Tunnel hörte.

Er ging in die Hocke und wich dem Lichtstrahl von einem der kleinen Illuminatoren aus, die die anderen zurückgelassen hatten. Außer ein paar armseligen Schatten gab es hier kein Versteck, keine Nische, in die er schlüpfen konnte. Er war gefangen, in die Enge getrieben. Ein halbes Dutzend Geschichten ging ihm durch den Kopf, die sein Hiersein erklären sollten, eine abenteuerlicher als die andere. Aber keine, die Sisko ihm abkaufen würde.

Isoliermaterial rieselte von der Tunneldecke auf den trümmerübersäten Boden. Es war deutlich zu hören, wenn größere Stücke herabfielen.

Sein Herz pochte wild gegen den Brustkorb. Beinahe wäre sein Abendessen wieder zum Vorschein gekommen, doch er konnte sich noch einmal zusammenreißen. Er zerrte so fest an einer Wandplatte, daß seine Handfläche blutete, als er sie endlich losließ. Dann war die Öffnung breit genug, daß er hindurchschlüpfen konnte.

Er war immer noch allein. Zumindest in gewisser Weise.

Dieser Gedanke ließ ihn zusammenfahren, als hätte ihm jemand mit der Hand auf den Rücken geschlagen. Er drehte sich herum und starrte auf die Steintische, als hätten jene ihm einen Schlag versetzt, die darauf ruhten. Jetzt zitterten auch seine Beine. Wenn man ihn schon zu diesem Zeitpunkt hier erwischte, würde es Mord und Totschlag geben.

Die Leichen lagen in tödlichem Frieden da, als würden sie lediglich ein Nickerchen machen.

Garak blinzelte bei dieser Vorstellung und beugte sich vor, während er ins Zwielicht starrte, ohne sich von der Stelle zu rühren. Ja, in der Tat, alle Leichen waren männlich.

Damit hatte er zwar gerechnet, aber man konnte niemals sicher sein. Schließlich waren achtzig Jahre vergangen. In dieser Zeit hatte sich einiges verändert. Lügen waren verbreitet und die Geschichte verfälscht worden. Sitten waren verfallen.

Als er endlich all seinen Mut zusammengenommen hatte, ging er zum äußeren Ende der gekrümmten Reihe aus Steintischen, zur zweiten Leiche von links.

Auf den ersten Blick ein Cardassianer wie jeder andere – außer für einen Cardassianer. Garak dankte dem Schicksal, daß Sisko nicht sehr viele Cardassianer kannte, sonst hätte sein instinktives Mißtrauen sofort neue Nahrung gefunden. Ihm wären sofort der Unterschied und die ungewöhnliche Uniform aufgefallen.

Mit wackligen Beinen ging Garak in die Knie. Aus einer Tasche zog er ein handflächengroßes Standard-Heizgerät hervor, das er an der Seite des Steintisches anbrachte und einschaltete.

Kurz darauf begann das Gerät leise zu summen, und der Tisch veränderte seine Farbe.

Garak wich ein paar Zentimeter zurück und blickte in das eingefallene, runzlige Gesicht des toten Cardassianers.

»Ich entbiete dir alle Ehren, Führer meines Vaters, und ich lausche auf dein Flüstern. Jetzt ist der günstigste Augenblick. Jetzt schenke ich dir alles, was ich hier aufgebaut habe, und gebe mich selbst in deine Hand. Ich werde dir in diesem Zeitalter der Macht zu neuem Einfluß verhelfen ... und du wirst das gleiche für mich tun!«

5

Nichts stimmte mehr.
Zunächst die Decke. Dann die Wände. Eine völlig unvertraute Architektur. Was für ein Planet war das?

Die Eckpfeiler dieses kleinen Zimmers waren jedoch unverwechselbar cardassianisch. Kein sehr deutlicher Hinweis, aber immerhin ein Hinweis.

Trotzdem gab es auf ganz Tal Demica kein solches Gebäude.

Seine Augen funktionierten normal. Und seine Nase nahm Staub wahr. Keinerlei Feuchtigkeit. Keine lebendigen Gerüche – nur trockener Staub.

Die Wiederbelebungsbahre arbeitete unter ihm. Nur sein Gesicht, seine Hände und Zehen waren noch kalt, als würde er in einem warmen Meer treiben und eine kühle Brise über ihn hinwegstreichen.

Keine Waffen an den Wänden. Waren sie gestohlen worden? Doch wo waren dann die speziellen Aufhängungen? Diese Wand war völlig unversehrt. Dort hatten niemals Waffen gehangen.

Noch bevor er seine Rückenmuskeln anspannte und seine Beine dazu zwang, sich über den Rand der Wiederbelebungsbahre zu schwingen, wußte er, daß man nicht die Waffen, sondern *ihn* an einen anderen Ort gebracht hatte.

War er allein in dieser Katakombe? Wo war die zweitausendköpfige Elite? Bestimmt nicht in dieser kleinen Kammer. Mit einer gewissen Erleichterung hielt er sich am Rand der Bahre fest, blinzelte mit den schmerzenden Augen, die von pochenden Knochenringen eingerahmt wurden, und blickte im schwachen Licht umher, das von kleinen Leuchtkörpern an den Wänden gespendet wurde.

Links und rechts von ihm befanden sich mehrere Soldaten aus seiner Elitegarde, von denen sich die meisten ebenfalls gerade erhoben. Sie wirkten benommen, verwirrt und schläfrig, aber die Lähmung fiel bereits von ihnen ab. Er war als erster erwacht; die anderen Wiederbelebungsbahren waren von seiner aktiviert worden. Die Soldaten waren jedoch jünger als er und wachten schneller auf.

Sechs ... zehn ... zwölf. Sie waren zwölf!

Wo waren die anderen zweitausend?

Möglicherweise in anderen Kammern, die sich über dieses Gebäude verteilten. Er klammerte sich an diesen Gedanken, als er angestrengt seine Finger und seinen Hals zu bewegen versuchte.

Er war steif. Ungewöhnlich steif. Wie lange hatte er geschlafen? Sechs Monate? Oder acht?

Eigentlich hätten die Assistenten anwesend sein müssen, um seine Fragen zu beantworten. Wo waren sie? Wahrscheinlich desertiert. Also würde er die Antworten persönlich aus dem Berg herausholen. Er war schon einmal dazu gezwungen gewesen.

Er ließ seine Soldaten zunächst in Ruhe, damit sie ihre Benommenheit abschütteln konnten, und richtete seinen Blick auf den Boden, bis sich das Bild klärte.

Staub. Sehr viel Staub. Es war also eine recht lange Zeit vergangen. Alles war mit Staub bedeckt, sogar seine eigene Haut und Kleidung, aber erst vor kurzer Zeit war jemand hiergewesen. In der Staubschicht waren deutliche Fußabdrücke zu erkennen. Und dort drüben waren Spuren, die aus dem Nichts kamen. War die Person mit einem Satz vom Eingang bis vor die Reihe der Bahren gesprungen? Was waren das für Wesen, die sich hier aufgehalten hatten?

Die Abdrücke stammten von gewöhnlichen Schuhen, die nicht besonders groß waren.

»Jeder, der dazu in der Lage ist, möge bitte aufstehen!«

Seine Stimme klang schrecklich. Es war nicht die Stimme eines Befehlshabers, sondern eine heisere, schwache Stimme. Wo waren die Überlebensrationen? Eigentlich hätten Getränke für sie bereitstehen müssen. Doch er konnte nichts dergleichen entdecken. Er mußte mit seiner Stimme leben. Seine Soldaten würden es verkraften.

Immer noch blinzelnd sah er sich um. Sieben standen bereits auf den Beinen. Sehr gut. Drei weitere hatten einen Fuß auf den Boden gestellt und sammelten ihre Kräfte, um sich ganz aufzurichten. Zwei hatten sich noch nicht gerührt. Einer von ihnen sah sehr ausgezehrt aus. Vermutlich war er schon seit längerem tot. Offenbar eine Fehlfunktion.

Was war das? An der Seite seiner eigenen Bahre befand sich ein Aktivierungsmodem. Klein, aber unverkennbar. Es war völlig frei von Staub.

»Wacht auf, sofern ihr könnt«, ermutigte er seine Männer. »Hört mir dabei zu. Ich bin der Hohe Gul, und ihr seid meine Elitegarde ... Wir sind nicht dort aufgewacht, wo wir aufwachen sollten. Unsere Waffen sind fort. Unsere Situation ist unklar, doch vor kurzer Zeit war jemand in dieser Katakombe, der vermutlich auch die Bahren aktiviert hat, um uns zu wecken. Das bedeutet, irgend jemand weiß, daß wir aufgewacht sind. Es könnte außerdem bedeuten, daß wir an diesem unbekannten Ort einen Verbündeten haben. Die Tatsache, daß sich dieser Verbündete nicht mehr hier aufhält, könnte auf eine instabile Situation hindeuten. Hat jemand eine Handwaffe? Nein? Also gut, dann müssen wir uns mit dem begnügen, was wir finden.«

Er zwang sich zum Aufstehen. Es war ungewohnt, plötzlich wieder sein eigenes Gewicht zu tragen, so daß ihm schwindlig wurde, doch er schaffte es, den Anfall zu überstehen, ohne zu stürzen. Vorsichtig drehte er sich um und sah nach unten.

»Das sind nicht unsere ursprünglichen Wiederbelebungsbahren«, sagte er, als seine Soldaten sich bewegten und sich um ihn versammelten. »Das bedeutet, daß wir keine Ahnung haben, wie lange wir im Tiefschlaf gelegen haben. Unsere Bahren waren darauf programmiert, uns nach einem Jahr zu erwärmen, doch diese Einrichtungen verfügen über keinerlei Zeitmechanismus, soweit ich sehen kann ... Oder hat jemand einen Zeitmechanismus bemerkt?«

Seine Männer tasteten die Bahren mit den Händen ab, bis jemand meldete: »Nein, Hoher Gul. Nichts.«

Er drehte sich um und sah sich seinem zweiten Kommandeur gegenüber.

Der Hohe Gul hielt inne und lächelte. »Elto, es freut mich, dich zu sehen. So viele von uns sind nicht hier ... Ich bin froh, daß du da bist.«

»Ich bin hier, um Ihnen zu dienen, Hoher Gul. Es war mein fester Wille, an Ihrer Seite zu bleiben«, sagte Elto. Seine Stimme klang ebenfalls schwach und heiser. Der jüngere Soldat war ihm ohne Scham treu ergeben, und eine solche Haltung verdiente Anerkennung.

»Es freut mich, daß die Verschwörer, die uns hierher gebracht haben, deinen Willen spüren konnten«, antwortete der Hohe Gul, während er die Blicke der anderen spürte. In diesem Augenblick zählte jedes Wort, das er sagte. Er würde der Dreh- und Angelpunkt ihres Schicksals sein.

»Wir wissen nicht, was mit uns geschehen ist«, sagte er. »Wir wurden fortgebracht und sorgsam konserviert. Ich sehe nur elf, die von uns noch am Leben sind, und ich muß davon ausgehen, daß sich hier nicht mehr unserer Männer befinden – wo immer dieses ›Hier‹ sein mag. Irgend jemand weiß, daß wir erwacht sind, aber wir wissen nicht, wer es weiß und wer das ist. Wir wurden vielleicht sogar von irgendwelchem Taldemi-Abschaum gefangengenommen, um nun für einen Tauschhandel benutzt zu werden. Wir könnten nicht zum Wohl, sondern zum Schaden von Cardassia benutzt worden sein!«

Seine tauben Hände ballten sich zu Fäusten, und er winkelte die Ellbogen an. Es war anstrengend, sich unter Kontrolle zu halten. Seine Beine zitterten, und seine Augenwülste schmerzten pulsierend.

Alle blickten ihn jetzt an und erwarteten, daß er sie ermutigte, daß er etwas wußte, was er noch nicht wissen konnte, und daß er ihnen Befehle erteilte.

Er wappnete sich und verdrängte die Vergangenheit, aus der er jetzt höchstens noch Lehren ziehen konnte.

»Unsere Aufgabe besteht darin«, begann er, während er seine Stimme zu beherrschen versuchte, »gegen die ahnungslosen Taldemi vorzugehen, die diesen Planeten besetzt halten. Sie glauben, daß sie mit ihren Aufständen erfolgreich waren, aber jetzt sind wir erwacht. Wir müssen unsere zweitausend Krieger wiederfinden. Diese Aufgabe hat zunächst höchste Priorität. Wir müssen unsere Streitmacht sammeln. Dann werden wir diesen Planeten für die Eroberung vorbereiten. Falls wir verraten wurden und nur noch wir elf in dieser Kammer übrig sind, dann müssen wir dieses Ziel allein erreichen. Anschließend können wir Verbindung mit der Regierung von Cardassia aufnehmen und sie auffordern, die Flotte zu mobilisieren und diese Industriebasis zurückzuerobern, so daß wir sie nie wieder verlieren. Wir werden zuerst diesen Außenposten übernehmen und von hier aus den Planeten in unsere Gewalt bringen.«

Er hielt inne und blickte nacheinander die jungen Gesichter seiner Garde an. Nirgendwo erkannte er auch nur die Spur eines Zweifels, und er wußte aus eigener Erfahrung als junger Mann, daß sie ihre Ängste in einen tiefen Winkel verbannten. Das schätzte er so sehr an ihnen.

Sie würden tun, was er ihnen sagte. Also mußte er ihnen gute Befehle geben.

»Ich möchte, daß ihr euch erholt und dann in diesem Außenposten verteilt. Tragt eure Kapuzen und Handschuhe, damit niemand eure Gesichter und Hände sieht. Erkundet die Technik und findet heraus, wo sie ihre Waffen lagern, denn wenn wir unsere eigenen nicht wiederfinden, müssen wir sie von unseren Feinden stehlen. Achtet darauf, wer diesen Außenposten befehligt. Bringt so viel wie möglich in Erfahrung. Wenn die erste Person, die ihr befragt, nicht reden will, dann geht einfach weiter. Es gibt immer irgend jemanden, der gerne redet. Dann meldet euch bei mir zurück, damit wir die Lage besprechen und unsere weitere Vorgehensweise planen können. Falls es nötig ist zu töten, dann muß es unauffällig geschehen. Wir müssen noch sehr viel in Erfahrung bringen, bevor wir entscheiden können, wen wir töten können. Wenn wir zum Schaden von Cardassia benutzt wurden, werden wir sie alle töten. Vergeßt nicht, wir sind das letzte Aufgebot in einem großen Plan. Damit sind wir gleichzeitig der erste und entscheidende Voraustrupp. Wir werden die Aufgabe erfüllen, für die wir konserviert wurden. Und wir werden jeden niedermetzeln, der sich uns in den Weg stellt und uns aufhalten will!«

6

Ich grüße Sie, Gul Fransu. Ich heiße Sie willkommen im Namen der Zentralen Vertriebsbehörde von Cardassia und ...«

»Sie Idiot! Warum wurde meine Bestellung Nummer drei neun vier acht vier noch nicht erledigt? Die Lieferung ist seit acht Wochen überfällig! Ich weiß zufällig, wo Ihre Mutter wohnt!«

»Bestellung Nummer drei neun vier acht vier ... einen Augenblick.«

»Ich hasse Büroarbeit! Ich hasse das Rotationssystem! Ich hasse alles!«

»Zur Kenntnis genommen. Einen Augenblick.«

Die Stimmen waren sogar zu hören, wenn die Tür zwischen den Büros verschlossen war.

Renzo, der stellvertretende Versorgungsoffizier des Sektors Rot, stieß die Tür auf und blickte durch den Spalt auf den chaotischen Schreibtisch seines ebenso chaotischen Vorgesetzten. Hinter dem Haufen aus Aktenkästen und Anforderungsformularen konnte er nur das glatte, aschgraue Haar auf Fransus Kopf erkennen.

Jedes einzelne Haar schien unter Strom zu stehen. Erstaunlich. Aber schließlich haßte Fransu die Rotation in der Verwaltung.

Renzo schob sich in das überfüllte Büro, setzte sich auf einen Stuhl neben Fransus Schreibtisch und betrachtete stumm seinen Vorgesetzten. Fransu war vor Wut violett angelaufen, während seine Halsvenen pulsierend unter der schuppigen Haut hervortraten und seine Lippen sich über zusammengebissenen Zähnen spannten.

Abgesehen davon schien er sich hinter dem Schreibtisch genauso wohl zu fühlen wie jeder andere Cardassianer. Das war auch der Grund für die nichtfreiwilligen Rotationen, ohne die sämtliche Schiffe in kürzester Zeit auseinanderfallen würden.

Fransus schwarzglühende Augen fixierten Renzo, während die folgenden Sekunden verstrichen. Keiner sagte ein Wort.

»Gul Fransu, hier spricht die Zentrale Vertriebsbehörde von...«

»Ich weiß, mit wem ich spreche. Erklären Sie mir jetzt endlich, wo in der großen grünen Galaxis meine Lieferung geblieben ist!«

»Ihre Bestellung ist eingegangen, aber Sie haben es versäumt, Formular zwölf mit jeder Anforderung einzureichen. Ich habe bereits Glin Renzo erklärt, daß...«

»Ich habe Formular zwölf eingereicht. Ich habe es eingereicht!«

»Aber nur *ein* Formular zwölf für die gesamte Bestellung. Wir benötigen für jede einzelne Bestellung ein separates Formular zwölf. Das habe ich Ihnen schon einmal erklärt. Nach Artikel Blau-dreiundzwanzig darf ich eine solche Bestellung nicht zur Bearbeitung weiterleiten.«

»Artikel Blau? Ein blauer Artikel?«

»Im blauen Abschnitt des dreiundzwanzigsten Vorschriftenkatalogs. Ohne die erforderlichen Formulare kann ich den Vorgang nicht bearbeiten, Gul Fransu.«

»Ah, jetzt verstehe ich! Wenn mein Hintern in Flammen stünde und ich kein Antragsformular für einen Löschschlauch hätte, würden Sie mich einfach verbrennen lassen!«

»Vielen Dank für Ihr Verständnis.«

»Sie können sich mein Verständnis...« Fransus breite Schultern sackten unter dem tonnenschweren Gewicht der Bürokratie zusammen.

Nur Fransu selbst sah das Gesicht auf dem Bildschirm, doch Renzo konnte sich lebhaft den sturen Beamten am anderen Ende der Kommunikationsverbindung vorstellen. Sogar unter den Cardassianern gab es zahlreiche Individuen, die sich an detaillierter Kleinarbeit ergötzten und unweigerlich den ihnen angemessenen Platz im Universum fanden, wo sie kampferprobte Offiziere zur Weißglut treiben konnten, die das Rotationssystem an irgendeinen Schreibtisch verschlagen hatte.

Der Gul warf seinem Assistenten einen weiteren Blick zu und schien sich durch Renzos Gegenwart gestärkt zu fühlen, als er mit unterdrücktem Zorn wieder seinen Bildschirm ins Auge faßte. »Und was benötigen Sie sonst noch?«

»Das dürfte alles sein.«

»Gut.«

»Das heißt, sofern Sie die nötigen Unbedenklichkeitserklärungen haben.«

Fransu fletschte die Zähne. »Ja, die habe ich. Jede Menge. Sie stapeln sich bis zur Decke!«

»Sehr gut. Wenn Ihre Bestellung vollständig ist, werden wir sie zügig bearbeiten. Grüßen Sie Glin Renzo. Die Zentrale Vertriebsbehörde wünscht Ihnen einen guten Tag.«

»Guten Tag. Viele gute Tage. Verdammte gute Tage. Mögen Sie an guten Tagen zugrunde gehen!«

Der diffuse Widerschein des Bildschirms verschwand plötzlich von Gul Fransus rundem Gesicht, so daß es jetzt nur noch im grellen Licht der Deckenlampe lag. Wieder blickte er zu Renzo hinüber, während er wie ein geprügeltes Tier in seinem Stuhl zusammensackte.

Renzo unterdrückte ein Grinsen und fragte rundheraus: »Sie wissen nicht, was eine Unbedenklichkeitserklärung ist, nicht wahr?«

»Ich bin mir nicht einmal sicher, ob ich dieses Wort richtig buchstabieren könnte, Renzo.«

»Soll ich Ihnen einen Gefallen erweisen und den Kerl töten?«

»Was würde es mir nützen? Hinter seinem Stuhl stehen zehntausend Anwärter auf seinen Posten Schlange. Sie warten nur darauf, jeden ärgern zu dürfen, der hinter diesem Schreibtisch sitzt. Sie haben ein Konsortium gegründet und sich den Wahlspruch ›Irgendwie werden wir Gul Fransu schon kleinkriegen!‹ auf die Fahne geschrieben. Wir können uns nicht gegen sie wehren, nicht einmal mit einem blauen Formular nach Artikel P-neun Z-vier Schrägstrich Knurr.«

Renzo nickte. »Es ist frustrierend, ich weiß. Vor allem für Sie, der Sie einen so hohen Rang erreicht haben und trotzdem in die Mühlen der Rotation geraten.«

»Rrrrotation!« knurrte Fransu. »Haufenweise unsinnige Entscheidungen! Formulare und Vorschriften, die immer weiter die Befehlskette hinaufgereicht werden, weil niemand von den unteren Rängen die Verantwortung für eine Entscheidung übernehmen will. Nicht einmal für die klitzekleinste Entscheidung! Wissen Sie, daß Gul Ebek sich während meiner Rotation jeden Tag mit mir in Verbindung setzt, nur um mich ärgern zu können? Er hält alle Bestellungen so lange zurück, bis ich an der Reihe bin, um mich dann mit Anträgen für sein verfluchtes Geschwader zu überschütten! Ich sollte dafür sorgen, daß er schnellstens befördert wird, damit auch er in den Genuß der Rotation kommt. Und wenn es soweit ist, werde ich mich rächen, glauben Sie mir, ich werde ihn zur Weißglut treiben!«

Renzo schwieg und wartete ab, bis sich Fransus Stimmung ein wenig gebessert hatte. Leider hatte er keine guten Nachrichten für ihn.

Trotz seines Zorns war Fransus Instinkt ungetrübt, so daß er seinen Assistenten ahnungsvoll anstarrte. Renzo könnte sich niemals so gut verstellen, um vor dem Gul zu verbergen, daß er aus einem bestimmten Grund zu ihm gekommen war. Er hatte zunehmend das dumme Gefühl, einen schweren Fehler begangen zu haben.

»Sagen Sie mir, daß es einen Notfall gibt«, knurrte Fransu und beugte sich vor. »Sagen Sie mir, daß ein Krieg ausgebrochen ist. Jemand hat unsere Heimatwelt in die Luft gesprengt. Meine Schwiegermutter wurde als klingonische Agentin entlarvt. Sagen Sie mir irgend etwas, damit ich hier herauskomme und mir nicht in den Kopf schießen muß!«

Mit einer ungeduldigen Armbewegung fegte er die Hälfte der Akten von seinem Schreibtisch. Polternd landeten sie auf dem Boden.

»Mit einem Krieg kann ich Ihnen leider nicht dienen«, sagte Renzo. »Aber wir haben ein an Sie adressiertes Signal von Terek Nor empfangen.«

»Von wo?«

»Terek Nor. Unsere ehemalige Raumstation in der Nähe von Bajor.«

»Na und? Was wollen sie von mir? Die Station wird nicht mehr von uns verwaltet. Sie sollen Starfleet die Ohren vollheulen, wenn sie etwas wollen.«

Renzo versuchte sich zu beherrschen und gab sich keine Mühe, seine Anstrengung zu verbergen, ebensowenig wie seine düstere Vorahnung. Wenn er den Gul noch ein paar Sekunden lang hinhielt, würde sich ihm die Bedeutung der uralten Nachricht vielleicht von selbst enthüllen.

Doch es geschah nicht. Fransu starrte ihn immer noch finster an, als wäre sein Assistent ein wandelndes Formular Nummer zwölf.

Renzo saß kerzengerade auf seinem Stuhl, senkte den Kopf ein wenig und hob die Augenbrauenwülste. »Gul Fransu ... das Signal stammt nicht von der Besatzung oder einem der Bewohner. Es handelt sich um ein automatisches Signal!«

Der Gul starrte ihn schweigend an, während etwas in seinem Gedächtnis an die Oberfläche zu drängen schien.

»Ein sehr altes Signal!« fügte Renzo hinzu.

Fransus Augen waren plötzlich nur noch winzige Schlitze. Kurz darauf wurden sie riesengroß, und jetzt waren alle Spuren eines miserablen Arbeitstages aus seinem Gesicht getilgt. »Also ist nicht nur jemand eingebrochen ...«

»Nein. Es bedeutet, daß jemand die Wiederbelebungssequenz aktiviert hat.«

»Wiederbelebung!« rief Fransu erschrocken.

Sie hatten sich im Laufe der Jahre sehr gut kennengelernt. Nach Jahrzehnten gegenseitiger Abhängigkeit, während sie gemeinsam die Karriereleiter emporgestiegen waren, während sie gemeinsam Kriegen, Rückschlägen und Rotationen getrotzt hatten, konnte Renzo so mühelos in Fransus Gesicht lesen, als wäre es ein aufgeschlagenes Kinderbuch. Und da Fransu dies wußte, versuchte er erst gar nicht, seine aufgewühlten Gedanken vor ihm zu verbergen.

»Wiederbelebung!« stieß er hervor. Er stand auf und marschierte an Renzos Stuhl vorbei zur anderen Seite des Büros. »Verflucht! Daß ich mich nicht früher darum gekümmert habe! Daß ich die Entscheidung darüber seit Ewigkeiten aufgeschoben habe! Renzo, wer war ich damals, daß ich es versäumt habe, das Problem ein für alle Mal zu lösen?«

»Sie waren ein Dieb«, antwortete Renzo seelenruhig, »der ein geraubtes Kunstwerk nicht verkaufen konnte, es aber auch nicht zerstören wollte. Also haben Sie es versteckt.«

»Ich hätte mich niemals dazu überwinden können, ihn zu töten«, stimmte Fransu zu. »Aber ich hätte es tun sollen. Statt dessen glaubte ich, die Zukunft fest im Griff zu haben.«

Er legte eine Hand auf seinen Schreibtisch und stieß einen tiefen Seufzer aus, während er das Durcheinander auf der Tischplatte und dem Fußboden betrachtete.

»Sie hatten recht«, sagte er betrübt. »Ich hätte damals

auf Ihren Rat hören sollen, wie ich es inzwischen gelernt habe. Jetzt müssen wir die Suppe auslöffeln, die wir selbst vergiftet haben.«

Renzo stand auf, rührte sich jedoch nicht von der Stelle. »Ich hätte Ihnen damals eindringlicher ins Gewissen reden sollen. Auch ich war sehr habgierig. Und wir beide waren sehr jung.«

Fransu nickte, ohne aufzublicken. Er stand einige Sekunden lang in unruhigem Schweigen da, während ihm die ganze Tragweite dieser Angelegenheit bewußt wurde. Nachdem er sich noch vor wenigen Augenblicken mit pingeligen Entscheidungen herumgeärgert hatte, stand er plötzlich vor einem Problem, das Auswirkungen auf die Zukunft des gesamten Quadranten haben konnte.

»Also gut«, stieß er hervor. »Bereiten Sie mein Flaggschiff vor. Ziehen Sie das Wartungsteam ab. Benachrichtigen Sie meine Stammbesatzung, sich in zwei Stunden zu melden. Rüsten Sie das Schiff mit voller Bewaffnung aus. Reden Sie mit Glin Angat – und weisen Sie ihn unauffällig darauf hin, daß er mir seine Karriere zu verdanken hat. Sagen Sie ihm, er soll Warp-neun-Drohnen in den bajoranischen Sektor schicken, um dort jede Kommunikation zu unterbinden. Sagen Sie ihm, daß anschließend alle Aufzeichnungen über diesen Drohneneinsatz unauffindbar sein müssen. Achten Sie darauf, daß er vor allem diesen Punkt versteht. Niemand soll wissen, wohin die Drohnen geschickt wurden. Wenn er irgendwelche Probleme macht, setzen Sie sich sofort mit mir in Verbindung.«

»Ich bin sicher, daß er keine Probleme machen wird.«

»Und rufen Sie Gul Ebek an. Sagen Sie ihm, er wurde befördert, und seine erste Aufgabe wird darin bestehen, meinen Rotationsplatz zu übernehmen.«

Renzo nahm Fransus Uniformjacke vom Haken an der Wand und hielt sie hoch, damit der Gul hineinschlüpfen konnte. »Das Zentralkommando wird verwirrt sein, daß Sie Ihre Rotation so schnell beendet haben.«

Fransu reagierte darauf weder mit Zustimmung noch mit Ablehnung, denn in Gedanken weilte er längst nicht mehr in diesem Büro.

»Wenn ich dieses Problem erst einmal auf die Weise erledigt habe, wie ich es schon vor Ewigkeiten hätte tun sollen«, sagte der Gul, »kann ich mich beruhigt zurücklehnen. Falls nötig, werde ich eine unerklärbare Staubwolke zurücklassen, wo sich jetzt diese Raumstation befindet. Dann werden die Station und ihr stinkender Inhalt dort sein, wo sie hingehören, nämlich in der Vergangenheit.«

7

»Es gibt leider nichts Neues, Sir. Ich habe mich über die cardassianische Kultur sachkundig gemacht, soweit uns Informationen zur Verfügung stehen, aber es ist fast unmöglich, weitere Nachforschungen anzustellen, ohne Mißtrauen zu erregen. Ich kann den Cardassianern wohl kaum erzählen, daß ich gerne ein Museum eröffnen möchte oder einen Schulaufsatz schreibe.«

Kira Nerys wand sich in ihrem Sessel. Die Cardassianer waren nicht gerade ihr bevorzugtes Gesprächsthema. Sie hatte ihr halbes Leben damit verbracht, gegen sie zu kämpfen, und sich in der zweiten Hälfte nach Kräften bemüht, ihre Existenz zu vergessen, so daß sie heute kaum noch ein normales Verhältnis zu ihnen entwickeln konnte.

Captain Sisko saß wie ein düsteres, stummes Denkmal hinter seinem Schreibtisch. Er nahm das, was sie sagte, ohne sichtliche Regung in sich auf. »Ich verstehe, Major. Erzählen Sie mir einfach, was Sie wissen. Dann werden wir weitersehen.«

»Wenn wir zu intensive Nachforschungen anstellen«, sprach Kira weiter, »könnte es möglicherweise nach außen dringen, daß wir ein cardassianisches Mausoleum in der Station gefunden haben. Abgesehen von den Cardassianern selbst dürften auch die Bewohner von *DS Nine* darüber nicht sehr begeistert sein.«

»Ich glaube nicht, daß wir Probleme bekommen«, sagte Sisko, »solange Garak den Mund hält. Und er machte auf mich nicht den Eindruck, als würde er darüber reden wollen.«

Kira beugte sich vor und verzog das Gesicht zu einer Karikatur, die Garak darzustellen schien. »Genauso gut könnte er ...«

»Bashir an Captain Sisko!« war plötzlich die Stimme des Arztes zu hören.

Sisko ließ sie mit einer Handbewegung verstummen und tippte dann auf seinen Kommunikator. »Sisko hier. Was gibt es, Doktor?«

»Es geht um unsere schweigenden Mitbewohner, Sir. Bei der Untersuchung der Zellproben, die ich genommen habe, hat sich ein neues Problem ergeben. Ich weiß nicht genau, wie diese Leichen konserviert wurden, aber ich habe Grund zur Annahme, daß ihre Zellstruktur zerfallen könnte, nachdem sie der Luft ausgesetzt wurden. Ich weiß nicht, wie lange Sie noch warten wollen, bis Sie eine Entscheidung getroffen haben, aber ich denke, den Cardassianern würde es nicht sehr gefallen, wenn sie ihre Verwandten in Form eines Haufens Staub, Schuppen und Knochen zurückerhalten.«

»Ließe sich der Zerfall irgendwie aufhalten?«

»Wir könnten die Leichen mit sterilen Kraftfeldern abschirmen, damit keine Mikroben ...«

»Dann könnten wir uns nicht mehr herausreden, wir hätten von nichts gewußt. Vorerst lassen wir alles, wie es ist, und hoffen auf das Beste. Ist das alles, Doktor?«

»Ja, Sir. Sonst gibt es nichts Neues. Aber ich dachte, Sie sollten es erfahren.«

»Vielen Dank.« Sisko schüttelte den Kopf und blickte Kira an. »Also läuft die Zeit allmählich ab. Nun, Major, was haben Sie über cardassianische Bestattungsrituale herausgefunden? Ich schlage vor, daß Sie jetzt etwas schneller sprechen.«

Kira wußte zunächst nicht, ob er einen Scherz gemacht hatte oder es ernst meinte. »Ich hatte in dem

Punkt recht, daß sie ihre Leichen normalerweise nicht auf diese Weise konservieren. Das heißt, sie konservieren ihre Toten überhaupt nicht. Und sie lassen auch nie die Leichen ihrer Gefallenen zurück, wenn sie es irgendwie verhindern können.«

»Womit wir wieder bei der beunruhigen Ausgangsfrage wären ... Warum befinden sich diese Leichen hier, und warum wurden sie allem Anschein nach hierher gebracht?«

»Ich schlage vor, sie in die Sonne zu werfen.« Nun meldete sich auch Odo zu Wort, der links neben Kira an der Wand im Schatten stand. Typisch Sicherheitsoffizier! Er schien ständig auf dem Sprung zu sein. »Oder sie mit Phasern zu eliminieren. Es sind schließlich nur Leichen. Totes Gewebe. Knochen und Schuppen. Ich habe keine Angst vor toten Cardassianern, aber ich möchte auf keinen Fall lebende auf dieser Station haben.«

»Das können wir nicht machen, Constable«, sagte Sisko ruhig. »Vielleicht haben wir eine Verantwortung gegenüber den Familien der Toten.«

Odo schüttelte den Kopf und verschränkte die Arme über der schmalen Brust. »Tot ist tot. Wozu die Aufregung über leblose Körper? Ich verstehe nicht, wie jemand eine so enge Bindung zu einer Leiche entwickeln kann.«

»Vermutlich weil von Ihrem Körper keine Leiche übrigbleiben wird«, konterte Kira und legte einen Finger an ihr Kinn.

Sie wollte sich gerade dafür entschuldigen, daß sie sich über ihn lustig gemacht hatte, als Odo aus dem Schatten trat und sich vor ihr aufbaute.

»Sie dürfen mich nach Belieben entsorgen, nachdem ich gestorben bin, Major. Ich würde es jedenfalls als beleidigend empfinden, wenn man meine Überreste in einem verzierten Eimer deponiert und alle paar Monate ›besucht‹.«

Kira bedachte ihn mit einem sorgfältig abgewogenen Lächeln. »Okay, ich werde Sie nicht besuchen.«

Odos kleine, aufmerksame Augen funkelten sie an, als könnte er sich nicht entscheiden, ob er sich für dieses Versprechen bedanken sollte. Schließlich wandte er sich an Sisko.

»Kira hat recht«, sagte der Gestaltwandler. »Sie lassen niemals ihre Toten zurück. Das bedeutet, wir haben es entweder mit einem Versehen oder mit einer Falle zu tun. Es wäre besser, wenn wir wüßten, welche dieser beiden Möglichkeiten den Tatsachen entspricht.«

»Sie beide wollen mir damit also sagen«, faßte Sisko zusammen, »daß wir entweder vor einem kleinen Ärgernis oder einem großen diplomatischen Problem stehen. Ich neige dazu, vom letzteren Fall auszugehen. Die Cardassianer sind äußerst reizbar. Wenn sie nicht gerne ihre Toten zurücklassen, wird es ihnen erst recht nicht gefallen, daß ihr Mausoleum entweiht wurde. Wenn es meine Verwandten wären, würde ich sie zurückhaben wollen, damit ich mich persönlich um die Bestattung kümmern könnte. Ich weiß, wie es ist, jemanden zu verlieren, den man nicht mehr begraben kann. Diese Geschichte soll sich für niemanden auf *Deep Space Nine* wiederholen, wenn ich es verhindern kann.«

8

»Meldung!«

»Hoher Gul, ich habe viele Korridore gesehen, aber keine Fenster. Und es gibt wissenschaftliche Labors. Zumindest habe ich drei gefunden...«

»Und ihr Zweck? Was wird dort analysiert oder konstruiert?«

»Ich... weiß es nicht, Exzellenz.«

»Dann mach weiter, Koto.«

»Aber eins davon ist eine Krankenstation!«

»Gut. Weitermachen!«

»Turbolifte führen in alle Richtungen, horizontal und vertikal. Und hinter den Wänden gibt es ein dichtes Netzwerk aus Versorgungsschächten.«

»Welche Architektur?«

»Wie bitte?«

Als der junge Soldat nur mit Verwirrung auf die Frage reagierte, trat Elto vor. Der Mann war einen Kopf kleiner als die meisten anderen, doch er konnte sie alle mühelos mit seinem Blick an die Wand drücken.

»Hoher Gul, die Architektur ist cardassianisch.«

»Bist du absolut sicher? Wenn wir einem Irrtum erliegen, könnten unsere Entscheidungen fatale Folgen haben.«

»Die Inneneinrichtung und das Baumaterial lassen keinen anderen Schluß zu.«

»Rhodinium?«

»Ja, Hoher Gul, die Verkleidungen sind aus Rhodinium, die tragenden Elemente aus Molybdänit und anderen Legierungen. Die Energieleitungen und Computerterminals sind eindeutig cardassianisch. Ich kann mühelos damit umgehen. Nur daß wir hier keine Cardassianer gesehen haben, Exzellenz. Aliens der verschiedensten Spezies, aber keinen einzigen Cardassianer.«

»Habt ihr mit den Sensoren gezielt nach anderen Cardassianern gesucht?«

»Wir probieren es, aber die Kontrollen wurden verändert, so daß wir den Anzeigen nicht vertrauen können.«

Der Hohe Gul warf ihm einen strengen Blick zu. »Keine Cardassianer in einer cardassianischen Einrichtung?«

»Zumindest habe wir keine gefunden. Und wir haben auch keinen einzigen Taldemi gesehen.«

»Niemand aus unserem eigenen Volk... keine Einwohner des Planeten... Wer hat hier die Kontrolle? Habt Ihr andere Spezies wiedererkannt?«

»Ja, Exzellenz. Ferengi, Bajoraner und andere, die fast wie Bajoraner aussehen, aber keine Ohrgehänge tragen.«

Der Hohe Gul blieb reglos stehen und widerstand dem Drang, unruhig auf und ab zu gehen. Jede Bewegung konnte sie verraten, und wenn er Nervosität zeigte, würde die Unruhe auch auf seine Männer überspringen. »Bajoraner«, dachte er laut nach. »Sklaven vom anderen Ende des Sektors. Was haben sie in einer Einrichtung der Taldemi zu suchen? Oder befinden wir uns gar nicht mehr auf Tal Demica?«

»Sie meinen, jemand hat uns vom Planeten fortgebracht?« Koto war so schockiert, daß er trotz seines kräftigen Körperbaus wie ein kleines Kind wirkte. »Aber wieso?«

»Meine politischen Feinde haben lange Krallen«, sagte der Hohe Gul. Er versuchte seine Stimme unter Kontrolle zu halten, um sich den Haß nicht anmerken zu lassen. Die anderen würden auf jeden Hinweis achten, der sich in seinem Auftreten oder seinen Gefühlen zeigte. Er mußte Ruhe bewahren, bis er ihre Situation verstanden hatte.

Dann würden seine Männer jedoch von ihm erwarten, daß er handelte, und er würde sie nicht enttäuschen. Aber hier gab es so viele offene Fragen, auf die er vorher gerne einige Antworten gehabt hätte. Sie waren zwar aus ihrem Schlaf erwacht, aber sie wußten jetzt genausowenig über ihre Umgebung wie vorher. Elto, Koto, Malicu und Ren waren mit verwirrenden Meldungen zurückgekehrt, doch Fen, Clus, Ranan und einige andere befanden sich immer noch auf ihrem Erkundungsgang. Der Hohe Gul nährte seine Hoffnung, daß sie es schafften, in einer Einrichtung unsichtbar zu bleiben, wo sie sich nicht hinter anderen Cardassianern verstecken konnten. Er überprüfte seine Körperhaltung. Es war wichtig, daß er Zuversicht ausstrahlte, auch wenn es sich um eine Lüge handelte – zumindest vorübergehend.

»Was noch, Elto?« unterbrach er seine eigenen Gedanken. »Zu welchen Schlußfolgerungen bist du gekommen? Sprich, auch wenn es sich nur um Spekulationen handelt.«

Elto dachte eine Weile nach, als würde er sich bemühen, der Aufforderung Folge zu leisten. »Exzellenz, das Kommunikationssystem und die Computeranlagen sind cardassianische Konstruktionen, aber etwas beunruhigt mich. Es sind moderne Geräte, hochentwickelte Technik, und einiges übersteigt sogar mein Wissen als Ingenieur. Trotzdem wirkt alles ... sehr alt ... heruntergekommen.«

»Alt?« Der Hohe Gul fuhr herum und blickte seinem zweiten Kommandeur in die Augen. »Neue Technik, die alt wirkt? Wie alt?«

»Nach den Abnutzungserscheinungen«, erwiderte Elto zögernd, »würde ich sagen, fünfzehn oder zwanzig Jahre.«

Der Hohe Gul wandte sich wieder von Elto ab, damit der Mann nichts von der Besorgnis auf seinem Gesicht bemerkte. Mit den Fingern betastete er die runzligen Fingerknöchel der anderen Hand und spürte die Ablagerungen der Zeit.

»Und Staub ...«, murmelte er, während sein Blick ins Leere gerichtet war. »All der viele Staub ... zwanzig Jahre ...«

Kotos Augen traten plötzlich hervor, als die Erkenntnis ihn wie ein Schlag traf und er keuchte: »Meine Frau! Meine Töchter!«

Der jüngste unter ihnen, der unerschütterliche und treu ergebene Inos, trat mit geballten Fäusten vor. »Hoher Gul! Wer könnte es wagen, uns zwanzig Jahre lang schlafen zu lassen? Wer könnte *Ihnen* so etwas antun? Dem Mann, der dies alles in Bewegung gesetzt hat!«

»Wir wurden aus eigenem Entschluß in Tiefschlaf versetzt, als letzte Geheimwaffe«, sagte Elto. »Damit wir uns aus den Klauen des Feindes erheben und ihn endgültig vernichten! Wie haben unsere Feinde die Kontrolle über uns erlangt?«

»Wir wissen nicht, ob es unsere Feinde waren«, sagte der Hohe Gul verbittert. »Unsere eigenen Leute könnten dafür verantwortlich sein.«

»Welcher Cardassianer würde so etwas einem anderen Cardassianer antun?« stammelte Koto. Er zitterte heftig, während er nur noch an seine Frau und seine Kinder denken konnte.

»Keiner«, erwiderte Elto.

»Es gäbe durchaus einige, die dazu imstande wären«, stellte der Hohe Gul richtig. Er konnte für sie ein Vorbild der Tapferkeit sein, aber er wollte sie nicht betrügen. Alles deutete darauf hin, daß sie von ihrer ursprünglichen Tiefschlafstätte zu einem anderen Planeten gebracht worden waren, wo man sie in dieser Gruft versteckt hatte.

Aber warum?

»Wenn das stimmt«, sprach er weiter, »sind unsere Kinder erwachsen und unsere Frauen alt. Wir haben hier Staub angesetzt, während unsere Zivilisation, unsere Familie und unsere Kameraden ohne uns weiterlebten. Doch am schlimmsten ist die Möglichkeit, daß wir im Tiefschlaf als Geiseln oder Trophäen in einem unredlichen Kampf mißbraucht wurden – daß man uns *gegen* Cardassia benutzt hat! Ich mag gar nicht daran denken! Es ist leicht, wütend zu werden, und auch ich bin wütend. Aber wir müssen handeln, und wenn wir handeln wollen, müssen wir unser Vorgehen sehr sorgfältig planen. Wir haben einige Vorteile auf unserer Seite ... Wir müssen sie geschickt nutzen. Elto ...«

»Exzellenz?«

»Du sagst, du kannst mit den Systemen in dieser Einrichtung umgehen?«

»Ja, Exzellenz, obwohl einige mit neuen Systemen verbunden wurden.«

»Heißt das, du könntest sie außer Betrieb setzen?«

Der junge Offizier zögerte überrascht, doch dann veränderte sich sein Gesichtsausdruck. »Ich könnte es auf jeden Fall versuchen.«

»Ich möchte, daß du es versuchst. Mach es langsam, ein System nach dem anderen, damit es wie eine zufällige Häufung von Fehlfunktionen aussieht.«

»Welche Systeme, Exzellenz?«

»Das spielt keine Rolle. Alle Systeme. Damit wird die Aufmerksamkeit der Leute, die diesen Außenposten führen, von uns abgelenkt. Keine Fenster ... also scheinen wir uns tief unter der Erde zu befinden. Schalte die Beleuchtung ab, die Luftversorgung, die Energie, die Turbolifte oder auch nur die Turboliftüren. Alles, was Chaos verursacht. Es wird dir bestimmt Spaß machen, Elto. Wenn dir ein Fehler unterlaufen sollte, werden wir uns darum kümmern. Die anderen kundschaften die Umgebung aus. Malicu und Koto, ihr beide werdet nach einem neuen Hauptquartier für uns suchen. Irgend jemand weiß, daß wir hier sind, also werden wir hier nicht bleiben.«

»Ja, Hoher Gul«, antwortete Malicu, denn Koto war immer noch vor Entsetzen gelähmt.

»Was die Taktik betrifft«, redete der Hohe Gul weiter, »ist es für uns sehr günstig, daß wir uns in diesen unteren Stockwerken und den Schächten verstecken können. Versucht eure Gesichter nicht zu zeigen, aber wenn jemand euer Gesicht sieht, tötet ihn und laßt die Leiche verschwinden. Doch ihr solltet so wenig wie möglich töten, denn wir haben hier vielleicht einige Verbündete. Elto, schalte zuerst die internen Sensoren ab. So verhindern wir, daß unsere Biowerte angemessen werden. Ja, meine kräftigen jungen Männer, jetzt ist eure Chance gekommen, das zu tun, wozu ihr so sorgfältig ausgebildet wurdet. Diese heimliche Eroberung ist viel besser als ein einfacher Kampf. Wir können durch Verbreitung von Chaos Kontrolle gewinnen. Wenn dieses Gebäude geschwächt ist und wenn die Bewohner leiden, werden wir zur Oberfläche flüchten und die Eindringlinge hier unten ersticken lassen.«

»Uff! Was zum ...«

Es war möglich, sich auf durchaus würdevolle Weise das Nasenbein zu brechen, sich einen Zahn auszuschlagen oder sich die Wange aufzureißen – in der Geschichte der Schädelverletzungen gab es zahllose Beispiele für unschmähliche Mißgeschicke –, doch frontal gegen die Tür eines verschlossenen Turbolifts zu rennen, gehörte nicht dazu.

Kira Nerys riß instinktiv die Arme hoch und sah kleine Lichter vor den Augen explodieren, als sie gegen die glatte Oberfläche der Tür prallte. Es knallte, doch die Türen gaben keinen Millimeter nach. Zu dumm. Bis jetzt war sie recht guter Laune gewesen.

Bislang waren die Turblifttüren der Zentrale stets

gehorsam aufgeglitten, ganz gleich, ob sie gemütlich spaziert oder gerannt war. Nur heute nicht. Sie hielt sich die Hand vor das Gesicht und taumelte zurück.

Jadzia Dax blickte von ihrer Konsole zu Kira herüber. Sie war die Ruhe in Person. Die sanfte Deckenbeleuchtung ließ ihr zurückgebundenes schwarzes Haar schimmern. Ihre Frisur wirkte ein wenig zu hoch und glatt, aber das lag vermutlich daran, daß die hübsche junge Frau vor einiger Zeit ein runzliger alter Mann gewesen war. Doch selbst ein Trill, der im Laufe seiner vielen Leben fast vergessen hatte, wie es war, eine Frau zu sein, konnte die klassische Schönheit von Jadzia nicht ruinieren.

Aber sie könnte es ruhig gelegentlich probieren.

Kira kam sich plötzlich unansehnlich und tolpatschig vor, und sie verfluchte die perfekte Frisur, die perfekte Beleuchtung und überhaupt die ganze allgemeine Perfektion, als sie zur Kontrollkonsole wankte und die Überreste ihrer Nase und ihrer schmerzenden Schneidezähne betastete. »Waf ift mit dem Turbolift paffiert?«

»Ich weiß es nicht«, sagte Dax und arbeitete ohne Hektik an ihren Kontrollen, obwohl sich Falten auf ihrer Stirn gebildet hatten. »Aber schauen Sie sich das hier an! Ich erhalte aus der ganzen Station Fehlermeldungen. Zwei Drittel aller Turbolifttüren sind plötzlich blockiert.«

»Fagen Fie Hulian Befeid, fich auf jede Menge gebrochener Nafen gefafft tfu machen.«

Dax warf ihr einen Blick über die Schulter zu. »Alles in Ordnung?«

Diese dumme Frage trug dazu bei, daß sich Kiras Laune weiter verschlechterte, während sie die Finger über Nase und Mund hielt. »Nein! Ich habe mir die Lippe aufgebiffen. Ich fürchte, daff mein Mund anfwellen wird.«

»Keine Sorge. Wir werden den Übeltäter finden und ihn aufknüpfen. Sie dürfen den Strick halten.«

»Ift irgend jemand im Lift fteckengeblieben?« Kira zwang sich dazu, langsamer zu sprechen und die Hände herunterzunehmen; zwischen den Sätzen erkundete sie die Innenseite ihrer Lippe mit der Zunge. »Prüfen Sie es lieber nach.«

»Ich bin schon dabei. Aber ich erhalte keine Notrufe aus den Turboliften. Bis jetzt jedenfalls nicht.«

»Die Sicherheit soll die Lifte persönlich überprüfen.« Kira legte einen Finger an ihre Nase und schniefte. »Autsch... Wir hatten schon eine Menge Probleme, aber so etwas ist bisher noch nicht vorgekommen. Was könnte dafür verantwortlich sein, daß plötzlich die Turbolifte blockiert sind?«

»Nicht die Lifte selbst«, sagte Dax, während ihre Finger elegant über die Kontrollen tanzten. »Es sind nur die Türen. Mit den Liften gibt es keinerlei Probleme.«

»Aber was nützt es uns, wenn die Türen nicht funktionieren? Wenn niemand ein- und aussteigen kann? Rufen Sie den Chief!«

»Sofort. Zentrale an Chief O'Brien, bitte melden Sie sich!«

Kira holte Luft, um sich auf das Gespräch mit dem Ingenieur vorzubereiten, der normalerweise ohne Verzug auf einen Anruf antwortete. Aber nichts geschah. Sie atmete wieder aus und hatte sogar Zeit, noch einmal Luft zu holen. »Nun?«

Dax runzelte die Stirn. »Chief O'Brien, bitte antworten Sie!«

»O'Brien hier... Tschuldigung. Wir haben hier unten alle Hände voll zu tun.«

»Was ist los, Chief?« Kira beugte sich über die Kontrollen, als könnte sie damit irgend etwas bewirken.

Weitere zehn Sekunden verstrichen.

Sie warf Dax einen Blick zu. »Chief, was ist da unten los?«

»... isolinearen op... schen Chips... ohne jede... und die internen Sensorsys... ausgefallen...«

»Chief!« sagte Kira drängend. »Die Verbindung ist gestört. Benutzen Sie Ihren Kommunikator oder das Interkom?«

»... nicht verstehen, Major. Jeder Satz ... abgehackt und unvoll ... eine Art Phasendämpfung ... nicht lokalisieren kann ... Sie verstanden?«

»Wir melden uns zurück, Chief, wir melden uns zurück.« Sie bemerkte, daß sie in ihrer Verzweiflung lauter gesprochen hatte, als könnte sie damit das Problem umgehen. Sie sah Dax an. »Haben Sie irgend etwas verstanden?«

»Wenn das interne Sensorsystem durch eine Phasendämpfung beeinträchtigt wird«, sagte Dax, »ist jede Kommunikation gestört, ganz gleich, ob die Verbindung über das Interkomsystem oder die Insignienkommunikatoren hergestellt wird. Jedes Signal wird phasenweise gelöscht.«

Kira richtete sich auf und blickte sie mit funkelnden Augen an. »Sie haben das Problem bereits mit gewohnter Effizienz analysiert, wie?«

»Das ist meine Aufgabe, Major.«

»Kommen Sie! Seien Sie nicht so selbstgefällig!«

»Bin ich selbstgefällig?«

»Zumindest ihre Frisur und ihre Wimpern strotzen vor Selbstgefälligkeit. Wie konnte es zu einer solchen Störung kommen?«

»Ich kann mir eigentlich nur einen gezielten Sabotageakt als Erklärung vorstellen, aber von Zeit zu Zeit schaffen es die alten cardassianischen Systeme, sich gegen die neue Starfleet-Technik durchzusetzen, auch wenn sie gar nicht richtig kompatibel sind. Als würde ein alter Veteran noch einmal in den Kampf ziehen, obwohl seine Tage längst gezählt sind. Ich werde versuchen, den Fehler aufzuspüren. Vielleicht könnte man ihn eliminieren, indem man ...«

»Solange die Turbolifte außer Betrieb sind, können wir nicht nachsehen, was der Chief gerade treibt, oder ihm sagen, was wir vorhaben. Kleine technische Pannen sind das Schlimmste, was es gibt... Ich würde lieber gegen eine komplette cardassianische Flotte kämpfen. Ich freue mich schon darauf, Captain Sisko Meldung zu machen!«

Dax bedachte sie mit ihrem typischen gelassenen Lächeln, doch in ihren Augen funkelte eine geradezu teuflische Durchtriebenheit. »Manchmal bin ich ganz froh, nicht auf dem Posten des Ersten Offiziers zu sitzen.«

»Oh, danke! Vielen vielen Dank! Sie haben mir gerade bei der Entscheidung geholfen, ihm nichts davon zu sagen, bis wir mehr über das Problem wissen. Technische Pannen – was für eine Zeitverschwendung! Wir setzen alles daran, diesen Außenposten zu etablieren, doch wenn wir auf Schwierigkeiten stoßen, bricht sofort das Chaos aus. Wenn wir es nicht schaffen, diesen cardassianischen Schrotthaufen unter Kontrolle zu halten, sind wir genauso unbedeutend wie irgendein Provinzkaff! Gut. Nachdem ich das losgeworden bin, wollen wir der Reihe nach vorgehen und uns eine Methode überlegen, wie wir Nachrichten mit der technischen Abteilung austauschen können. Hat zufällig jemand ein paar Blechdosen und einen Bindfaden dabei?«

»Ich könnte in meiner alten Campingausrüstung nachsehen«, ertönte hinter ihnen einen tiefe Stimme. »Wo liegt das Problem?«

Als Benjamin Sisko sich der zentralen Kommandokonsole näherte, dem Herz des Operationszentrums, schien es, als wäre er plötzlich im Schatten materialisiert. Kira drehte sich um und dachte, daß sie sehr oft diesen Eindruck hatte. Wenn er scheinbar aus dem Nichts auftauchte, wirkte er wie ein Geist aus der Vergangenheit, von der er sich nicht lösen konnte, wie ein ruheloser und dennoch in sich gekehrter Mensch. Auch wenn er nicht wußte, was vor sich ging, schien er doch immer eine Ahnung zu haben, einen Verdacht, der es ihm ermöglichte, ein wenig schneller als alle anderen zu reagieren.

Kira richtete sich auf. Sie reckte sich beinahe auf den Zehenspitzen hoch, um es mit seiner beträchtlichen Körpergröße aufzunehmen. »Woher wissen Sie, daß es ein Problem gibt?«

»Ich habe ihr Gesicht durch die Glastür meines Büros gesehen. Sie wären ein miserabler Pokerspieler, Major.«

»Ein Widerstandskämpfer braucht andere Qualitäten als ein Pokergesicht, Sir.«

»Damit könnten Sie recht haben. Was ist geschehen?«

»Die Turbolifttüren sind blockiert«, sagte Kira und deutete nacheinander auf den Lift, an dem sie sich die Nase blutig gestoßen hatte, und dann auf die Konsole. »Und das interne Kommunikationssystem ist gestört.«

»Dafür ist eine Phasendämpfung verantwortlich, Benjamin«, fügte Dax hinzu. »Sie zerhackt jede Kommunikation innerhalb der Station.«

»Also können wir mit niemandem Verbindung aufnehmen, weder direkt noch indirekt. Sind alle Lifte außer Betrieb?«

»Inzwischen sind es neunzig Prozent. Tendenz steigend.«

»Ist jemand steckengeblieben?«

»Nicht daß wir wüßten«, sagte Kira, »aber solange die Kommunikationssysteme verrückt spielen, haben wir in diesem Punkt keine Gewißheit. Ich wollte die Sicherheit beauftragen, jeden einzelnen Lift zu überprüfen, aber selbst das können wir vergessen. Wer in einem Lift feststeckt, ist im Augenblick völlig von der Außenwelt abgeschnitten.«

»Das gefällt mir überhaupt nicht«, brummte Sisko und trat hinter Dax' Konsole. »Geben Sie die alten Handkommunikatoren aus und testen Sie, ob wir damit die Phasendämpfung überwinden können. Die Sicherheit soll zwei Dutzend Leute beauftragen, als Boten zu fungieren. Sie sollen die Treppen, die Frachtschächte und Korridore benutzen, um Nachrichten zu überbringen.«

Kira beobachtete ihn, wie er nach Möglichkeiten suchte, ihre Probleme angehen zu können. Obwohl die Fehlfunktionen sie nervös machten und sie sich nicht auf vage Gefühle verlassen wollte, hatte der Captain einen beruhigenden Einfluß auf sie. Zum Wohl Bajors hatte sie die Präsenz von Starfleet in diesem Sektor akzeptiert, doch wenn Starfleet sich eines Tages von diesem Planeten zurückzog, würde sie der Flotte sofort den Rücken zukehren. Aber es war noch nicht soweit. Die Föderation hatte ihre Versprechen eingehalten, auch wenn sie gelegentlich eine recht unentschlossene Haltung einnahm, was jedoch jedesmal von Ben Siskos Durchsetzungsvermögen wettgemacht worden war.

Sie ließ ihn niemals aus den Augen, während sie darauf wartete, daß er endlich explodierte, denn diese Explosion würde ihren Heimatplaneten entweder vernichten oder retten.

»Welche Schiffe haben zur Zeit angedockt?« wollte Sisko von Dax wissen.

»Drei Ferengi-Handelsschiffe, ein Versorgungsschiff von Starfleet und zwei bajoranische Erzfrachter.«

»Versuchen Sie mit allen Verbindung aufzunehmen. Sie sollen ausprobieren, welche Kommunikationskanäle zur Station noch funktionieren. Stellen Sie fest, wer mit wem sprechen kann.«

»Welche Nachricht sollen sie durchgeben, falls sie es schaffen?«

»Als erstes sollen sie die Leute davor warnen, die Turbolifte zu benutzen.«

Zu Kiras Verblüffung reagierte Dax mit einem verschmitzten Grinsen. Sisko lächelte zwar nicht, aber auch er schien sich wegen der Situation keine allzu großen Sorgen zu machen.

Warum drehte er nicht durch? Hielt er seine Wut im Zaum? Er stand in der Nähe der Hauptkonsole und sah zu, wie Dax sich abmühte, die Kommunikationsverbindungen aufzubauen. Nur zwanzig Prozent der Nachrichten erreichten die Schiffe, die an der Station angedockt hatten. Sisko war ein dunkler Schatten, der sich durch nichts aus der Ruhe bringen ließ, während Kira immer nervöser wurde und am liebsten auf irgend etwas eingedroschen hätte.

»Benjamin«, sagte Dax schließlich, »ich empfange ein telemetrisches Kommuniqué vom Captain eines der Ferengi-Schiffe. Darin heißt es, sie hätten eine Nachricht von Chief O'Brien.«

»Stellen Sie ihn durch.«

»Nun ... der Ferengi will wissen, wieviel wir ihm dafür zahlen.«

Siskos desinteressierte Augen erwachten plötzlich zum Leben, als er auf diese kühne Forderung reagierte. »Sagen Sie ihm ... ich werde darauf verzichten, ihm beide Beine auszureißen.«

Dax zeigte wieder ihr zurückhaltendes Lächeln.

Zum ersten Mal seit dem Beginn der Störungen spürte Kira, daß auch ihr Gesicht sich zu einem Grinsen verzog. Immerhin war es eine Gelegenheit, den Ferengi eins auszuwischen. Dafür nahm sie sogar eine blutige Nase in Kauf. Sie genoß die Vorstellung, wie das Gesicht eines Ferengi-Captains, der vor Schadenfreude eine Grimasse zog, plötzlich Zweifel zeigte, da inzwischen allgemein bekannt war, daß Ben Sisko ein harter Kämpfer sein konnte, der sich im Ernstfall über einige Vorschriften hinwegsetzte.

»Benjamin«, rief Dax plötzlich, während ihr Lächeln verschwand. »Ich empfange über das Starfleet-Versorgungsschiff eine Nachricht von O'Brien. Es gibt Störungen in der Ambientenkontrolle – die Temperaturregelung spielt verrückt ... und die Lufterneuerung steht kurz vor dem Zusammenbruch.«

Nun zeigte Siskos Gesicht doch eine gewisse Besorgnis, und er stützte sich mit beiden Händen auf Dax'

Konsole ab, als müßte er noch einmal das überprüfen, woran es eigentlich keinen Zweifel geben konnte. »Ist es wirklich ausgeschlossen, daß nicht die Ferengi dafür verantwortlich sind, weil sie gerne von unserer Notlage profitieren würden?«

»Es sind nicht die Ferengi«, sagte Kira. »So etwas würden sie nicht wagen.«

Ohne weiter auf ihre Antwort oder seine Frage einzugehen, sagte Sisko: »Schalten Sie auf die Notsysteme um.«

»Ja, Sir«, bestätigte Dax, die sofort in ihre routinierte Professionalität zurückfiel, als sie genauso wie Kira an seiner Baßstimme bemerkte, wie ernst es ihm war.

»Reagieren die Notsysteme?« hakte er nach, als Dax zwei Minuten lang verschiedene Schaltungen ausprobiert hatte.

»Es scheint so«, sagte Dax. »Einige kleinere Schwierigkeiten wurden durch die Notsysteme behoben, obwohl sich die Stabilität der Hauptsysteme immer noch nicht normalisiert hat.«

»Was ist die Ursache? Es kann doch nicht an der Phasendämpfung liegen, die sich nur auf die Kommunikation auswirken dürfte.«

»Sie ist bestimmt nicht für die Blockierung der Lifttüren verantwortlich«, warf Kira ein.

Sisko drehte sich kurz zu ihr um, als wollte er ihr zustimmen. »Könnte irgendein Computervirus dahinterstecken?«

»Ja«, sagte Dax nur.

Sisko war sichtlich unzufrieden, als er sich zu voller Größe aufrichtete. »Das ist nicht gerade eine erschöpfende Antwort, alter Knabe.«

Die elegante Frau blickte zu ihm auf und antwortete mit ruhiger Stimme. »Aber eine korrekte Antwort. Ja, ein Virus könnte in der Tat für die Beeinträchtigung der verschiedenen, nicht zusammenhängenden Systeme verantwortlich sein. Es wäre ungewöhnlich, aber nicht unmöglich. Ob ich ein solches Virus kenne oder weiß, wie ich es aufspüren kann? Noch nicht.«

»Wo traten die ersten Störungen auf?«

»Am Turbolift«, meldete Kira.

»Dann fangen Sie damit an.«

Dax nickte nur und machte sich schweigend an die Arbeit.

Sisko ging hinter den zwei Frauen auf und ab. »Wo ist Odo?«

Kira hatte den Captain nicht aus den Augen gelassen. »Außer Dienst, Sir.«

»Was heißt das? Ruht er sich in seinem Quartier aus, oder hockt er in der Bar, um Quark zu ärgern?«

»Ich denke, er ist in der Bar. Quark hat nicht viele Gäste, wenn Odo anwesend ist, zumindest nicht an den Dabo-Tischen. Odo weiß das genau und versucht, Quark so viel harmlosen und legalen Schaden wie möglich zuzufügen.«

»Das ist mir bekannt. Versuchen Sie ihn auf irgendeine Weise über unsere Probleme zu informieren.«

»Warum?« fragte Kira. »Es ist doch kein Sicherheitsproblem, Sir.«

»Möglicherweise doch. Zumindest bis wir definitiv feststellen können, ob es sich um einen technischen Fehler oder etwa um Sabotage handelt.«

»Sabotage! Wie kommen Sie auf eine solche Vermutung, Sir?«

»Weil fast immer eine böse Absicht dahintersteckt, wenn mehr als zwei Dinge gleichzeitig schiefgehen. Ich glaube nicht an den Zufall, Major.«

Kira zuckte die Schultern. »Die Technik der Station ist ziemlich bunt zusammengewürfelt, Sir ... die eine Hälfte stammt von den Cardassianern, die andere von Starfleet. Ich denke, von Zeit zu Zeit muß einfach etwas schiefgehen.«

»Das würde ich auch denken, wenn es nur um die Turbolifte und die Kommunikation ginge. Aber wenn die Lebenserhaltung hinzukommt, gehe ich lieber kein Risiko ein. Hier draußen im Weltall können wir nicht die Fenster öffnen, um frische Luft hereinzulassen.«

Kira verzichtete auf eine Erwiderung. Sie wußte aus Erfahrung, daß sich unter der glatten Maske des diplomatischen Vermittlers ein Mann verbarg, der *DS Nine* wie seinen Augapfel hütete.

Warum klammerte er sich so sehr an die Station? Kira war nur einige tausend Kilometer von ihrer Heimatwelt entfernt, und sie wußte genau, wofür sie kämpfte. Außerdem gab es in ihrer Nähe viele Leute mit der gleichen Vorgeschichte wie sie, die genauso wie sie dachten. Sie war niemals auf der Erde gewesen, aber sie wußte, dieser Planet war so weit entfernt, daß man in diesem Winkel des Universums alptraumhafte Einsamkeit empfinden konnte. Für Kira waren Entfernungen immer nur eine Frage von Stunden oder bestenfalls Tagen gewesen. Für den Captain und seinen jugendlichen Sohn wäre es besser, wenn sie sich hier zu Hause fühlen würden, am warmen Kaminfeuer des Wurmlochs, da sie ansonsten eine kalte, wochenlange Reise vor sich hätten.

Während Sie Ben Sisko beobachtete, wie er in der Kommandozentrale auf und ab ging und gelegentlich einen Blick auf die Monitore warf, wünschte sie sich plötzlich, für ein oder zwei Tage nach Hause zurückzukehren. Ihr wurde klar, daß er jeden Morgen solche Gedanken aus dem Kopf verdrängen mußte. Nach dem Krieg zwischen der Föderation und den eiskalten Borg war er vor zu vielen Enttäuschungen davongelaufen. Als Starfleet-Veteran eines besonders erbitterten Krieges – und als alleinerziehender Vater – suchte er nach Schutz und Sicherheit, aber er hatte sich dazu eine recht stürmische Klippe ausgesucht.

Es war nur schwer zu erkennen, wie groß seine Sorgen an einem bestimmten Tag oder während eines bestimmten Problems waren. Kira hatte keinerlei Hemmungen, ihre Gefühle offen auf den Tisch zu legen, aber Sisko war wesentlich verschlossener.

Also verbrachte sie viel Zeit damit, ihn zu beobachten und seine undurchschaubare Mimik zu deuten – was ihr jedoch nicht immer gelang.

»Wie verhalten sich die Notsysteme?« Sisko war an Dax' Station zurückgekehrt.

»Ich konzentriere mich gerade darauf, die Verbindung zu Chief O'Brien zurückzuverfolgen. Gleich müßte es soweit sein ... Jetzt können Sie es versuchen.«

Sisko wandte sich der Kommunikationskonsole zu. »Chief, können Sie mich hören? Chief O'Brien?«

»Hier ... Krankenstation, Sir«, kam es aus dem Lautsprecher. »Ich habe ... wo sich ... O'Brien befindet.«

»Sie haben eine Verbindung zu Dr. Bashir hergestellt«, sagte Sisko zu Dax und sprach dann wieder über das Kommunikationssystem. »Doktor, ich versuche eine Verbindung zur technischen Abteilung zu bekommen. Haben Sie das verstanden?«

»Ja, Sir, ich ...«

»Können Sie eine Nachricht für den Chief weitergeben?« Während Sisko sprach, arbeitete Dax an ihren Kontrollen weiter.

»Ich werde es versuch ... lautet Ihre Nachricht?«

»Geben Sie weiter, daß wir in der ganzen Station Fehlfunktionen haben, in den unterschiedlichsten Systemen. Möglicherweise sind auch die Lebenserhaltungssysteme gestört. Haben Sie verstanden?«

»Ja, Sir ... Fehlfunktionen, wahrscheinlich auch ... haltungssystemen. Ich werde versu ... tun kann. Bashir Ende.«

»Immerhin ein kleiner Fortschritt«, sagte Sisko seufzend. »Das meiste scheint angekommen zu sein. Gute Arbeit, Dax.«

»Sir, warum schicken Sie mich nicht los, damit ich versuche, durch die Versorgungsschächte zur technischen Abteilung zu kriechen?« schlug Kira vor.

»Das werde ich gerne tun, aber bevor Sie Ihre Uniform schmutzig machen, sollten wir noch ein paar Sekunden abwarten, ob der Doktor eine Verbindung zu O'Brien bekommt.«

Sie bedachte ihn mit einem Grinsen. »Glauben Sie etwa, ich würde mich vor ein wenig Schmutz ekeln?«

»Das nicht. Ich glaube eher, daß es Ihnen sogar Spaß machen würde, Major, aber wir sollten Punkt für Punkt vorgehen. Wenn Dax es schafft, das Kommunikationsproblem zu lösen, können wir uns um wichtigere Dinge kümmern.«

Dax schüttelte den Kopf, während ihre langen Elfenbeinfinger über die Konsole tanzten. »Ich bezweifle, daß ich es vollständig beheben kann, Benjamin. Zumindest nicht für sehr lange. Die Energieleitungen sämtlicher Systeme werden immer wieder unterbrochen. Wenn Sie mit O'Brien reden, kann ich die Verbindung vielleicht nicht halten, also sollten Sie sich genau überlegen, was Sie sagen wollen.«

»Verstanden. Ich werde ...«

»Captain, können Sie mich hören?«

»Chief! Ja, laut und deutlich. Sind Sie über das Ausmaß der Fehlfunktionen informiert?«

»Ich kann Sie nicht sehr gut verstehen, Sir. Ich weiß nicht ... lange die Verbindung hält. Immer wenn wir etwas repariert haben, bricht etwas anderes zusammen. Wir ... mit den Subsystemen ... die Sauerstoffversorgung und die Temperaturkontrolle. Das interne Sensorensystem ist ebenfalls gestört. Ständig verfolge ich neue Fehler, um sie zu lokalisieren oder zu umgehen.«

»Verstanden«, sagte Sisko langsam und deutlich. »Wir versuchen weiterhin ...«

»Sir!«

Kira wäre beinahe in die Falle getappt, sich mit ihrer Rolle als Erster Offizier zu begnügen und jede Verantwortung abzugeben, nachdem sich der Captain eingeschaltet hatte. Sie hatte sich auf der anderen Seite über

Dax' Kontrollkonsole gebeugt und ohne besondere Aufmerksamkeit die Anzeigen beobachtet, denen ansonsten niemand Beachtung schenkte. Das Hauptproblem waren schließlich die Daten über interne Systemausfälle, doch niemand hatte auf die externen Systeme geachtet.

Erst als Sisko, Dax und die anderen Besatzungsmitglieder in der Zentrale sich zu ihr umblickten, erkannte sie, daß ihre im jahrelangen Kampf geschärften Reflexe immer noch zuverlässig waren.

Und sie stand zu ihrer instinktiven Reaktion.

»Sehen Sie!« rief sie und zeigte auf den Monitor, der ihre Aufmerksamkeit erregt hatte. »Es ist nicht nur die interne Kommunikation – der ganze Sektor ist vollständig blockiert!«

9

Dieses Loch war noch düsterer als die Gruft, in der sie geschlafen hatten. Doch es war das ideale Versteck für einen Saboteur, eine Nische, von der aus man gezielte Anschläge gegen die Ordnung durchführen konnte.

Sie hatten ihr graues Mausoleum verlassen und sich ohne konkreten Plan von der vertrauten cardassianischen Architektur führen lassen. Nun hockten sie in einem Wartungsraum mit niedriger Decke; das stumpfe Blau der Wände wurde nur von senfgelben Reparaturklappen aufgelockert.

Hier gab es wesentlich weniger Staub, aber immer noch genug, um ihnen zu beweisen, daß der Raum seit Jahren nicht mehr betreten worden war. Also würde sich auch in absehbarer Zukunft niemand hier blicken lassen. Der Hohe Gul war sehr zufrieden.

Er gratulierte seinen Männern zweimal, als sie diesen Raum gefunden hatten. Denn hier hatten sie leichten Zugang zu vielen Schaltkreisen, die sie mühelos zum Leben erwecken und dazu einsetzen konnten, in anderen Systemen der Einrichtung Schaden anzurichten. Er sagte seinen Männern, daß sie überragende Arbeit geleistet hatten, denn in ihren Augen erkannte er das Bedürfnis nach Lob. Sie wurden fast völlig von ihren Gefühlen der Furcht und des Zorns über das, was mit ihnen geschehen war, beherrscht. Doch damit kamen sie nicht weiter. Diese Gefühle würden sie auf Dauer lähmen und behindern, sie quälen und verstümmeln, und er wollte, daß die Männer handlungsfähig blieben.

Er wußte noch nicht, was die Situation vielleicht von ihnen verlangte, aber er wollte, daß sie zu flexiblen Reaktionen imstande waren.

Was würde es ihnen nützen, wenn sie sich der Verbitterung und Verzweiflung hingaben? Ja, sie waren betrogen worden. Ja, ihren Familien hatte man gesagt, sie seien tot, während ihre erstarrten Körper für ein makabres Intrigenspiel benutzt worden waren. Aber er wollte diese Flamme noch nicht entfachen, damit sie sich nicht verzehrt hatte, bevor er sie sinnvoll einsetzen konnte.

Diese Dinge benötigten eine langwierige Vorbereitung – wie eine gute Mahlzeit.

»Es funktioniert recht gut.« Der Hohe Gul bewegte seine tauben Beine, während er auf den kleinen Monitor blickte, der eigentlich nur für Reparaturzwecke gedacht war. Seine Augen hatten ihm früher schon einmal bessere Dienste geleistet, aber vorläufig sah er gut genug.

»Zeitweise habe ich gar keine Ahnung, was ich hier treibe«, sagte Elto, während er an den freigelegten Schaltkreisen hantierte.

»Das spielt keine Rolle. Hauptsache, es verursacht Chaos.«

»Auf jeden Fall sind die internen Sensoren jetzt komplett ausgefallen.«

»Daran sollte sich auch nichts ändern.«

»In diesem Gebäude befinden sich keine Cardassianer«, sagte der junge Offizier. »Also wird man kaum auf die Idee kommen, nach unseren Biowerten zu suchen.«

»Es ist besser, wenn sie überhaupt nicht nach uns suchen können. Und vergeßt niemals, daß es irgend jemanden gibt, der weiß, daß wir aufgewacht sind. Jemand hat uns wiederbelebt und ist dann verschwunden. Bevor wir wissen, wer dieser Jemand ist und warum er sich nicht zeigt, sollten wir nicht von falschen Voraussetzungen ausgehen.« Der Hohe Gul lehnte sich zurück und seufzte. Die trockene Kühle des Raumes verursachte ihm Juckreiz. »Außerdem wissen wir noch nicht einmal, wozu wir hier sind, worin unsere Aufgabe besteht ... doch selbst in dieser Situation möchte ich keinen Vorteil verspielen.«

Elto hielt in seiner Arbeit inne, zu der er seinen kräftig gebauten Körper in eine enge Nische gezwängt hatte, und blickte sich um. »Ihr Befehl ist unser Wille, Hoher Gul.«

Seine Worte wurden sofort von den anderen bestätigt.

»Vielen Dank«, sagte der Hohe Gul mit sichtlicher Zufriedenheit. Doch sein Tonfall ließ erkennen, daß er sich voll und ganz auf ihre Ergebenheit verließ und auch gar nichts anderes von ihnen erwartete. »Einen Schritt nach dem anderen. Es besteht kein Grund zur Eile. Außer ...« Er beugte sich vor. »Ich habe Hunger. Hat jemand etwas Eßbares gefunden?«

»Ich habe eine Gaststätte gesehen«, sagte Ranan. »Aber dort wurde gespielt.«

»Ein Spielkasino? Das beweist, daß es sich bei dieser Einrichtung nicht um eine Militärbasis handelt – zumindest nicht in erster Linie. Gut ... Ranan und Koto, ihr geht los und versucht, Lebensmittel für uns zu besorgen. Wenn ihr ein Geschäft findet, in dem weniger Betrieb herrscht, zieht ihr den einfacheren Weg vor.«

»Ja, Hoher Gul!«

»Ja, Hoher Gul.«

»Und vergeßt nicht, eure Köpfe zu bedecken.«

»Ja, Hoher Gul!«

»Elto?«

»Ja, Hoher Gul?«

»Gibt es von diesen Schaltkreisen aus einen Zugang zu externen Sensoren?«

»Nein, Hoher Gul. Diese Schaltungen sind nur mit Nahbereichssensoren verbunden.«

»Hmm ... ich frage mich nämlich, ob es Raumschiffe in der Nähe gibt. Ich würde mich wohler fühlen, wenn wir eins stehlen könnten, um in den Weltraum zu gelangen. Dort können wir besser manövrieren und einen gezielten Angriff vorbereiten ... Diesen Wunsch hatte ich schon seit langem. Ich habe ihn trotz des langen Schlafes nicht vergessen.«

Seine Männer sahen ihn an, während er sprach, doch er blickte keinem von ihnen in die Augen. Sie verehrten ihn, und zwar völlig zurecht. Es gehörte zu seiner Aufgabe, zu seiner Verantwortung als Hoher Gul, die Ehrfurcht zu nähren, die er in ihren Gesichtern erkannte. Er spürte ihre jugendliche Neugier, den Respekt der Studenten vor einem älteren Lehrer.

Im Geiste ließ er noch einmal seine vielen Triumphe und die Anerkennung, die er sich damit in der cardassianischen Gesellschaft erkämpft hatte, Revue passieren. Er war der Hohe Gul – außer ihm gab es niemanden, der diesen Rang besaß. Nur er trug einen solchen Titel, der eigens für ihn geschaffen worden war. Seine Zustimmung oder Ablehnung eines Schachzuges, ob politisch oder militärisch, hatte einen solchen Einfluß, daß dieser Schachzug oftmals gar nicht ausgeführt werden mußte, um das beabsichtigte Ziel zu erreichen. Seine Macht war so groß, daß man ihn beinahe mit der eines Diktators vergleichen konnte.

So war es nur gekommen, weil er niemals vergessen hatte, daß seine vielen Triumphe nicht nur auf Geschick und Tapferkeit, sondern auch auf reines Glück zurückzuführen waren. Und seinen Einfluß hatte er immer nur seiner letzten Heldentat zu verdanken. Genauso erging es allen Feldherrn im cardassianischen Militär.

Der Gedanke, der ihn seit seinem Erwachen gequält hatte, daß man ihn gegen sein Volk benutzt haben könnte, war nicht nur für ihn persönlich erschreckend, sondern er stand im Widerspruch zu seinem ganzen bisherigen Leben und seiner ganzen Laufbahn. War er nach zwanzig oder vielleicht noch mehr Jahren innerhalb der gegenwärtigen Machtverhältnisse möglicherweise völlig unbedeutend geworden? Vielleicht war er nur noch ein Kuriosum, das man wie einen senilen alten Verwandten behandelte.

In diesem Fall mußte er jene finden und vernichten, die ihn an diesem Ort versteckt hatten. Und wenn sie den Hohen Gul inzwischen vergessen hatten, würde er dafür sorgen, daß sie sich an ihn erinnerten. Wenn sie ihn benutzt hatten, würde er sie mit dem Tod bestrafen.

Er drängte die Gedanken zurück, als sie immer schmerzhafter wurden, und zeigte auf eine Stelle hinter Eltos Arm. »Was hat das blinkende blaue Licht zu bedeuten?«

»Es scheint mit der Schwerkraftkontrolle zusammenzuhängen.«

»Wozu benötigt man in einer Einrichtung wie dieser eine Schwerkraftkontrolle?«

»Ich weiß es nicht, Hoher Gul. Diese Technik ist sehr hoch entwickelt und geht in manchem weit über das hinaus, was mir vertraut ist. In den letzten zwanzig Jahren scheint es einen ungewöhnlichen Fortschritt gegeben zu haben ... Vielleicht benutzt man die künstliche Schwerkraft für irgendwelchen Experimente.«

»Dann schalte sie ab.«

»Ohne daß wir ihre genaue Funktion kennen?«

»Wir müssen Chaos erzeugen, Elto. Chaos!«

»Ja, Hoher Gul ... Chaos.«

Der kräftig gebaute zweite Kommandeur blinzelte im schwachen Licht und drückte auf den entsprechenden Knopf.

Niemand rechnete damit, daß etwas geschah. Sie rechneten nur damit, daß sie ihr Leben riskierten, wenn sie diesen Komplex erkundeten, um festzustellen, welchen Schaden sie angerichtet hatten, damit sie sich anschließend für die nächsten Schritte entscheiden konnten.

Doch nun trat ein überraschendes Ereignis ein – sie begannen zu schweben.

Malicu stieß einen unartikulierten Schrei aus, als er plötzlich zusammenzuckte und durch diese Bewegung quer durch den engen Raum geschleudert wurde. Er stieß mit dem Kopf gegen die Schulter des Hohen Gul, worauf sie beide wie Bälle gegen die anderen Männer prallten. Wenn sie die Ruhe bewahrt hätten, würden sie jetzt einfach nur im Raum schweben, doch ihre hektischen Bewegungen erzeugten noch mehr Durcheinander, bis sie verzweifelt nach einem Halt in der Dunkelheit suchten.

In seiner Orientierungslosigkeit wurde dem Hohen Gul schwindlig, und sein Magen reagierte verstimmt auf die plötzliche Aufhebung der Schwerkraft.

Er wedelte mit den Armen, stieß gegen eine Metallstrebe und hielt sich daran fest, ohne auf das Ächzen und Grunzen seiner Elitegarde zu achten, die mit denselben Problemen zu kämpfen hatte. Dann starrte er durch den Raum auf die großen uniformierten Körper, die vor ihm umherwirbelten.

»Wir befinden uns überhaupt nicht auf einem Planeten!« keuchte er. »Wir sind in einem Raumschiff! Deshalb gibt es hier künstliche Schwerkraft!«

In seiner Verblüffung hatte er instinktiv den Rücken gereckt, wodurch er wieder in Bewegung geriet und seitlich mit dem Kopf gegen ein tragendes Element stieß. Während sich in seinem Schädel alles drehte, schaffte er es, sich an dieser Strebe festzuhalten.

»Kein Raumschiff, Hoher Gul«, sagte Malicu. »Es muß eine Raumstation sein.«

»Woher willst du das wissen?«

»Ich habe Andockeinrichtungen gesehen.«

»Ja ... also eine Raumstation. Bewahrt Ruhe! Strampelt nicht herum, haltet euch fest! Eine Raumstation ... eine Raumstation ... damit hat sich unsere Lage völlig verändert!«

Elto hing kopfüber in der engen Kammer, und eine Haarsträhne schaukelte vor seinem Gesicht hin und her, während er mit einer Hand immer noch die Verkleidung der Schaltkreise gepackt hatte und hektisch blinzelte. »Wieso, Hoher Gul?«

»Weil es einen bestimmten Grund für die Anwesenheit eines Außenpostens im Weltraum geben muß. Niemand verschwendet viel Arbeit und Energie darauf, eine Station im freien All zu errichten, ohne daß sich der Aufwand lohnt. Ein Planet, ein Nebel, ein erzreicher Asteroidengürtel, eine strategisch wichtige Position ... irgend etwas, das so wertvoll ist, daß es bewacht werden muß. Eine Raumstation ist wichtiger als ein Raumschiff. Wenn wir diesen Außenposten unter unsere Kontrolle bringen, kontrollieren wir auch den Grund für ihre Anwesenheit. Und vergeßt nicht, daß diese Station von Cardassianern erbaut wurde, heute aber keine Cardassianer mehr darin leben. Wurde sie von Fremden erobert? Was ist in diesem Fall mit dem Cardassianischen Reich geschehen? Wenn wir diese Fragen beantwortet haben, wissen wir auch mehr über unseren Auftrag.«

»Soll ich die Schwerkraftkontrolle wieder einschalten, Hoher Gul?« fragte Elto, dessen Körper sich in grotesker Haltung von der Decke bis fast zum Boden spannte.

»Noch nicht«, sagte der Hohe Gul und zwang sich dazu, trotz der Lage einen klaren Kopf zu behalten. »Jetzt müssen wir auf sorgsamere und gezieltere Weise Chaos verbreiten. Wir müssen die Bewohner schwächen und sie so weit außer Gefecht setzen, daß sie nicht mehr gegen uns vorgehen können. Gleichzeitig müssen wir die Grundfunktionen der Station aufrechterhalten, damit wir selbst am Leben bleiben und sie für unsere Zwecke einsetzen können, nachdem wir sie erobert haben. Eine sehr interessante und belebende neue Herausforderung ... Ihr alle müßt jetzt besonders sorgfältig auf alles achten, was ihr seht, und gründlich nachdenken, bevor ihr handelt. Sofern unsere Existenz nicht auf dem Spiel steht, wartet lieber einen Moment ab, statt überstürzt zu reagieren. Habt ihr verstanden? Wenn ihr ein wenig Zeit gewinnt, entdeckt ihr vielleicht etwas, das uns nützlich sein könnte. Auch wenn ihr damit ein großes Risiko eingeht, müßt ihr euch diese Denkpause gönnen. Denkt nach, meine jungen Kämpfer, benutzt euren Kopf!«

Er blickte sie an, wie sie in unmöglichen Körperhaltungen vor ihm erstarrt waren, als hielten sie inne, um ihre Denkfähigkeit zu trainieren. Es spielte keine Rolle, ob sie ihn jetzt verstanden hatten. Wenn der Augenblick gekommen war, würden sie sich an seine Worte erinnern.

»Jetzt macht euch auf den Weg«, fügte er hinzu, »und nehmt jemanden gefangen, der eine Uniform trägt. Es wird Zeit, daß ich Antworten erhalte und verstehe, gegen wen ich kämpfen muß.«

»Bitte die Ruhe bewahren! Halten Sie sich irgendwo fest! Nein, nein, stoßen Sie sich nicht vom Boden oder von den Wänden ab! Gnädige Frau, würden Sie bitte das Kind festhalten, damit es nicht zu einem Geschoß wird! Quark! Schließen Sie die Türen! Halten Sie die Leute in der Bar!«

»Große Worte von einem schwebenden Wasserballon! Warum verwandeln Sie sich nicht in ein großes Fischnetz und fangen die Leute ein, bis die Schwerkraft wieder einsetzt? Glauben Sie, ich könnte in einem Moment wie diesem fünfzig fliegende Gäste in meiner Bar festhalten? Ich bin doch kein Zauberer! Auch wenn ich es mir wünschen würde!«

Odo schlang ein Bein um das Geländer einer Wendeltreppe und beobachtete verzweifelt, wie die erschrockenen Stationsbewohner wie die Samen einer Pusteblume durch die Luft wirbelten. Nachdem sie ahnungslos über das Promenadendeck von *Deep Space Nine* spaziert waren, hatte ihr Bewegungsmoment sie mitgerissen, so daß sie umherflogen und aneinanderstießen, ohne etwas dagegen unternehmen zu können.

Erst jetzt wurde ihm klar, wie viele Leute in dieser Station lebten, die keine Ahnung von den Besonderheiten der Raumfahrt oder des Lebens im All hatten und die niemals auf solche Ausfälle wie den Verlust der künstlichen Schwerkraft vorbereitet worden waren. Sie kamen in Raumfahrzeugen mit kontrollierter Umgebung und betraten die Station, in der die gleichen künstlichen Lebensbedingungen herrschten, ohne einen Gedanken darauf zu verschwenden, wieviel Mühe und Energie nötig waren, um diese Bedingungen aufrechtzuerhalten, oder was zu tun war, wenn die Kontrollsysteme versagten.

»Quark, in Ihrer Spelunke gibt es niedrige Decken«, rief er durch den weiten Korridor. »Bringen Sie die Leute dort unter. Wenn die Schwerkraft wieder einsetzt, werden die Leute hier draußen auf der Promenade ...«

Sie würden wie Steine zu Boden fallen und sich jeden Knochen in ihren empfindlichen, nichtflüssigen Körpern brechen. Nein, darüber wollte er lieber nicht sprechen, damit die zwielichtigste Gestalt an Bord der Station ihm keinen Strick daraus drehte.

Quark grinste ihm aus dem offenen Eingang seiner Bar zu und gab ihm mit den Blicken seiner Schweinsaugen zu verstehen, daß er Odo für dieses Durcheinander verantwortlich machte oder zumindest bereit war, entsprechende Lügen zu verbreiten.

»Holen Sie so viele Leute wie möglich aus der Luft«, sagte Odo schließlich zu ihm, während er seine Worte sorgfältig abwog und dem Ferengi einen kalten, warnenden Blick zuwarf. »Sie sollen sich in der Nähe des Bodens aufhalten, damit sie nicht zu tief stürzen, wenn die Schwerkraft zurückkehrt!«

»Sisko und O'Brien werden doch nicht so dumm sein, die volle Schwerkraft mit einem Schlag einzuschalten!« rief Quark zurück. »Niemand wird stürzen!«

»Wir wissen nicht, welches Ausmaß der Schaden hat«, erwiderte Odo. Es gefiel ihm nicht, daß so viele Leute mithörten, welche Konsequenzen sich aus dieser Situation ergeben konnten. »Vielleicht haben sie keine andere Wahl. Wir müssen uns auf alle Eventualitäten gefaßt machen.«

Er gab so wenig wie möglich preis, aber er erkannte in den Augen der Leute um ihn herum, daß sie ihm aufmerksam zuhörten und sich ihre eigenen Gedanken machten.

Ein großes Fischnetz ... das war vielleicht eine Überlegung wert. Wie weit konnte er seine Körpersubstanz ausstrecken? Wie dünn durfte er sich machen? So etwas hatte er nie zuvor ausprobiert.

Doch ganz gleich, ob er fünf oder fünfzig potentielle Absturzopfer einfing, in der gesamten Station waren weitaus mehr Leute in Gefahr. Er konnte vermutlich mehr bewirken, wenn er seine humanoide Form bewahrte und als Verantwortlicher für Sicherheit, Ordnung und Gerechtigkeit auf *Deep Space Nine* erkennbar blieb.

So war es ihm lieber.

»Bringen Sie die Leute aus der Gefahrenzone. Ich werde versuchen, zur Zentrale zu gelangen.«

»Sie sollten sich lieber auf den Weg in die technische Abteilung machen«, rief Quark zurück, der sich wie ein monströses Geschwulst an das Ende der Theke klammerte und seinen Kopf schräg zur Seite hielt, damit seine großen und empfindlichen Ohren nicht verletzt wurden. »In der ganzen Station ist die Kommunikation zusammengebrochen. Falls sich der Ausfall der Schwerkraft auf die Promenade beschränkt, sollte Chief O'Brien schnellsten davon erfahren, damit er den Fehler beheben kann. Außerdem sind Sie der einzige, der sich in Schleim verwandeln und durch einen Türschlitz schlüpfen kann!«

Odo war sich nicht sicher, ob diese Bemerkung als Kompliment gedacht war oder nicht. Er bellte den erschrockenen Besuchern der Promenade einige Anweisungen zu, während er sorgfältig darüber nachdachte, wohin er gehen sollte. Er mußte dem Captain Meldung machen. Aber Sisko war kein Dummkopf und wußte vermutlich längst über diese und andere Fehlfunktionen innerhalb der Station Bescheid. Zweifellos hatte inzwischen jeder den Ausfall der Kommunikationssysteme und der Turbolifte bemerkt. Odo hatte bereits fünf Personen aus blockierten Liftkabinen befreit.

Er hielt sich mit einem Fuß am Geländer fest und zog eine finstere Miene. Er haßte es, wenn Quark recht hatte, und noch mehr haßte er es, ihm gegenüber zugeben zu müssen, daß er recht hatte.

Vielleicht wäre es besser, die Station einfach vor die Hunde gehen zu lassen.

Plötzlich wurde er von etwas Festem getroffen – dann begann es überall um ihn herum Menschen zu regnen.

Ihre Flugbahnen neigten sich nach unten und wurden immer steiler, bis sie kopfüber, mit den Knien oder dem Rücken voran, allein oder haufenweise zu Boden stürzten. Sie heulten und schrien vor Schmerz, als ihre schwerelose Masse ihr Gewicht zurückerhielt.

Für Odo war es nichts Ungewöhnliches, den Körper zu verformen. Auch er fiel zu Boden. Doch es war ein elastischer Aufprall und kein zerschmetternder Schlag wie bei den bedauernswerten Kreaturen, von denen er umgeben war. Er hörte, wie Knochen brachen und Fleisch von hartem Metall zerrissen oder zerschnitten wurde.

Und dann begann jemand zu schluchzen.

Also hatte er mit seiner Vermutung recht gehabt. Es handelte sich nicht nur um einen Ausfall der künstlichen Schwerkraft. Auch die Systeme, die die Schwerkraft regulierten, waren gestört. Und noch viel mehr. Sogar die automatischen Sicherheitseinrichtungen, die das soeben Geschehene hätten verhindern sollen, mußten ausgefallen oder sonstwie beeinträchtigt sein.

Offenbar gab es in der ganzen Station kaum noch etwas, das richtig funktionierte.

»Alles in Ordnung?«

Mit einem tiefen Ächzen erhob Kira Nerys sich vom Boden und zählte vorsorglich die Köpfe in der Zentrale, während die Besatzung mühsam wieder auf die Beine kam.

»Ein Riesenspaß!« brummte sie. »Ich liebe es, vor dem Mittagessen ein wenig an der Decke herumzufliegen. Jetzt also auch die künstliche Schwerkraft! Und was kommt als nächstes?«

»Ich weiß es nicht«, sagte Sisko und überblickte die Monitore. »O'Brien hat das Problem offenbar unter Kontrolle bekommen und die Schwerkraftkontrolle wieder eingeschaltet. Ich frage mich nur, warum er sie nicht allmählich hochgefahren hat, damit die Leute sanfter auf den festen Boden zurückgeholt werden. Offenbar gibt es noch mehr Störungen, als wir bisher bemerkt haben. Sogar die Sicherheitsautomatik hat versagt.«

»Und jetzt«, fügte Dax hinzu, »müssen wir außerdem befürchten, daß viele Leute durch den plötzlichen Sturz verletzt wurden und nicht in die Krankenstation gebracht werden können, weil die Lifte nicht funktionieren.« Sie ließ sich in ihren Sessel zurückfallen und überprüfte die Anzeigen. »Die Fernbereichsensoren sind nach wie vor in Betrieb, Benjamin, und jetzt registriere ich zwei ... möglicherweise drei Warp-neun-Drohnen, nicht sehr weit entfernt. Ich denke, wir können davon ausgehen, daß es noch mehr gibt, die wir noch nicht orten können.«

»Es sind mehr als drei Drohnen nötig, um einen Blackout in einem größeren Raumsektor zu bewirken«, sagte Sisko, als würde er über ein Kartenspiel diskutieren. Er rieb sich die Schulter, auf der er gelandet war, als die künstliche Schwerkraft sich wieder bemerkbar gemacht hatte.

Kira hatte ihn und Dax mehrere Minuten lang schweigend beobachtet, bevor das Chaos ausgebrochen war. Die beiden waren die Probleme durchgegangen, um zu entscheiden, welche hausgemacht und welche fremden Ursprungs waren. Sobald der Captain anwesend war, hatte sie als Erster Offizier lediglich den Status eines Beobachters, der sich nur dann einmischen sollte, wenn er etwas Wichtiges beizutragen hatte. Sie gab sich mit dieser Rolle zufrieden, da die Häufung der Zwischenfälle für sie ohnehin keinen Sinn ergab.

Auf jede Antwort, die die beiden fanden, hatte sie zwei neue Fragen, während Ben Sisko die Lage Punkt für Punkt durchging, ohne verrückt zu werden.

Kira wußte, daß sie an seiner Stelle längst verrückt geworden wäre – schon als sie mit der Nase gegen die Lifttür gestoßen war. Jetzt hatten sich auch die anderen Prellungen und Blessuren zugezogen.

Es wurde beinahe zu einem Spiel, darauf zu warten, wann der Captain durchdrehte. Wieviel konnte er noch einstecken, bevor seine fast vulkanische Gelassenheit erschüttert wurde? Sie hatte diesen Punkt schon mehrfach miterlebt, aber sie hatte noch nie die Gelegenheit gehabt, den Übergang in allen Zwischenstadien zu verfolgen.

»Genaugenommen ist es gar kein Blackout«, erklärte Dax. »Denn das würde bedeuten, daß Hunderte von Kommunikationssystemen auf Planeten, Stationen und Raumschiffen gleichzeitig ausfallen. So etwas ließe sich kaum ohne die Mitwirkung der beteiligten Regierung und jedes Kommandanten erreichen. Wir haben es hier eher mit einem ›Whiteout‹ zu tun. Die Kommunikation im Sektor wird von weißem Rauschen überdeckt, so daß kein verständliches Signal mehr durchkommt und alle Systeme blockiert werden.«

»Mit anderen Worten, dafür ist weder eine kooperative Aktion noch der Zufall verantwortlich. Es ist vielmehr eine gezielte Störung des Sektors. Würden Sie dem zustimmen?«

»Ja, das würde ich.«

»Können Sie die Drohnen identifizieren?« fragte Sisko. »Gibt es ein Muster in ihrer Kommunikation? Läßt sich die Triebwerkssignatur auswerten?«

»Die Werte sind zu schwach für eine Identifikation«, sagte Dax.

»Keine eindeutigen Signale?«

Als Dax zu ihm aufblickte, bemerkte Kira von der anderen Seite, daß sich an Dax' Gesichtsausdruck etwas verändert hatte. Sie schien sich über etwas klargeworden zu sein, und auch Siskos Stimme war plötzlich auffällig ruhig geworden, während seine Fragen immer konkreter wurden.

»Nichts«, sagte Dax, ohne den Blick von ihm abzuwenden.

Kira beobachtete Dax und Sisko und fragte sich, was die beiden erkannt hatten. Was hatte sie übersehen? Plötzlich verstand sie, warum sie sich instinktiv zurückgehalten hatte, um die Ereignisse in aller Ruhe zu beobachten. Etwas hatte sich verändert, und ihre Sinne waren ganz darauf konzentriert, aufmerksam danach zu suchen.

»Dann kommen sie nicht von Starfleet«, murmelte Sisko. »Gibt es irgendwelche Alarmsignale oder sonstige Anzeichen, die auf eine Übung oder einen Test hinweisen?«

»Nichts.« Dax verzichtete sogar darauf, sich durch einen Blick auf ihre Konsole Gewißheit zu verschaffen. Offenbar wußte sie bereits alle Antworten auf die

Fragen, die der Captain noch stellen konnte. »Keine Alarmsignale.«

»Was ist los?« sagte Kira, als sie es nicht mehr aushielt. »Was habe ich verpaßt?«

Sisko richtete sich auf und ging ein paar Schritte fort, bis er sich wieder zu ihr umdrehte. »Mehrere Jahre an der Starfleet-Akademie und in der Kommando-Ausbildung, Major.«

Zum ersten Mal seit einigen Minuten löste sich Dax' Blick von Sisko. »Er muß zunächst eine Reihe von Fragen stellen, bevor er die zwangsläufige Schlußfolgerung aussprechen darf«, sagte sie zu Kira.

»Welche Schlußfolgerung?« Kira kam sich wie ein kleines Kind vor, das seine Eltern mit Fragen über das Erwachsenwerden löchert.

Sisko ging wieder auf und ab, als hätte er die Rolle des Vaters übernommen, der sich sorgsam überlegte, wie er seinem Kind einen komplizierten Sachverhalt beibringen sollte.

»Die Überflutung eines Sektors mit weißem Rauschen könnte als Vorbereitung einer Invasion interpretiert werden«, sagte er. »Und genau diese Interpretation ist meiner Erfahrung nach die richtige, Major.«

Invasion! Es war nicht nur die Bedeutung des Wortes, allein sein Klang schien den Schrecken des Ereignisses zu vermitteln. In der besiedelten Galaxis gab es nur wenige Winkel, die bislang von diesem Schrecken verschont geblieben waren, und jeder wußte, was dieser Begriff bedeutete und wie reibungslos die moderne Weltraumtechnik ihn zu nackter Wirklichkeit werden lassen konnte. Kira hatte es bereits nachhaltig am eigenen Leib erfahren. Ihr ganzes Leben war eine ununterbrochene Reaktion auf einen solchen Schrecken gewesen.

Eigentlich hätte es nie wieder geschehen dürfen, nachdem die Föderation und Starfleet hier waren. Kira hatte sich selbst fast davon überzeugt, daß die

Schrecken der Vergangenheit endgültig gebannt waren.

»Wer steckt dahinter?« rief sie erregt. »Sind es die Cardassianer, die diesen Sektor zurückerobern wollen? Oder versucht das Dominion, seinen Einfluß durch das Wurmloch über den Gamma-Quadranten hinaus zu erweitern?«

»Das läßt sich zu diesem Zeitpunkt noch nicht sagen«, antwortete Sisko mit ruhiger Stimme, doch seine Augen schienen zu glühen. »Aber ich kenne das Dominion. Ich habe bewiesen, daß ich jederzeit bereit bin, extreme Maßnahmen zu ergreifen, um sie von diesem Quadranten fernzuhalten, auch wenn ich dazu das Wurmloch zerstören muß. Ich werde alles Notwendige tun, wenn es sein muß.«

Kira spürte, wie ihre Körpertemperatur fiel, und stützte sich mit den Fingerspitzen an Dax' Konsole ab. »Ohne Befehle von Starfleet?«

»Ich *bin* Starfleet, Major! Deshalb habe ich hier das Kommando. Damit ich handeln kann.«

Seine Worte klangen so einfach und harmlos, daß Kira ihre Bedeutung beinahe im hypnotischen Bann seiner ruhigen Augen verlor. Es war nicht seine Absicht, eine beeindruckende Rede zu halten.

Kira stieß sich mit der Hand von der Konsole ab und ging wie Sisko ein paar Schritte auf und ab. »Ausgerechnet jetzt!« knurrte sie. »Als ob wir nicht schon genügend Ärger in der Station hätten!«

Noch während sie sprach, erkannte sie, wie dumm ihre Worte waren. Diese plötzliche Erkenntnis war ihrem Gesicht deutlich anzumerken, als sie zu Sisko aufblickte, der sie mit wissenden Augen ansah.

»Das ist kein Zufall«, sagte der Captain mit eindringlicher Betonung. »Wir können darauf wetten, daß sich bereits Agenten des Feindes in der Station befinden.«

Kiras Kopfschmerzen wurden immer heftiger.

Dabei war noch kein einziger Schuß gefallen! Keine Drohung, nicht das geringste Anzeichen!

Es hätte wenigstens irgendeine feindselige Absichtserklärung geben sollen!

»Also«, stieß Kira hervor. »Wie reagieren wir? Wie kämpfen wir gegen einen Feind, den wir weder sehen noch identifizieren können, der vielleicht noch gar nicht da ist?«

»Es ist schwierig, sich für eine Taktik zu entscheiden«, sagte Sisko, als hätte er seine Antwort längst parat gehabt, »wenn wir noch gar nicht wissen, wer uns angreift. Mit gezielten Verteidigungsmaßnahmen müssen wir warten, bis die anderen ihre Deckung verlassen haben. Bis dahin werden wir die Sicherheit in der Station verstärken und zusehen, ob wir die Vögel aufscheuchen können, die sich im hohen Gras versteckt haben.«

Dax gönnte sich ein verschmitztes Grinsen. »Also sollten wir uns zuerst in Quarks Bar umsehen.«

Sisko antwortete nicht. Er war vollauf mit der Ausarbeitung von Plänen beschäftigt. »Major, ich möchte, daß Sie die Evakuierung der Station vorbereiten.«

»Evakuierung?« platzte es aus Kira heraus. »Die ganze Station, Sir?«

»Zuerst nur die Zivilisten und Kinder.«

Als sie ihn anstarrte, wurde sein Blick plötzlich eiskalt. »Ich habe meine Frau bei einer Invasion verloren, Major. An Bord befinden sich viele Personen, die keine Starfleet-Angehörigen sind, und es könnte zu einigen Todesopfern kommen.«

»Captain«, sagte Kira. Diesmal sprach sie langsamer, und ihre Stirn lag in tiefen Falten. »Glauben Sie nicht, daß ...«

Doch sie hatte nicht den Mut, ihm zu sagen, was sie dachte. Sie konnte ihm nicht sagen, daß seine Anordnung zu drastisch war. Sie konnte ihm, der es selbst am besten wußte, nicht erklären, wie kompliziert es werden würde, eine Station von der Größe von *Deep Space Nine* zu evakuieren, oder daß sich eine solche Aktion auf keinen Fall geheimhalten ließ. Offenbar war es ihm gleichgültig, ob die Vorbereitungen bekannt wurden oder nicht.

Sisko fixierte sie mit einem harten und trotzigen Blick. Von seinen Augen waren nur zwei weiße Mondsicheln zu erkennen, und sein Mund war eine schmale, gerade Linie.

»Ich habe bereits eine Invasion miterlebt«, sagte er. »Und ich habe einen schweren Verlust erlitten. Ich weiß, daß ein Angriff viel schlimmer ist, wenn die Familien der Soldaten in unmittelbarer Nähe sind. Kaum jemand kann dann noch klar denken. Wer auch immer diese Station angreift, kennt vermutlich ihre Verteidigungseinrichtungen. Davon muß ich ausgehen, denn ich würde niemals jemanden angreifen, über den ich nicht so viel wie möglich weiß. An Bord der Station befinden sich Saboteure, die höchstwahrscheinlich dazu in der Lage sind, unseren ersten Widerstand zurückzuschlagen. Ich habe jedoch nicht die Absicht, auf die Art und Weise vorzugehen, die sie sich ausgerechnet haben. Ist das klar?«

»Ja, Sir«, sagte Kira, während sie allmählich neuen Mut faßte.

»Gut. Schicken Sie Nachrichten an alle angedockten Schiffe und teilen Sie ihnen mit, daß sie von Starfleet beschlagnahmt wurden. Ihre erste Aufgabe wird darin bestehen, Passagiere an Bord zu nehmen und nach Bajor zu schaffen.«

»Wenn es sich um eine Invasion handelt«, sagte Dax, »dürfte auch der Planet in Gefahr sein.«

»Einen Planeten zu erobern, ist wesentlich schwieriger, als eine Station zu besetzen. Dazu müßten sie zuerst einmal mich aus dem Weg räumen.«

Er starrte ins Leere und entfachte die Flamme seiner Wut, die ihm Kraft geben würde, dies zu verhindern.

Kira kannte diese Wut, diesen brennenden Zorn, denn ihr ging es genauso. Doch sie hatte dieses Gefühl nur selten unter Kontrolle gebracht, um es für ihre Zwecke einzusetzen, wie Sisko es ihr jetzt wieder einmal demonstrierte.

Sein Blick wurde hart, und er holte tief Luft. »Ein Blackout der Kommunikation im ganzen Sektor und eine Serie von Fehlfunktionen, die den Stationsbetrieb lahmlegen – das stinkt geradezu nach einem Plan. Genauso würde ich es machen, wenn ich einen feindlichen Stützpunkt übernehmen wollte, ohne allzuviel Schaden anzurichten. Wenn wir es mit einem solchen Plan zu tun haben, sollten wir uns gründlich darauf vorbereiten.«

Kira sah zu Dax hinüber, und dieser kurze Blickkontakt gab ihr die Zuversicht, die sie brauchte.

»Ja, Sir«, sagte sie. »Wir werden bereit sein.«

Siskos dunkle Wange zuckte. Tief unter der Entschlossenheit und Besorgnis war ein Lächeln verborgen. Ein Lächeln, bei dem es einem kalt über den Rücken laufen konnte.

»Ich wette, daß Starfleet darauf aufmerksam wird, wenn ein ganzer Sektor blockiert ist. Wir müssen nur so lange durchhalten, bis Hilfe eintrifft. Zuerst kümmern wir uns um die interne Sabotage. Wir wollen der Sache auf den Grund gehen und herausfinden, wer dahintersteckt. Major, sobald sechzig Prozent der Zivilisten aus der Station evakuiert sind, werden Sie Waffen an das Personal verteilen. Uns steht eine Jagd bevor.«

10

O do, bleiben Sie stehen! Rühren Sie sich nicht von der Stelle!«

Der Gestaltwandler lief gegen Ben Siskos kräftigen Arm, der ihm den Weg versperrte, und trat einen Schritt zurück. Der kühle, dunkle Korridor umschloß sie wie ein Sarg. Die lange Röhre verschwand vor ihnen in undurchdringlicher Finsternis. Es war genauso wie in einem unterirdischen Tunnel.

»Was gibt es?« fragte Odo.

Sisko machte nur eine leichte Andeutung mit dem Kopf. »Schauen Sie!«

Odo starrte angestrengt in die Dunkelheit des engen Korridors.

Dort standen zwei oder drei Gestalten, im tiefsten Schatten. Sie trugen schwarze Umhänge und waren recht groß, die Schultern so breit wie die des Captains. Die Gesichter waren in der Dunkelheit nicht zu erkennen.

»Das sind sie«, sagte Sisko.

Odo drehte sich verdutzt zu ihm um. »Woher wollen Sie das wissen?«

»Ich weiß es einfach.«

Sie konnten jetzt nicht mehr umkehren. Sie waren durch drei Röhren gekrochen, die kaum weiter als Weinfässer gewesen waren, um in diesen Korridor zu gelangen. Für eine Flucht blieb ihnen keine Zeit. Sie mußten sich der Herausforderung stellen.

»Ob die Translatoren schon wieder einsatzbereit sind?« fragte Odo mit gesenkter Stimme.

»Ich werde das Risiko eingehen«, sagte Sisko.

Er straffte die Schultern und marschierte los, während seine tiefe Stimme durch den niedrigen Gang hallte.

»Sie da! Ich bin Captain Benjamin Sisko, der Kommandant von *Deep Space Nine*. Identifizieren Sie sich!«

Odo war überzeugt, daß eine solche Aufforderung sinnlos war, aber es gehörte zu den Vorschriften, seine eigene Identität bekanntzugeben, bevor man von anderen das gleiche verlangte. So war es in der Föderation üblich. Niemandem wurde von hinten ein Messer in den Rücken gestoßen.

Die Wesen verhielten sich ruhig, beinahe als wären sie selbst dunkle Schatten. Einen Moment lang schien es, als wären sie in Wirklichkeit gar nicht vorhanden, so daß Odo bereits dachte, die Dunkelheit würde seinen Augen einen Streich spielen, doch dann bewegten sich die Eindringlinge.

Sie wußten, daß man sie entdeckt hatte. Jetzt sprachen sie miteinander. Gleich würden sie den Kopf drehen, eine Schulter recken oder irgend etwas anderes tun, um darauf zu reagieren, daß sie von Sisko in die Enge getrieben worden waren.

Odo machte sich verbitterte Vorwürfe, weil er erkannte, daß sie selbst in eine Falle gelaufen waren. Er hatte schon seit einiger Zeit das Gefühl gehabt, daß sie verfolgt wurden, daß jemand sie schon den ganzen Morgen lang beobachtete, und jetzt wußte er, daß dieses Gefühl nicht auf seine übertrieben mißtrauische Einbildungskraft zurückzuführen war. Er hatte Sisko gewarnt, aber nichts hatte den Captain davon abhalten können, sich persönlich auf den Weg zu machen, sich in der Station umzusehen und zu O'Brien zu gelangen, um mitzuhelfen, die wichtigsten Systeme, die *DS Nine* am Leben erhielten, wieder zu aktivieren.

Und hier, mitten in einem düsteren Korridor, in dem zwei Menschen kaum nebeneinander gehen konnten, waren sie einfach so auf eine Gruppe verhüllter Eindringlinge gestoßen!

Odo ärgerte sich, daß die Sicherheitskräfte über die ganze Station verteilt waren. Diese Vorstellung war sein einziger Alptraum, weil er für die Sicherheit verantwortlich war und versagt hatte. Die Station war sein Leben, seine Heimat, und jeder, der sie gefährdete, war sein persönlicher Feind.

Ben Sisko zitterte vor Wut. Für ihn war diese Invasion eine noch tiefere Beleidigung. Odo beobachtete den Captain und verstand ihn, während er Siskos Zurückhaltung bewunderte. Er wartete ab, bis die Invasoren den ersten Schritt machten. Er gab ihnen sogar die Gelegenheit, sich kampflos zu ergeben.

»Ich hätte darauf bestehen müssen, daß Sie einen Phaser mitnehmen«, sagte Odo. »Es ist mein Fehler.«

»Nein, mein eigener«, brummte Sisko leise. »Ich habe ihn Kira gegeben, damit sie die Zentrale verteidigen kann. In den unteren Decks gibt es jede Menge Phaser. Ich dachte, wir könnten uns welche besorgen, bevor wir in eine solche Situation kommen. Jetzt sind wir ganz auf uns allein gestellt. *Tun* Sie wenigstens so, als wären Sie bewaffnet!«

»So *tun*?« flüsterte Odo entsetzt. »Wie soll ich so tun, als wäre ich bewaffnet?«

»Tun Sie das gleiche wie ich.«

Sisko ballte die rechte Hand zur Faust und legte sie an die Hüfte, als würde er nach einer Waffe greifen. Dann stellte er die Beine auseinander, wie einer der Westernhelden, die Odo aus den Holokammern kannte.

»Verrückt!« keuchte Odo.

Sisko zeigte anklagend mit der linken Hand auf den Haufen Diebesgut, der vor den Fremden am Boden lag. »Ergeben Sie sich!«

Mit einem beeindruckenden Echo hallte die Forderung durch den niedrigen Korridor und ließ die Wandverkleidung leise vibrieren.

Plötzlich brachen zwei der verhüllten Gestalten aus dem Schatten hervor und gingen zum Angriff über.

Sisko stieß Odo zurück, um sich Platz zu schaffen. »Es geht los!«

Sisko wehrte sich mit einem Fußtritt, der seinem Gegner den Kopf hätte abschlagen können. Es war ein überwältigender Schlag, der Malicu gegen die Schulter und zum Glück nicht am Kopf traf.

Der Hohe Gul stand im Schatten des engen Korridors, das Gesicht unter der Kapuze seines Umhangs verborgen. Er wollte die Leute mit eigenen Augen sehen, die die cardassianische Besatzung aus dieser Station vertrieben hatten. Schließlich hatten die Cardassianer diese Station nicht in Besitz genommen, sondern selber gebaut. Es war ihre Station. Er wollte diesen Kampf zwischen seiner treu ergebenen Elitegarde und den Vertretern der Besatzungsmacht persönlich miterleben.

Als Malicu ihn auf die Gelegenheit aufmerksam gemacht hatte, den Kommandanten dieser Station gefangenzunehmen, hatte der Hohe Gul sofort sein Einverständnis bekundet. Er wollte mit seinem Gegner reden, seinen Feind verstehen. Die Aussicht auf ein solches Gespräch faszinierte ihn genauso sehr wie ein Kampf. Und in gewisser Weise war es sogar ein Kampf.

Dann konzentrierte er sich wieder auf die Szene im Korridor. Nachdem Malicu an der Schulter getroffen worden war, hatte Ranan den Mann von hinten gepackt. Normalerweise funktionierte diese Taktik sehr gut – ein Angreifer von vorn, einer von hinten – doch diesmal gelang es den beiden einfach nicht, den großen Mann zu überwältigen. Malicu schaffte es nicht, in seine Nähe zu gelangen.

Es war ein beeindruckender Kampf.

Der Hohe Gul genoß ihn, auch wenn seine eigenen Männer den Kürzeren zogen. Das Kräftemessen war ein erregender Anblick, und er wußte genau, daß seine Gardisten sich irgendwann durchsetzen mußten. Es war nur eine Frage der Zeit.

Daher konnte er den Kampf genießen und wartete einfach ab.

Das war also ein ›Mensch‹. Elto hatte diesen Begriff in den Computerdatenbanken gefunden, die er mit Hilfe des alten cardassianischen Programms übersetzen ließ.

Dieser Mensch war so groß wie Malicu, hatte so breite Schultern wie Elto und Beine so stark und fest wie Ren. Seine Haut war so schwarz wie Röstbeeren aus seinem Heimattal, und die Augen waren sogar noch dunkler...

Ein Mensch. Zu seiner Zeit war diese Spezies völlig unbekannt gewesen. Wie hatten sie es geschafft, in nur zwanzig Jahren so mächtig zu werden, daß sie sogar die Cardassianer von einer ihrer Raumstationen hatten vertreiben können? Sie mußten von weither kommen, vielleicht sogar aus einem ganz anderen Quadranten. Vielleicht war es eine Armee von Siedlern, die aus ihrem ursprünglichen Lebensraum vertrieben worden waren. Das würde zumindest die Wut erklären, die hinter den Tritten und Schlägen dieses wehrhaften Menschen steckte. Obwohl der Hohe Gul diesen Mann vernichten und ihm alles nehmen wollte, was er besaß, wollte er auch ein paar Minuten lang mit ihm reden, bevor er starb.

Er bedauerte es, nicht mehr Zeit zu haben, um ihm zuzuhören und von ihm zu lernen.

Doch der Mann hatte einige Worte gesprochen, die der Hohe Gul inzwischen auch ohne Translator verstand. *Deep Space Nine ... identifizieren ... Sisko.*

Sisko.

Der Mann in der schlichten Uniform warf sich mit seinem ganzen Körpergewicht zurück, um Ranan gegen eine Wand zu drücken und dadurch seinen eisenharten Griff zu lockern. Im nächsten Augenblick war er frei und wirbelte herum, damit er Malicu einen Schlag ins Gesicht versetzen konnte. Malicu schwankte, blieb aber breitbeinig stehen, während er die Knie durchbeugte und einen weiteren Hieb abfing, den er mit seinem muskulösen Unterarm parieren konnte. Sogar der Hohe Gul konnte von seinem Beobachtungsposten aus das dumpfe Krachen hören.

Malicu ging zum Angriff über, um furchtbare Rache am Menschen zu nehmen, doch sein Gegner steckte die Schläge ein, ohne ins Wanken zu geraten. Während sie weiterkämpften, kam Ranan hinter dem Rücken des Mannes wieder zu Bewußtsein. Dann beugte sich der dunkle Kommandant vor und packte Malicu wagemutig an der Taille, als wollte er ihn durch die Luft schleudern. Doch das Gewicht war zu groß, so daß Malicu nur mit einem Knie auf dem Boden landete. Und plötzlich rollten die beiden in erbitterter Umarmung auf den Hohen Gul zu.

Sie erreichten ihn nicht, denn Ranan wurde von seinen Instinkten aus der Benommenheit gerissen. Er sprang mit solchem Schwung auf, daß er sein Ziel verfehlte, über die Kämpfer hinwegflog und auf dem Boden landete, wo sein Körper zu einem festen Damm wurde.

Es war ungemein faszinierend, dem Kampf dreier solcher Riesen zuzuschauen! Der Hohe Gul strich mit der Zunge über die Lippen, als würde er einen exzellenten Wein kosten.

Er wurde von einem flüchtigen Gedanken abgelenkt und beschloß, seinen Männern zu gratulieren, daß sie den Befehlshaber der Station in diesem engen Korridor in die Falle gelockt hatten. Der Hohe Gul hatte keine Ahnung, wie sie es geschafft hatten, da keiner von ihnen die Sprache dieser Leute verstand. Auf jeden Fall hatten sie ganze Arbeit geleistet. Vielleicht hatten sie den Menschen beobachtet, wie er Befehle erteilt hatte.

Möglicherweise war er gar nicht der oberste Kommandant, sondern nur ein Brigadeführer oder der Captain der Wachen in diesem Bereich. Malicu war sich ganz sicher gewesen, als sie diesem Mann gefolgt waren ... doch in einer so undurchschaubaren Situation machte man sehr schnell Fehler.

Im düsteren Korridor hatten sich die Kämpfer voneinander gelöst, und jetzt drehten sich die drei Riesen in einem gefährlichen Tanz – der Mensch in der Mitte, während die zwei Cardassianer ihm jeden Fluchtweg abschnitten. Er stand Ranan gegenüber und blickte immer wieder über die Schulter, um Malicus Bewegungen zu beobachten, damit er nicht überraschend angegriffen wurde. Er versuchte sich genau in der Mitte zu halten.

Er gönnte sich eine Atempause, erkannte der Hohe Gul. Sehr clever.

Plötzlich hielt der schwarze Mann inne, beide Hände zu Fäusten geballt und die Schultern gestrafft, während er in die Tiefe des Korridors starrte.

Der Hohe Gul spürte, wie seine Muskeln zusammenzuckten, als er instinktiv erkannte, daß der Mann ihn in seinem schattigen Versteck entdeckt hatte. Der Blick des Kommandanten war nur auf ihn konzentriert, bis er wieder zu erwachen schien und die Schläge von Malicu und Ranan abwehrte.

Plötzlich hatte sich alles verändert. Der Mensch blickte immer wieder zu ihm herüber. Er starrte pausenlos durch den Korridor auf den Hohen Gul und fand trotz der Dunkelheit und der Kapuze seine Augen. Sein Blick ließ ihn nicht mehr los, und irgendwie wußte er, daß sie sich gegenseitig verstanden.

Ja, jetzt gab es keinen Zweifel mehr. Er war der Kommandant.

Also hatten sie den richtigen Mann in die Falle gelockt. Sisko persönlich und nicht irgend jemanden, der im Namen seines Vorgesetzten auftrat. Er war der

Kommandant dieser Einrichtung, der Herrscher über alle Bewohner, derjenige, der auf Gedeih und Verderb für ihr Leben verantwortlich war. Dies alles war deutlich in seinen zornigen Augen zu lesen, die sich nicht von den Angriffen der zwei Gardisten beirren ließen. Kein anderer konnte solche Augen haben.

Und auch der Ablauf des Kampfes hatte sich verändert. Sobald er die Gelegenheit erhielt, sich gegen Malicu oder Ranan durchzusetzen und den Schauplatz tiefer in den Korridor zu verlegen, ergriff er sie. Er teilte Schläge aus und steckte sie ein. Er war gefährlich wie ein geschwungenes Schwert. Seine weißen Zähne strahlten zwischen den gebleckten Lippen, auf denen Blutspuren zu erkennen waren. Jetzt rückte der Mann mit jedem Schlag, jedem Tritt, jedem Schulterstoß einen Schritt weiter vor. Er kämpfte sich zum Hohen Gul durch.

Diese Wildheit! Was machte dieser Mann hier? Die Verwaltung eines Außenpostens war doch wirklich keine hehre Aufgabe! Ein solches Geschöpf hinter einem Schreibtisch? Warum?

Was war, wenn er diesen Posten nur bekommen hatte, weil er ein verhältnismäßig schwaches und entbehrliches Exemplar seiner Art war? Eine erschreckende Vorstellung!

Der Kommandant hielt immer noch Blickkontakt mit dem Hohen Gul, während seine Fäuste wie Hämmer auf die Körper von Malicu und Ranan einschlugen und er immer weiter durch den schmalen Gang vorrückte. Sie verstanden sich ohne Worte. Der Kommandant wußte, daß er auf die Person gestoßen war, die seine Station ins Chaos gestürzt, seine Ruhe gestört und seine Besatzung in Gefahr gebracht hatte.

Der Hohe Gul hob den Kopf, nur ein winziges Stück, aber damit zeigte er seinen Respekt vor dem Zorn, der in den Augen seines Gegners tobte. Und in diesem Moment verstanden sie sich. In wenigen Augenblicken würden sie sich treffen.

Der Hohe Gul wandte seine Aufmerksamkeit dem anderen Menschen zu ...

Nein, er war kein Mensch. Das Gesicht war anders. Es hatte keinen Ausdruck, keine Falten, keine Alterungsspuren. Nur die stechenden blauen Augen waren voller Erregung. Eine braune Uniform. Was hatte sie zu bedeuten? Der Gul nahm sich vor, mehr über den Sinn der Farben herauszufinden.

Diese Person war gefährlich, auch wenn sie einen verhältnismäßig dürren Körper besaß. Gewicht schien für das Wesen keine Rolle zu spielen, als es seine Finger in das Gewand über Ranans Schulter grub und den Mann mit einem gewaltigen Ruck von Sisko losriß.

Dieser plötzliche Eingriff brachte Malicu und den Kommandanten aus dem Gleichgewicht, und beide schlugen mit einem lauten Krachen auf den Boden. Malicu nutzte die Gelegenheit, von seinem Gegner wegzurollen, der einen Moment lang dalag und tief Luft holte, bevor er sich wieder hochstemmte. In diesem Augenblick hetzte Malicu zur Wand des Korridors, packte mit den starken Händen eine Strebe und riß daran. Das Metall kreischte protestierend, aber es löste sich von der Wand.

Malicu wirbelte herum, stieß einen furchtbaren Schrei aus und stürzte sich auf den zweiten Gegner, der an der gegenüberliegenden Wand mit Ranan rang. Er hielt die Stange mit beiden Händen und rammte sie dem Fremden in der braunen Uniform mitten in die Wirbelsäule.

Der Hohe Gul, der sich selbst während seiner gesamten Karriere dazu erzogen hatte, sich von nichts überraschen zu lassen, was im Verlauf eines Kampfes geschah, schnappte entsetzt nach Luft, denn er sah, wie die Strebe einfach durch das Wesens hindurchging, als wäre er gar nicht richtig anwesend, und in Ranans Körper eindrang.

Der Rücken des Wesens öffnete sich, und sein Kopf kippte nach hinten, doch dann blickte es Malicu an, ohne daß ihm irgendeine Verletzung anzumerken war. Wo der Stab durch ihn hindurchgegangen war, hatte seine Uniform sich in eine zähe, orangefarbene Flüssigkeit verwandelt, die zur Seite floß, bis Malicu in das fassungslose Gesicht seines Kameraden starrte. Der Fremde trat ein paar Schritte beiseite und stellte sich im Korridor auf, wo er wieder seine ursprüngliche Gestalt annahm. Unter der Anstrengung verzog sich sein Gesicht zu einer Grimasse.

Ranan ließ langsam den Stab los, der genau zwischen seinen Lungen steckte, und hatte die Augen so weit aufgerissen, daß sie kaum noch in den Rahmen aus Knochenwülsten zu passen schienen. Er hob die Hände, als wollte er Malicu umarmen und sich von ihm verabschieden.

Trotz seiner Eliteausbildung stieß Malicu einen angsterfüllten Schrei aus, als wäre er gerade aus einem schrecklichen Alptraum erwacht, als wäre er einem furchterregenden Monstrum begegnet ...

Einem Gestaltwandler!

Als der aufgespießte Angreifer seinen letzten Atemzug tat und mit der Stange im Körper zu Boden sank, ergriff der andere Cardassianer die Flucht und rannte mit einer Schnelligkeit durch den dunklen Korridor, die für einen solchen Riesen erstaunlich war. Er zerrte den Mann mit sich, der den Kampf aus der Nische beobachtet hatte, und dann verschwanden die beiden in den labyrinthischen Eingeweiden der Station.

Odo knurrte in unbändiger Wut und fuhr herum, um ihnen zu folgen.

»Nein!« sagte Sisko und stoppte Odo mit einem ausgestreckten Arm. »Sie wissen nicht, was sich da unten befindet, Constable.« Er schüttelte die Anspannung aus seinen Muskeln. »Cardassianer!« schnaufte er. »Verdammt, ich hatte gehofft, die Lösung wäre nicht so einfach!«

Odo spürte immer noch, wie seine Körpersubstanz sich umorientierte. Er trat über den im Todeskampf zuckenden Cardassianer hinweg und kam an Captain Siskos Seite. »Sind Sie unverletzt, Sir?«

»Verdammt!«

»Captain?«

»Ja, verdammt...« Dann schien Sisko sich wieder zu fangen, nachdem er die kochende Wut zurückgedrängt hatte, die ihm noch vor wenigen Augenblicken so nützlich gewesen war. »Und Sie?« fragte er Odo.

»Alles in Ordnung.« Odo hörte das Grollen in seiner eigenen Stimme. Er war wütend, weil er den Feind, die Saboteure, in den Händen gehabt und wieder verloren hatte. Er hätte unbedingt darauf bestehen müssen, daß Sisko von einer Leibwache begleitet wurde, während er durch die Versorgungsschächte kletterte und kroch, um irgendwie zu versuchen, Ordnung in das Durcheinander zu bringen.

»Ich weiß, was Sie denken, Constable«, sagte Sisko und stieß mit dem Fuß gegen den nun reglosen Cardassianer. »Aber wenn Sie mir jemanden mitgegeben hätten, wären diese Kerle vielleicht nie auf die Idee gekommen, mir eine Falle zu stellen. Und dann wüßten wir immer noch nicht, wer sie sind.«

»Eine ungewöhnliche Logik«, entgegnete Odo. »Wenn Sie nicht mein Vorgesetzter wären, hätte ich darauf eine bissige Erwiderung.«

»Spucken Sie's ruhig aus.« Sisko ging neben dem Toten in die Hocke und öffnete den dunkelblauen Umhang. »Habe ich es mir doch gedacht! Als ich es zuerst sah, wollte ich meinen Augen nicht trauen. Sehen Sie! Es ist eine der Uniformen von den Leichen, die Sie und O'Brien gefunden haben.«

»Warum sollte jemand diese Uniformen stehlen wollen?«

»Ich hätte eine noch interessantere Frage. Wie haben diese Cardassianer von den toten Cardassianern erfahren? Und wer sonst weiß inzwischen davon? Haben sich diese Leute mit dem Cardassianischen Zentralkommando in Verbindung gesetzt, oder arbeitet die Kommunikationsblockade ausnahmsweise zu unserem Vorteil?« Er blickte zu Odo auf. »Kennen Sie diesen oder die anderen Männer? Stehen irgendwelche Cardassianer auf den Passagierlisten der Schiffe, die zur Zeit angedockt sind?«

Odo zwang sich dazu, nicht beleidigt zu reagieren. »In einem solchen Fall hätte ich längst Nachforschungen angestellt, Sir.«

Er konnte im letzten Augenblick ein »Oder wofür halten Sie mich?« verschlucken.

»Schon gut, schon gut«, brummte Sisko, stand auf und betastete sein blutendes Gesicht. »Bringen Sie diesen Cardassianer zu Dr. Bashir. Sagen Sie ihm, er soll unverzüglich eine Autopsie durchführen. Ich will wissen: Ist er wirklich ein Cardassianer? Wie alt ist er? Und läßt er sich identifizieren?«

»Ja, Sir«, sagte Odo. Er überlegte sich, was es noch zu sagen gab – falls es in dieser Situation überhaupt etwas Sinnvolles zu sagen gab. Sisko war erhitzt und vom Kampf aufgewühlt, und er blutete. Konnte jemand in einem solchen Zustand vernünftige Entscheidungen treffen? Bis jetzt hatte Sisko sich recht gut unter Kontrolle gehabt, aber möglicherweise übernahm irgendwann sein Zorn wieder die Herrschaft. Man wußte nie, woran man bei den Menschen war. Sie waren schwer einzuschätzen.

»Und mit Ihnen ist wirklich alles in Ordnung?« wollte Sisko wissen.

Die Frage empörte Odo, bis er erkannte, daß er die Schultern und den Rücken angespannt hatte, während er seine Überlegungen anstellte. Er mochte es nicht, wenn seine Gefühle allzu deutlich wurden, daher deutete er in den dunklen Korridor. »Soll ich ein Team zusammenstellen und die Kerle verfolgen?«

»Noch nicht. Dax soll zuerst versuchen, die internen Sensoren wieder in Betrieb zu nehmen, damit wir die Spur anhand ihrer Biowerte aufnehmen können.« Sisko starrte in den Korridor, als würde er sich gerne über seinen eigenen Befehl hinwegsetzen und persönlich Jagd auf die Angreifer machen. »Ich habe ein ungutes Gefühl... diese Uniformen... warum sollte jemand...?«

Der Captain verstummte und dachte mit gerunzelter Stirn nach.

»Er war ihr Anführer«, sprach er dann weiter. »Der Mann, der uns von da drüben beobachtet hat. Er hat den Oberbefehl über die anderen.«

Odo warf ihm einen neugierigen Blick zu. »Woher wollen Sie das wissen?«

»Keine Ahnung. Er hatte etwas an sich... vielleicht seine Körperhaltung. Er hat sich nicht vor uns versteckt... er hat uns nur in aller Ruhe beobachtet. Und als ich versuchte, in seine Nähe zu gelangen, ist er keinen Zentimeter zurückgewichen. Außerdem sah er irgendwie merkwürdig aus. Dieser Tote hier ebenfalls. Die Haut ist runzelig und das Gesicht eingefallen. Sie sehen eher wie die Geister von Cardassianern aus.«

Dann starrte Sisko wieder eine ganze Weile in den schwach beleuchteten Gang, als könnte er vor seinem geistigen Auge immer noch das Gesicht sehen, als wollte er sich die Züge einprägen und den Mann durchschauen, um sich auf den Zeitpunkt vorzubereiten, wenn er ihm erneut begegnete.

»Holen Sie O'Brien!« sagte er schließlich. »Und er soll eine Brechstange mitbringen. Wir werden uns den Tunnel ansehen, den Sie beide gefunden haben. Ich habe ein sehr ungutes Gefühl.«

»Exzellenz! Wir sind jemandem gefolgt, der eine Uniform trägt, doch dann haben wir jemand anderen entdeckt!«

Ihr neues Hauptquartier mit den tristen Wänden und der nüchternen Zweckmäßigkeit wirkte auch im Licht der aktivierten Geräte nicht angenehmer, die sie aus anderen Räumen entlang des Tunnels gestohlen hatten.

Und in diesem Dämmerlicht wurde nun ein cardassianisches Gesicht erkennbar. Dieser Umstand war für sich genommen nichts Ungewöhnliches, allerdings handelte es sich um ein Gesicht, das dem Hohen Gul völlig unbekannt war.

Ein Cardassianer, den er nicht kannte! Er war seine Eintrittskarte in dieses unvertraute Zeitalter.

Der Hohe Gul trat vor den Mann, der zwischen Koto und Clus eingekeilt saß. Zwischen diesen beiden Gardisten wirkte er besonders klein. Der Hohe Gul nahm sich einen Moment Zeit, um seine Elitegardisten zu mustern. Sie waren vielleicht nicht die hellsten Köpfe, aber zumindest waren sie kräftig und zuverlässig. Wenn sie ihm treu ergeben waren, übernahm er gerne die Aufgabe, für sie mitzudenken.

Der Besucher – der Gefangene – starrte ihn an. Es war nur schwer zu erkennen, ob in seinen Augen Schock oder Bewunderung stand. Es war nicht nur Furcht, was er sah – falls es sich überhaupt um Furcht handelte. Er kannte diesen Blick, in dem sich Wagemut und Hoffnung mischten, nicht unbedingt Ehrfurcht, aber bestimmt erwartungsvolle Neugier. Er änderte sofort seinen Plan, wie er vorgehen wollte, um auf das Rücksicht zu nehmen, was er im Gesicht des Besuchers sah.

»Mein Sohn«, begann er mit gesenkter Stimme.

Der Blick der Augen veränderte sich, wenn auch nur ein klein wenig. Der Mann öffnete den Mund, aber er sagte nichts.

Der Hohe Gul kam einen Schritt näher, nur einen einzigen Schritt. Er reckte die Schultern, hob ein wenig den Kopf und blickte auf den Mann herab. Es war die perfekte Reaktion auf den Gesichtsausdruck des Besuchers.

»Weißt du, wer ich bin, mein Sohn?« fragte er langsam.

Der Besucher räusperte sich und blinzelte im Zwielicht. »Sie sind der erste und einzige Hohe Gul.«

»Sehr gut. Völlig richtig. Sei ganz ruhig, denn ich habe viele Fragen, und ich brauche dich, damit du sie mir beantwortest. Ist dir kalt? Möchtest du einen Mantel?«

»Nein, Exzellenz ...«

Der Hohe Gul war sehr zufrieden. Seine Reaktionen – sein leidenschaftlicher Schock, als er den Hohen Gul gesehen und wiedererkannt hatte – all dies verriet ihm sehr viel und gab ihm brauchbare Werkzeuge in die Hand. Er dachte darüber nach.

Er kam noch einen Schritt näher. »Bist du der einzige cardassianische Bewohner dieses Außenpostens?«

»Zur Zeit, ja.«

»Wie ist dein Name?«

»Garak.«

»Und du bist derjenige, der uns erweckt hat, nicht wahr?«

»Ja ... ich habe es getan.«

»Und dann bist du fortgegangen, hast dich vor uns versteckt, vermutlich weil du Angst hattest. Du wußtest nicht, wie wir auf dich reagieren würden. Stimmt das?«

Garak schwankte zwischen Lüge und Wahrheit, während er überlegte, was ihm nützlicher wäre oder was ihn zumindest aus dem Griff der Gardisten befreien würde. Ein interessanter Vorgang, dieses stumme Streitgespräch mit sich selbst.

»Nein«, sagte der Hohe Gul schließlich. »Es stimmt nicht. Dann sag mir die Wahrheit!«

»Ich dachte, ich könnte Ihre Aktionen beobachten und...«

»Und aus sicherer Entfernung Einfluß gewinnen?«

»Um ehrlich zu sein... ja.«

»Ich weiß diese Strategie zu schätzen, Garak.«

Bei diesen Worten schien sich der Neuankömmling ein wenig zu entspannen.

»Dann wollen wir miteinander reden«, sprach der Hohe Gul weiter. »Wie Kameraden. Du weißt, wer ich bin, und du weißt, daß ich mehr über diesen Ort und seine Bewohner erfahren muß. Du hast mich aus meinem Schlaf erweckt, also muß dir etwas daran liegen, daß ich diese Dinge erfahre. Ist das richtig?«

Der Besucher kniff die Augen zusammen, während er darüber nachdachte, doch ansonsten zeigte er keine Reaktion.

»Ja... Hoher Gul.«

Der Hohe Gul schwieg eine Weile, damit Garak Zeit hatte, sich selbst von dem zu überzeugen, was er gerade gehört hatte. Zweifellos hatte er dies alles bereits in den Stunden nach der Erweckung durchdacht, aber erst jetzt war er in der Lage, sie als Tatsachen zu akzeptieren.

»Sag mir nun«, setzte der Hohe Gul vorsichtig wieder an, »wer hier mein Feind ist!«

»Bedauerlicherweise«, antwortete Garak, »ist hier jeder Ihr Feind. Sogar Cardassia ist Ihr Feind. Die Regierung wird heute vom Zentralkommando gebildet... aber dann gibt es auch noch den Obsidianischen Orden. Manchmal arbeitet der Orden mit dem Zentralkommando zusammen... und manchmal verfolgt er seine eigenen Interessen.«

»Ich verstehe.« Der Gesichtsausdruck des Hohen Gul ließ keinen Zweifel daran, wie gut er sich mit solchen Machtstrukturen auskannte. Er ging in die Knie und hockte sich auf ein Stück Metall, das aus der Wand ragte. Dann blickte er in Garaks angespanntes

Gesicht. »Du lebst hier als einziger deiner Art, nicht wahr?«

»Ja.«

»Bist du im Exil?«

»Sozusagen.«

»Also hast du hier Asyl gesucht.«

»Ja, gewissermaßen.«

»Und welche Einrichtung gewährt dir Asyl?«

»Die Organisation nennt sich Starfleet, Hoher Gul. Das ist der militärische und erkundende Arm der Vereinigten Föderation der Planeten. Diese wurde von Menschen gegründet – Terranern –, die von einem Planeten namens Erde stammen, doch inzwischen besteht sie aus vielen Spezies. Sie kamen vor einigen Jahren hierher und halfen der bajoranischen Regierung, nachdem die cardassianischen Truppen vom Planeten Bajor abgezogen wurden – und von dieser Station.«

»Welche anderen Mächte spielen in der heutigen Zeit eine Rolle?«

»Ach ... die Romulaner, die Klingonen, die Orioner, Ferengi, Tholianer, Eridaner, Rigelianer, und dann gibt es noch das Dominion hinter dem ...«

»So viele! Es muß äußerst interessant sein, in dieser Zeit zu leben. Erzähl mir von Cardassia. Sag mir, warum dieser cardassianische Außenposten von anderen übernommen wurde. Wie konnte unsere gewaltige Streitmacht zurückgeschlagen werden? Oder haben wir unsere Macht verloren?«

»Nicht in bezug auf die Zahl der Schiffe, Waffen und Truppen«, sagte Garak mit einem Schulterzucken. »Aber unsere Feldherrn haben ihre Kraft und Begabung verloren.«

»Die Fähigkeit, einen wirkungsvollen Angriff durchzuführen? Ich verstehe. Weiter!«

Wieder ein Schulterzucken. »Sie greifen im falschen Augenblick an und ziehen sich im falschen Augenblick zurück. Sie verhalten sich brutal, ohne damit etwas zu erreichen. Im Gegenteil, sie schüren dadurch den Haß der eroberten Völker, bis sie Rache nehmen. Sie erkennen die Anzeichen nicht mehr, wenn der Haß gegen sie zurückschlägt. Und sie hegen untereinander mehr Mißtrauen als gegen ihre Feinde.« Er warf einen Blick nach oben. »Und das nicht zu Unrecht.«

Der Hohe Gul nickte. »Also ist Cardassia zu seinem eigenen Feind geworden. Und durch diesen Kampf geschwächt.«

»Ja.«

»Ich verstehe. Da ist noch etwas, das ich wissen muß... Wo ist der Rest meiner Elitegarde? Schlafen Sie noch irgendwo in dieser Station? Oder vielleicht auf dem Planeten in der Nähe? In diesem Fall müssen wir sie alle wiederbeleben, damit ich stark genug bin, mich den Mächten zu stellen, mit denen ich es hier zu tun habe. Wir werden sie gemeinsam überwinden, mein Freund, und du mußt nicht länger im Exil leben.«

Garak wurde unruhig. Er blickte sich um, beobachtete Koto und Clus, die links und rechts von ihm saßen, und musterte die anderen Gardisten, die sie wie Statuen umringten. »Hoher Gul... das alles steht in den geschichtlichen Aufzeichnungen des Ersten Ordens von Cardassia... die Elite des Hohen Gul...«

»Sag, was du mir zu sagen hast«, drängte der Hohe Gul behutsam. »Ich bin auf alles gefaßt.«

Garak holte tief Luft und sah aus, als befürchtete er, daß man ihm wegen seiner Worte den Kopf abschlagen würde. »Die zweitausend Mann der Elite...« Er schluckte. »... kehrten zurück und mußten vor der Öffentlichkeit aufmarschieren, um den Tod des Hohen Gul zu bestätigen. Damit bereiteten sie den Boden vor, auf dem seine... Ihre Gegner in der Regierung die Macht ergreifen konnten.«

Garak blickte besorgt in die Augen des Hohen Gul.

Sie brannten. Der Hohe Gul sprang auf, und sein

Körper erstarrte vor Entsetzen. Zweitausend seiner treuesten Anhänger, seine handverlesenen Truppen, waren für einen Zweck benutzt worden, der allem widersprach, was er aufzubauen versucht hatte. Man hatte sie gegen ihn benutzt, gegen Cardassia, und nur damit sich jemand politische Vorteile verschaffte!

Jetzt gab es nur noch die Handvoll, die hier bei ihm war, den engsten Kreis, seine Leibgarde. Nicht genug, daß seine eigene Zivilisation von diesen Rückschlägen heimgesucht worden war! Man hatte außerdem seine eigene Armee dazu eingesetzt, diese Veränderungen zu bewirken. Seine eigenen Männer, sein eigener Name...

Als sein Blut aufkochte und seine Wut wie ein Tornado in ihm tobte, mußte er einen heldenhaften Kampf liefern, um nicht die Beherrschung über sich selbst zu verlieren. Er mußte unbedingt gefaßt bleiben und die Haltung bewahren, er mußte selbstbewußt und unerschütterlich vor Garak auftreten, denn er brauchte Garak noch. Noch mehr als vor wenigen Augenblicken brauchte er jetzt jemanden, der sich frei in dieser Station bewegen konnte. Er mußte seinen Zorn kontrollieren.

Deshalb kehrte er Garak den Rücken zu und schritt durch die Reihe seiner restlichen Elite hindurch. Er achtete darauf, daß er niemanden ansah, damit sie nichts von seiner Trauer und seiner Verzweiflung bemerkten.

Zweitausend! Es mußte ein erhebender Anblick gewesen sein, wie sie eng geschlossen und stumm, mit offenen Augen und in prächtige Gewänder gehüllt dagestanden hatten. Eine Machtdemonstration, die vielen das Herz zerrissen und andere zutiefst beeindruckt haben mußte.

Dann schoß ihm eine neue Frage durch den Kopf. Er drehte sich um.

»Garak... wie viele Jahre ist das her?«

Der Verbannte blinzelte quer durch den engen Raum,

in dem sie sich versteckt hatten, zu ihm hoch. Zuerst schien er die Frage überhaupt nicht zu verstehen, doch dann zeigte sein Gesicht Erkennen, während er mit der Antwort rang. Er blickte sich zu den Männern der Elite um und sah dann wieder ihren Anführer an, den er erweckt hatte.

»Seitdem ist viel Zeit vergangen, Hoher Gul ... fast achtzig Jahre.«

11

Wut! Zorn! Enttäuschung!
Achtzig, achtzig, achtzig Jahre!
Seine Wut schrie, sein Zorn heulte.

Nicht zwanzig, sondern achtzig Jahre. Jahre, die er im leblosen Tiefschlaf verbracht hatte, die er völlig unnütz vergeudet hatte. Die Frauen und Familien waren alt geworden, hatten sich entfremdet, waren vielleicht längst tot.

Parteien und Regierungen waren aufgebaut worden, waren zerfallen, gestürzt, wieder errichtet und wieder gestürzt worden. Ihre Kräfte waren unter den dummen Anweisungen der Leute, die ihn zum Schweigen gebracht hatten, zersplittert worden.

Der Hohe Gul spürte, wie sein Herz in der Brust pochte, wie die Nerven in seinem ganzen Körper kribbelten. Und er spürte auch die entsetzten Schauder, von denen die Männer an seiner Seite geschüttelt wurden. Auch sie kämpften, um nicht die Beherrschung zu verlieren, um ihm die Entscheidung über den nächsten Schritt, den weiteren Weg zu überlassen, der sie durch dieses neue... Jahrhundert führen würde.

Selbst in seiner Wut und Verzweiflung empfand er Stolz angesichts ihrer Zurückhaltung und wußte, daß sie die Kraft dazu nur fanden, weil Garak anwesend war. Es war ein gewaltiger Schock, der sich kaum ohne heftigen Gefühlsausbruch überstehen ließ.

Vor seinem geistigen Augen sah er ihre geschrumpften Körper, wie sie viele Jahre lang auf den Bahren gelegen hatten, viel länger als erwartet, bis sie vor nur wenigen Stunden langsam aus dem Tiefschlaf aufgewacht waren, nachdem sich ein rötlicher Schimmer unter ihrer grauen Haut verbreitete, die Augen in den Knochenwülsten mit leisem Leben erfüllten und die Halsschlagadern träge zu pulsieren begannen.

Achtzig Jahre waren ein sehr langer Zeitraum für einen Prozeß, der nur wenige Monate hatte dauern sollen, für eine Methode des kurzfristigen Überlebens, ob unter Wasser oder in einer eisigen Tundra. Niemand hatte vorgesehen, so etwas in der luftlosen Leere einer Kammer am verlassenen Ende eines Andockmastes durchzuführen.

Seine Familie, seine Frau. Er hatte diese Bilder verdrängt, bis sie jetzt wieder an die Oberfläche brachen. Ältere Soldaten hatten sich Frauen genommen, die für sie nicht mehr als Geliebte waren, die seine Truppe stärken sollten. Es war seine Idee gewesen, denn er wußte aus persönlicher Erfahrung, was geschah, wenn Liebe zu einer Ablenkung wurde. Während seiner ganzen Laufbahn hatte er dagegen angekämpft, nur ihretwegen. Seine Frau war für ihn die einzige gewesen, die er jemals verehrt hatte.

»Achtzig Jahre...« Seine Stimme war rauh und angestrengt, als er sich wieder Garak zuwandte, sich aber noch von ihm fernhielt. »Ist die Erinnerung an mich verblaßt«, fragte er, »oder hat man mich ganz vergessen?«

Garak richtete sich abrupt auf. »Im Gegenteil, Hoher Gul! Mit jedem Feldzug hat Ihr Name mehr Gewicht gewonnen! Bei jeder strategischen Konferenz rufen alle Seiten Ihren Namen an, um ihre Ziele zu unterstreichen. ›Wenn der Hohe Gul anwesend wäre, hätte er dies und jenes getan.‹ ›Das hätte der Hohe Gul niemals akzeptiert.‹ ›Der Hohe Gul wäre derselben Ansicht wie ich.‹ Alle Ihre Ansprachen wurden aufgezeichnet und werden von Schülern und Soldaten auswendig gelernt. Sie sind eine Legende – beinahe ein göttliches Wesen!

Und jetzt ist Ihr Ruhm aus der Vergangenheit zurückgekehrt!«

Er unterbrach sich plötzlich, als hätte er Angst, zu viel gesagt oder den Hohen Gul auf irgendeine Weise beleidigt zu haben.

Der Hohe Gul ließ die Stille auf sich einwirken. Seine Worte! Und was war mit seinen Taten? Er war ein Soldat und kein Philosoph gewesen! Er war wie gelähmt, während er seine Erinnerung durchstöberte, ob er irgendwelche peinliche Äußerungen von sich gegeben hatte.

»Hoher Gul«, sprach Garak weiter, »Sie müssen von hier fliehen! Ich würde Ihnen gerne dabei helfen, ein Schiff zu stehlen, doch im Augenblick sind alle Schiffe unterwegs. Man evakuiert alle Zivilisten aus der Station, aber ich habe keine Ahnung, warum. Irgend etwas geht vor sich. Trotzdem müssen Sie fortgehen und einen Plan ausarbeiten. Wenn das Volk von Cardassia erkennt, daß man Sie verraten hat, wird es eine Revolution geben!« Garak erhob sich mit einem Ruck. »Ich werde vor die Regierung von Cardassia treten und beweisen, daß Sie noch leben und verraten wurden. Ich werde mit irgend jemandem reden – oder mit vielen. Die unfähigen, kurzsichtigen Dummköpfe werden mir zuhören müssen! Wenn Sie zur Stelle gewesen wären, wäre vieles anders gekommen! Aber zuerst müssen Sie die Station verlassen.«

»Nein, Garak. Wir beide wissen, daß ich der einzige Hohe Gul bin. Ich stehle mich nicht heimlich davon. Aber sag mir, wie es ist, in dieser Station zu leben! Was ist der gemeinsame Nenner der Leute, die hier leben?«

Als Garaks Erregung ins Leere verpuffte, setzte er sich wieder und verzog unschlüssig das Gesicht. »Der einzige gemeinsame Nenner in *Deep Space Nine* ist die Tatsache, daß es jedem hier gleichgültig ist, was der andere über ihn denkt. Es ist ein Ort, an dem keine eindeutigen Grenzen gezogen sind. Jeder mischt sich gelegentlich in die Angelegenheiten eines anderen. Jeder übertritt gelegentlich die Vorschriften, überschreitet Grenzen, um zu sehen, wer sich dahinter versteckt, bevor er überlegt, wie weit er sich vorwagen darf ... Es gibt nur einen, der Rechenschaft fordert, wenn sich der Rauch verzogen hat.«

»Ein großer und starker dunkelhäutiger Mann.«

»Ja.«

»Erzähl mir von ihm. Ich muß wissen, mit wem ich es zu tun habe.«

Garak widerstand den Gewissensbissen, die ihn plötzlich plagten. Sisko hatte ihn immer verteidigt, ihm Asyl und Schutz gewährt und es ihm sogar ermöglicht, ein eigenes Geschäft aufzubauen, statt von der Wohltätigkeit anderer abhängig zu sein.

Vor ihm saß eine Person, von der die Legenden behaupteten, sie könnte Lügen riechen. Wie sollte man zu einem solchen Idol sprechen – geschweige denn, es anlügen?

Doch der Hohe Gul verkörperte Garaks einzige Chance, seine ehemalige Macht zurückzugewinnen. Nicht nur das, er könnte viel mehr Einfluß auf Cardassia erlangen als je zuvor.

Es konnte doch niemandem schaden, wenn sie ein wenig über Sisko sprachen, oder? Vor allem wenn er Schritt für Schritt vorging, auch wenn vielleicht jemand unter seinen Füßen aufschrie.

»Sisko ist ...«

»Ja?«

»Großzügig und tolerant. Ein guter Vermittler, wenn er dazu bereit ist. Er übt Nachsicht mit denen, die die Regeln verletzen, weil er sich selbst gelegentlich die Freiheit nimmt, gegen die Vorschriften zu verstoßen. Er weiß sehr genau, wie tief im Weltraum wir uns befinden ... Er weiß genau, wie er seine Macht einsetzen kann. Ich glaube ... es gefällt ihm nicht, hier einfach nur Wache zu schieben.«

»Mehr.«

Garak seufzte. Mehr? Was wollte der Hohe Gul hören? Warum wollte er die Dinge unnötig komplizieren? Es war doch ganz einfach! Er mußte aus der Station fliehen, nach Cardassia Prime zurückkehren, eine Revolution anzetteln und Garak zum stellvertretenden Hohen Gul machen.

Doch die unerschütterliche Haltung des Hohen Gul ließ ihn nicht ungerührt. Schließlich war er die Person, dem Cardassia fast alle Erfolge im vergangenen Jahrhundert zu verdanken hatte. Sogar für einen erfahrenen Spion, der in erster Linie für seine eigenen Interessen arbeitete, war Ehrfurcht ein wirksames Narkotikum.

Also gut. Was gab es noch zu sagen?

»Sisko verfällt gelegentlich ins Grübeln. Er fürchtet sich davor, den Rest seines Lebens mit Büroarbeit vergeuden zu müssen. Das ist ein weiterer Grund, warum er immer wieder die Regeln verletzt ... Aufregung.«

»Und wie ist er, wenn er nicht wütet und sich erbittert gegen seine Feinde wehrt?«

Garak dachte einen Augenblick nach, bevor er antwortete. »Still ... traurig ...«

»Wieso traurig?«

»Seine Frau wurde im Kampf getötet. Sie war unter eingestürzten Trümmern eingeklemmt. Sisko mußte sie zurücklassen, als das Schiff evakuiert wurde.«

»War sie schon tot oder noch am Leben, als er sie zurückließ?«

»Sie war tot, obwohl ich glaube, daß er zeitweise daran zweifelt. Ich vermute, daß er gelegentlich immer noch darüber nachdenkt.«

»Hat er andere Familienmitglieder, die in diesem Außenposten leben? Hat er Kinder von seiner Frau?«

Garak schoß natürlich sofort die richtige Antwort durch den Kopf – einen schlaksigen Jungen, einen unkomplizierten Teenager.

»Nein«, sagte er statt dessen. »Er hat keine Kinder.«

Der Hohe Gul kam wieder näher. Er war eine kräftige und beeindruckende Gestalt, obwohl er älter und schlanker als seine Soldaten gebaut war. »Schade. Garak, du warst mir eine große Hilfe. Glaub mir, ich bin kein Mann, der so etwas vergißt. Du wirst die Früchte deiner Treue und deines Mutes ernten. Eine Frage noch, über die du sehr sorgfältig nachdenken solltest. Gibt es irgend jemanden in dieser Station, den wir *nicht* töten sollten?«

Der Hohe Gul schwieg und ließ ihm Zeit für eine Antwort. Garak hatte ihm sein Vertrauen ausgesprochen, und jetzt bewies der Hohe Gul ihm auf diese Weise seine Anerkennung. Er wußte, daß Garak seit recht langer Zeit in der Station lebte, daß er Bekanntschaften oder vielleicht sogar Freundschaften geschlossen hatte. Der Hohe Gul und seine Männer beobachteten ihn abwartend, während Garak über verschiedene Gründe nachdachte, warum einige dieser Leute am Leben bleiben sollten.

»Nun«, sagte er nach einer Weile, »ich glaube nicht.«

Dann streckte der Hohe Gul den Arm aus und tat das Unvorstellbare – er legte die Hand auf Garaks Schulter, und Garak wäre unter der Berührung beinahe erschrocken zusammengezuckt. Er mußte wieder an den Ruf dieser Legende denken, denn dem Hohen Gul wurde nachgesagt, daß er mit seinem Blick töten konnte.

»Verhalte dich ruhig, mein Freund«, sagte der uralte Cardassianer. Seine Stimme erzeugte ein schwaches Echo im Raum, als käme sie aus tiefster Vergangenheit. »Wir werden uns mit dir in Verbindung setzen, wenn wir deine Hilfe benötigen. Wir werden weiterhin Chaos schüren, bis jeder gegen jeden kämpft und sich unsere Feinde gegenseitig vernichten. Gemeinsam werden wir Cardassia in neuem Glanz wiedererstehen lassen.«

Dann wandte er sich dem Rest seiner Elitetruppen zu.

»Laßt ihn gehen«, sagte er.

»Achtzig Jahre. Und zweitausend Elitesoldaten ... tot.«

Der Hohe Gul ging wutschnaubend auf und ab. Seine Hände waren eiskalt. Wie lange hatte seine Frau die Enttäuschung und öffentliche Erniedrigung nach seinem Verschwinden erdulden müssen? All die langen Jahre hatte sie ihn für tot gehalten und miterlebt, wie sein Name dazu benutzt wurde, alles zu verderben, was er in mühevoller Arbeit aufgebaut hatte – ein Imperium, das tausend Jahre hätte überstehen müssen, das jedoch schon deutliche Spuren des Zerfalls aufwies.

Dann kam der Gedanke zurück, der ihm die größten Schmerzen bereitete. Was war, wenn sie noch lebte? Welch grausame Wendung des Schicksals, wenn er zu ihr zurückkehrte – und noch genauso war wie vor achtzig Jahren!

Sein Zorn tobte und wütete.

»Sollen wir uns von Garak zeigen lassen, wo die Waffen aufbewahrt werden, Hoher Gul?« fragte Elto. »Soll er uns mit der Station vertraut machen?«

»Noch nicht. Wir können Garak nicht hundertprozentig vertrauen. Als er von Cardassia erzählte, hat er in gewisser Weise seinen eigenen Charakter beschrieben. Er hat uns zwar erweckt, aber ich fürchte, daß er damit in erster Linie seine eigenen Interessen verfolgt.«

»Wie kommen Sie darauf?« wollte Elto wissen.

»Weil ich genauso gehandelt hätte. Ich bin nicht bereit, seiner Andeutung zu glauben, daß er ins Exil gehen mußte, weil sein Herz reiner ist als das der herrschenden Partei.«

»Sehr weise, Exzellenz«, pflichtete Koto ihm bei, obwohl es offensichtlich war, daß er die Gedanken des Hohen Gul nicht ganz nachvollziehen konnte.

Der Hohe Gul ging weiter auf und ab. »Ich glaube auch nicht, daß Cardassia wirklich so verdorben ist, wie er unsere Heimatwelt geschildert hat. Ich weiß nicht, ob er lügt oder ob sein Standpunkt die Tatsachen verzerrt. Schließlich lebt er im Exil. Doch es gibt keinen

Zweifel daran, daß diese Station ursprünglich cardassianisch war und nun im Besitz von Fremden ist. Garak mag ein Lügner sein, aber niemand kann die Ehrfurcht und den Respekt vortäuschen, den ich in seinen Augen gesehen habe. Ganz gleich, was vor achtzig Jahren und in der Zeit danach geschah, ich weiß jetzt, daß ich immer noch der Hohe Gul bin.«

Er blieb stehen und stützte sich an der Wand ab, während er ins Leere starrte und angestrengt nachdachte, was er als nächstes tun sollte. Aus dem Augenwinkel sah er seine Männer, die sich gegenseitig Blicke zuwarfen, und er wußte, daß er eine Entscheidung treffen mußte, daß er ihnen schnell konkrete Befehle geben mußte, um sie von der Wut abzulenken, die auch in ihnen kochte. Andernfalls würden sie davon zerrissen werden.

Er hob den Kopf und blickte sie an.

»Als erstes werden wir Garak einen kleinen Auftrag erteilen, etwas Einfaches, um ihn enger an uns zu binden. Dann werden sich seine Zweifel verflüchtigen.«

»Wir brauchen Lebensmittel, Hoher Gul«, schlug Clus vor. »Das dürfte Garak keine besonderen Schwierigkeiten bereiten.«

Der Hohe Gul blinzelte. »Hast du Hunger, Clus?«

Der große Soldat trat von einem Fuß auf den anderen. »Nun ... ja, ein wenig, Exzellenz.«

»Ich verstehe«, erwiderte der Hohe Gul und lachte. »Schließlich haben wir alle seit achtzig Jahren nichts mehr gegessen.«

Clus wich in den Schatten zurück, um seine Verlegenheit zu verstecken, während Elto vortrat. »Exzellenz«, sagte er, »wir könnten ihn außerdem um Translatoren bitten. Es könnte sich die Notwendigkeit ergeben, mit den Eindringlingen zu reden.«

Der Hohe Gul wandte sich ihm zu. »Ich bin stolz auf dich. Wir werden ihn heute abend darum bitten, nachdem Garak Zeit gehabt hat, seine Eindrücke zu verarbeiten. Bis dahin werden wir unser Ziel weiterverfolgen. Ich muß diesen Außenposten übernehmen, und ich glaube kaum, daß sie ihn mir ohne weiteres überlassen werden. Daher muß es unsere erste Aufgabe sein, dem Feind den Kopf abzuschlagen, damit der Körper zusammenbricht. Ich habe keine Ahnung, wie man einen Gestaltwandler tötet, aber wir müssen ihn aus dem Weg schaffen. Wir werden eine Möglichkeit finden, ihn außer Gefecht zu setzen. Danach können wir Sisko töten.«

12

Das knisternde Summen war nervtötend. Die Wände erzitterten, als würden sie sich vor Ekel schütteln. Die Turboliftkabine stand unter Strom und ließ die alten Deckenplatten knirschen, während die Türen, die nur zwei Zentimeter weit geöffnet waren, heftig vibrierten.

Gerade weit genug, um zu sehen, wie Fähnrich Ibrahim von der Sicherheit langsam getötet wurde.

Noch war es nicht so weit, denn noch schrie er.

Odo war zur Seite getreten, damit die zwei anderen Sicherheitswächter an den Türen arbeiten konnten. Doch bis jetzt hatten sie nicht viel erreicht.

Als der Boden leicht erbebte, wußte er, daß jemand herbeirannte, jemand mit beträchtlichem Körpergewicht und langen Schritten.

»Captain«, sagte er, ohne sich umzublicken.

Sisko brachte sich neben ihm mit einem Ruck zum Stehen. »Was geht hier vor?«

»Fähnrich Ibrahim steckt in irgendeinem elektrischen Feld fest. Vermutlich eine fehlerhafte Sicherheitsschaltung.«

»Können Sie die Quelle des Feldes nicht von der Energieversorgung abschneiden?«

»Daran arbeiten wir ebenfalls.«

»Und die Türen?«

»Sind hoffnungslos verkeilt. Möglicherweise müssen wir sie mit Phasern aufschneiden.«

Siskos Gesicht wurde steinhart. »Das könnte Stunden dauern. Der Mann da drinnen würde es nicht überleben.«

»Ja.« Odo beobachtete die Männer, die sich mit der Winde abmühten, die sie in den Türspalt gezwängt hatten. Wieder ein Zentimeter. Wenn sie so weitermachten, brauchten sie einige Tage, bis sie den Mann befreit hatten.

Ibrahims gräßliche Schreie wurden zu einem hellen Kreischen, als seine Erschöpfung und Panik zunahmen und seine Kräfte schwanden. Und immer wieder das entsetzliche Summen und Knistern...

»Haben Sie die Katakombe untersucht?« fragte Odo, um den schrecklichen Lärm für einen Augenblick zu verdrängen.

»Leer«, sagte Sisko. »Entweder wurden die Leichen fortgebracht, nachdem die Infiltratoren ihnen die Uniformen abgenommen hatten, oder...«

»Oder die ›Leichen‹ sind mit den Eindringlingen identisch.«

Die wilden schwarzen Augen schienen sich durch Odo hindurchzubohren. »Haben Sie einen konkreten Verdacht, oder spekulieren sie nur?«

»Es ist nur eine Vermutung, aber ich habe gelernt, niemals den Cardassianern zu trauen... nicht einmal der cardassianischen Biologie. Jetzt müssen wir uns fragen, wer sie dort deponiert hat – und warum – und wodurch sie aufgewacht sind.«

»Vielleicht haben wir sie unabsichtlich geweckt, als wir den Raum mit Luft füllten und betraten. Ich schätze, es handelt sich um eine Art Winterschlaf, der uns bislang unbekannt war.« Sisko blickte ihn an. »Oder haben Sie schon einmal von einem solchen Phänomen gehört?«

Odo dachte voller Unbehagen an all die Jahre, die er mit Cardassianern zusammengelebt hatte, ohne daß ihm jemals etwas Derartiges aufgefallen war. Er seufzte frustriert. »Nein, noch nie.«

»Aber es gibt jemanden in der Station, der etwas darüber wissen müßte. Wenn Sie diesen Mann befreit haben, möchte ich, daß sie Garak holen und ihn mit sanftem Nachdruck zu mir bringen.«

»Sie glauben doch nicht, daß Sie von Garak eine Erklärung bekommen!«

»Das hängt davon ab, wie kräftig ich zudrücke, wenn ich meine Finger um seinen Hals lege.«

»Garak hat darauf bestanden, daß die Katakombe wieder versiegelt wird. Wie kommen Sie darauf, er hätte ihnen nicht die ganze Wahrheit gesagt?«

»Genauso gut könnten Sie mich fragen, wie ich darauf komme, daß auf einem hohen Berg Schnee liegen könnte.« Sisko holte tief Luft, während er zusah, wie die Lifttüren mit einem lauten Knirschen einen weiteren halben Zentimeter nachgaben. »Ich frage mich allmählich, warum er so nachdrücklich darauf bestanden hat, die Kammer wieder zu verschließen. Oder sollten wir nur glauben, daß er die Toten ruhen lassen möchte? Garaks Motive sind keineswegs einfach gestrickt, Constable, und wir sollten uns nicht mit einfachen Antworten zufriedengeben. Ich fürchte, wir sind auf ihn hereingefallen.«

»Nun«, brummte Odo, »alles deutete darauf hin, daß sie wirklich tot waren. Sie atmeten nicht, bewegten sich nicht, und sogar der Tricorder des Doktors zeigte an, daß sie tot waren. Meistens sind die Dinge tatsächlich so, wie der Augenschein vermuten läßt.«

»Interessant, daß ausgerechnet Sie so etwas sagen. Ich möchte, daß der automatische Stationstranslator überprüft wird. Es hat wenig Sinn, ›Halt, oder ich schieße!‹ zu rufen, wenn sie es gar nicht verstehen.«

»Vielleicht sind es gar nicht die Worte, sondern die Absicht, die sie nicht verstehen würden«, sagte Odo verbittert.

Sisko schob sich an ihm vorbei und wurde vor den Türen von einer kleinen elektrischen Entladung getroffen, die durch den schmalen Spalt zuckte. Er schrak zurück. »Ich brauche einen Phaser«, sagte er.

»Es reicht jetzt. Wir wollen den Mann endlich da herausholen.«

»Ich werde hineingehen.« Auch Odo hatte genug, und drängte seine Leute von der Sicherheit beiseite.

»Warten Sie ...« Sisko hielt ihn am Arm fest. »Wie wirkt sich das elektrische Feld auf Ihren Metabolismus aus? Ich möchte nicht, daß es zu zwei Todesopfern kommt.«

Odo fühlte sich hin und her gerissen zwischen der Verantwortung für das Opfer im Turbolift und seiner eigenen Sicherheit. Und er wußte, daß Sisko vernünftig genug war, ihn zurückzuhalten, wenn er ihm die Wahrheit gesagt hätte – daß er nämlich keine Ahnung hatte, wie sich die Energiefelder auf ihn auswirken würden. Er nahm eine trotzige Haltung an und sagte: »Mir wird schon nichts passieren.«

Vielleicht lag es nur am gnadenlosen elektrischen Summen oder dem mitleiderregenden Wimmern, das Fähnrich Ibrahim inzwischen von sich gab. Auf jeden Fall nahm Sisko ihm die Lüge ab, obwohl Odo sicher war, daß er dem Captain nichts hatte vormachen können. Es gab Zeiten, in denen man für einen Freiwilligen dankbar sein mußte, auch wenn er vielleicht zum Selbstmordkandidaten wurde, und in denen ein Offizier wußte, daß er seinen Mund halten sollte. Selbst ein Schweigen konnte in Momenten wie diesen ein Befehl sein.

Odo war froh über die Gelegenheit, etwas zur Rettung des Mannes beitragen zu können. Also entspannte er seinen Geist, damit sein Körper sich auflösen und vom festen in den halbflüssigen Zustand übergehen konnte, der es ihm ermöglichte, mühelos durch den zentimeterweiten Spalt zu dringen.

Das Licht veränderte sich, die Geräusche wurden dumpfer. Jetzt war er im Turbolift und spürte, wie die Elektrizität ihn traf, durch seine Körpersubstanz zuckte und schließlich an den Boden abgegeben wurde. Im flüssigen Zustand konnte er zwar nicht im eigentlichen Sinne sehen, doch er hatte eine Art Bewußtsein für räumliche Verhältnisse und konnte verschwommen Bewegungen wahrnehmen.

Nachdem er vollständig eingedrungen war, verwandelte er sich sofort in seine humanoide Gestalt zurück, als hätte man ihn in eine Form gegossen. Plötzlich wurde ihm klar, warum die Evolution irgendwann Hände und Füße erfunden hatte. Manchmal gab es einfach nichts Besseres als Finger.

Fähnrich Ibrahim war völlig erschöpft auf dem Boden der Liftkabine zusammengebrochen. Er zuckte und stöhnte, während immer wieder Blitze aus elektrischer Energie zwischen Boden und Decke hin und her sprangen. Odo stellte sich über ihn und hoffte, damit einen Teil der Entladungen ablenken zu können, während er seine Finger in die blockierte Schaltkonsole steckte. Ibrahim hatte noch eine Weile versucht, die Verkleidung aufzubrechen, war aber trotz allem vernünftig genug gewesen, nicht seinen Phaser zu benutzen, da er nicht wissen konnte, welche Schaltkreise er dabei eventuell traf. Es war eine tapfere Entscheidung, wenn man berücksichtigte, welchem elektrischen Trommelfeuer er hier ausgesetzt war.

Odo zuckte jedesmal zusammen, wenn er einen Schlag erhielt, doch er versuchte, sich auf die Schalteinheit zu konzentrieren. Zunächst setzte er einfach seine rohe Kraft ein, um die Verkleidung abzureißen. Nachdem er die Schaltkreise sehen konnte, stellte es keine große Schwierigkeit mehr dar, mit der Hand den Anschluß für die Energieversorgung abzuziehen. Im Grunde eine völlig simple Angelegenheit.

Dann stand er mit zerstörten elektronischen Elementen in der Hand über Ibrahim und registrierte erleichtert, daß keine Blitze mehr durch die Kabine zuckten.

Er beugte sich hinab und wollte dem Mann eine

Hand auf die Schulter legen. Im selben Moment spürte er, wie ihn etwas zwischen den Schulterblättern traf.

Er hörte ein leises *Plop*.

Es war nichts Großes, sondern eher so, als wäre er von einem Kieselstein getroffen worden, den man mit einer Schleuder abgeschossen hatte. Etwas Kleines drang in seine Körpersubstanz ein. Odo richtete sich schnell auf und blickte sich um.

Plop, plop. Plop, plop, plop.

Seine Arme, sein Rücken, seine Schulter, sein anderer Arm – es war, als würden sich Insekten auf ihn stürzen. Er wich zurück, wurde aber trotzdem immer wieder getroffen. Er wurde von Dutzenden kleiner, fester Gegenstände bombardiert, und er versuchte, seine Substanz aufzulösen, um ihnen aus dem Weg zu gehen. Doch sobald die Geschosse ihn getroffen hatten, war nichts Festes mehr da. Sie schienen sich in ihm zu verflüssigen, sich in seinem Körper aufzulösen.

Plop, plop, plop.

»Autsch!« schrie Ibrahim, der immer noch am Boden lag. Er griff nach seinem linken Oberschenkel. Plötzlich drang Blut aus dem Bein. Es sickerte langsam aus einer kleinen runden Wunde. »Aaah ...«

»Odo, öffnen Sie die Tür!«

Der Beschuß hörte genauso plötzlich auf, wie er begonnen hatte. Es wurde still im Turbolift. Nur noch Ibrahims schockiertes Keuchen war zu hören.

»Odo! Öffnen Sie die Tür!«

Siskos Stimme war wie ein Rettungsanker. Odo hielt sich daran fest und versuchte sich zu konzentrieren. Von hier drinnen konnte er die Lifttüren mechanisch bewegen. Kurz darauf schoben sie sich mit einem widerstrebenden Knirschen auseinander.

»Was ist geschehen?« wollte Sisko wissen. Er schnippte mit den Fingern, woraufhin die zwei anderen Sicherheitswächter sofort herbeieilten und Ibrahim aus dem Lift zerrten. »Bringen Sie ihn in die Krankenstation! Odo, was ist passiert?«

Odo war plötzlich schwindlig. Er öffnete die Lippen und strengte sich an, die richtigen Worte zu bilden. »Etwas hat mich getroffen ...«

»Elektrische Entladungen?«

»Nein ... danach ... irgendwelche Geschosse.«

Sisko warf einen Blick auf die Decke und die Wände der Liftkabine. Dann packte er ihn mit beiden Armen und zerrte ihn heraus. »Es war eine Falle! Wir sollten schnellstens von hier verschwinden.«

»Er läßt die Station evakuieren. Garak hat es gesagt. Wir allein dürften wohl kaum der Grund dafür sein. Bislang war unsere Gegenwart für einen solchen Mann kaum mehr als ein störendes Ärgernis. Darauf würde er niemals mit so extremen Maßnahmen reagieren. Warum läßt er also die Station evakuieren? Elto? Was denkst du?«

Der Hohe Gul schritt vor seinen Männer auf und ab. Er war stolz darauf, daß seine wenigen Soldaten ihm bislang keine Zweifel und keinen Widerstand entgegengebracht hatten, obwohl die Enthüllungen der vergangenen Stunden ihnen schwer zugesetzt hatten. Seine vagen Erinnerungen, warum er diese speziellen jungen Männer auserwählt hatte, waren konkreter geworden. Er wußte wieder, warum er ihnen zugetraut hatte, die Verantwortung für die Zukunft des Cardassianischen Reichs auf den Schultern zu tragen.

Eltos Gesicht spannte sich an, während er über die Frage nachdachte. Es schien ihm nicht peinlich zu sein, daß er keine Antwort darauf wußte. Er wirkte eher besorgt, daß es ihm nicht gelang, die Situation zu begreifen. »Hoher Gul«, sagte er schließlich, »für mich ergibt das alles keinen Sinn. Was habe ich übersehen?«

Der Hohe Gul lächelte. »Du mußt in einem größeren Rahmen denken, mein Sohn. Du übersiehst, daß wir uns in einer Raumstation befinden. Du mußt dir vorstellen, aus welchen Gründen du eine Evakuierung veranlassen würdest. Wenn er die Station evakuieren läßt, dann rechnet er mit...«

Plötzlich leuchtete es in Eltos Augen auf, und der Hohe Gul registrierte zufrieden, wie das gleiche Leuchten gleichzeitig in mehreren anderen Augen aufflammte, obwohl keiner der anderen sich zu Wort meldete. Es war jetzt Eltos Aufgabe, auf die Frage zu antworten.

»Mit einer Invasion!« Elto hielt den Atem an. »Jemand will die Station besetzen!«

»Ja«, sagte der Hohe Gul. »Das heißt, jemand kommt unseretwegen.«

»Wegen uns?« mischte sich Koto ein.

»Natürlich. Ihr glaubt doch nicht etwa an einen Zufall, oder? Nein, es kann einfach kein Zufall sein. Jemand hat von unserer Erweckung erfahren.«

Ren trat einen Schritt vor. Seine Augen funkelten zornig. »Durch Garak?«

»Ich weiß es nicht... möglicherweise. Allerdings hätte er genügend Gelegenheit gehabt, irgend jemanden zu benachrichtigen, ohne uns zuerst aufzuwecken.«

Rens Zorn verrauchte. »Oh...«

»Ich würde eher vermuten, daß es irgendein automatisches Signal gab, das von unseren Wiederbelebungsbahren ausgelöst wurde, von einem Mechanismus, der vor Jahrzehnten eingebaut wurde. Dürfen wir davon ausgehen, daß man uns willkommen heißt?«

»Nein«, sagte Elto.

Der Hohe Gul nickte. »Richtig. Vermutlich ist derjenige zu uns unterwegs, der uns verraten hat.«

»Warum sollte es unser Verräter sein, Hoher Gul?« fragte Clus unumwunden. »Es könnte doch jemand sein, der froh darüber ist, daß wir geweckt wurden.«

»Schon möglich«, gestand der Hohe Gul ein, »aber

wenn dem so ist, warum hat er uns dann nicht schon vor langer Zeit aufgesucht, um uns die Hand zu schütteln?«

Der Zorn der Männer kehrte zurück, während sie seine Argumente verarbeiteten. Es war gut, wenn sie Entrüstung darüber empfanden, daß man sie mißbraucht hatte, doch er wollte auch, daß sie jetzt genau nachdachten, um zu verstehen, warum sie so vorgehen mußten, wie es erforderlich war. Er wollte, daß sie von seinen Gedankengängen und seinen Entscheidungen überzeugt waren.

»Wir wollen die Sache genau durchdenken«, sagte er. »Es nützt uns überhaupt nichts, wenn wir wahllos töten. Damit werden wir nur unseren Feind erzürnen, und sein Zorn wird nicht uns, sondern ihm von Nutzen sein. Selbst wenn wir mit zehnfacher Effektivität töten, werden wir immer noch verlieren. Unsere Taktik muß viel präziser, viel spezifischer sein. Es ist uns bereits gelungen, ihren Sicherheitsoffizier außer Gefecht zu setzen. Der Gestaltwandler wird jetzt kaum noch etwas ausrichten können und vermutlich vom Kampfplatz geschickt werden. Jetzt werden wir uns ganz darauf konzentrieren, Captain Sisko aus dem Weg zu räumen.«

»Ich melde mich freiwillig dazu, Hoher Gul!« sagte Fen.

Ren schob sich an ihm vorbei. »Ich auch, Hoher Gul!«

»Danke, danke«, sagte der Hohe Gul und hob beschwichtigend die Hände. »Wenn der Augenblick gekommen ist, sollt ihr beide die Gelegenheit haben, eure Tapferkeit zu beweisen. Dann könnt ihr euch darum prügeln, wer den tödlichen Streich ausführt.« Er blickte die zwei Männer belustigt an. »Ich finde, einer von euch sollte einen anderen Namen annehmen, damit ich euch nicht ständig verwechsle.«

»Ich werde meinen Namen ändern, Hoher Gul!« platzte es aus Fen heraus.

Der Hohe Gul betrachtete ihn eine Weile und musterte im schwachen Licht das Gesicht, das viel zu jung war, um schon so ausgezehrt wie ein Totenschädel wirken zu dürfen. Sie alle wirkten auf unheimliche Weise abgemagert und knochig, als hätte der Tod sie immer noch nicht ganz aus seinem Griff entlassen. Sie waren wiederbelebt worden, doch ihre junge Haut war totenblaß, die Augen lagen tief in den Höhlen, die Lippen waren dünn und trocken wie Pergament, das die Zähne hindurchschimmern ließ. Es schien, als hätte ihr Tiefschlaf ein wenig zu lange gedauert, als wäre es ihnen nicht möglich, wieder vollständig ins Leben zurückzukehren.

Warum war es ihm nicht schon vorher aufgefallen?

Er fragte sich, wie er selbst aussehen mochte.

»Nein, ich habe nur einen Scherz gemacht, mein Sohn«, sagte er mit einem Lächeln, das ihm wie das Grinsen eines Totenschädels vorkam. »Ich ehre die Namen von euch beiden, und ihr beide werdet unter euren Namen in die Geschichte eingehen. Seid nicht so ernst!«

»Ja, Hoher Gul ...«

»Zu Befehl, Hoher Gul ...«

»Und jetzt denkt angestrengt nach. Mit den Informationen, die Garak uns über die Station geben wird, können wir den Computer dazu benutzen, für unsere Zwecke zu arbeiten. So können wir die Stationszentrale einnehmen, ohne sie zerstören zu müssen. Es ist besser, eine intakte als eine zerstörte Station zu übernehmen. Geht zu Garak und bringt ihn her!«

»Garak! Es erfreut mich sehr, dich in diesen düsteren Gängen wiederzusehen. Es ist seltsam, aber ich habe mich bereits an deine Gegenwart gewöhnt. Sie ist irgendwie tröstend.«

»Ich fühle mich geehrt, Hoher Gul ... Hier sind die Rationen, um die Sie mich gebeten haben. Ich konnte es leider nicht wagen, einen Replikator zu besorgen, ohne Verdacht zu erregen. Daher habe ich mich aus einer Rettungskapsel bedient.«

Garak hob zögernd den Blick. Er hatte sich schnell in die Rolle des Unterwürfigen hineingefunden, was angesichts seines Gegenübers jedoch nicht verwundern durfte.

Dennoch sträubte sich ein Teil von ihm dagegen. In den Eingeweiden von *Deep Space Nine* herumzukriechen, zehrte am Selbstbewußtsein, und der Hohe Gul hätte schon etwas mehr Respekt zeigen können, doch er hielt sich zurück. Garaks Hände waren blaß und feucht, und seine Bewegungen wirkten mechanisch. Er fand immer weniger Befriedigung darin, dem Hohen Gul in die Augen zu blicken, da es schien, als hätten sie ihren Reiz verloren.

Seit wann hegte er solche Bedenken? Er hatte schließlich schon Tausende von Plänen, Doppelspielen und Intrigen verfolgt, mit denen er die Gunst der Mächtigen von Cardassia zurückgewinnen wollte. Warum erschien ihm ausgerechnet dieser jüngste Versuch so problembeladen?

Vermutlich weil der Hohe Gul noch gar keine wahre Macht besaß, denn so etwas war immer mit einem Risiko verbunden. Doch es würde sich bestimmt bald ändern. Das Schicksal hatte Garak dieses Wunder in die Hände gespielt, und er hatte es erweckt. Jetzt lag es in seiner Verantwortung, aus diesem Traum Wirklichkeit werden zu lassen. Vielleicht wurden alle Hüter des Schicksals gelegentlich von Zweifeln geplagt.

Der Hohe Gul war im Vergleich zu seinen Elitegardisten kein besonders großer Mann, doch er verfügte über sehr viel Charisma. Obwohl er sich kaum bewegte, wirkte er sehr lebhaft. Seine Schritte, seine Gesten, sogar sein Atemholen und seine Blicke waren sorgsam abgewogen, um größtmögliche Wirkung zu erzielen. Er redete viel, doch Garak hatte ihn inzwischen genauer beobachtet und bemerkt, daß der Hohe Gul viele Pausen machte, um zu überprüfen, welchen Eindruck seine Worte hinterlassen hatten.

Daher gab es in seiner Gegenwart viele Momente ausdrucksvoller Stille, in denen jeder von geringerem Rang Demut empfand und die Position des Hohen Gul gestärkt wurde. Eine sehr effektive Taktik, um die Garak ihn beneidete.

Wie viele Jahre der Übung waren erforderlich gewesen, um eine so elegante Form der Manipulation zu erfinden, auszuprobieren und zu perfektionieren? Er beherrschte nicht nur sich selbst, sondern auch alle anderen in seiner Umgebung. Das war in der Tat eine viel größere Leistung.

Der große alte Mann sah Garak nun auf genau diese Weise an. Unter seinem Blick schrak jeder voller Demut zusammen, sogar Garak. Ehrfurchtsvoll senkte er den Kopf.

Als würde der Hohe Gul spüren, in welche Richtung sich Garaks Gedanken bewegten, kam er näher und sprach mit ihm, als gäbe es nichts anderes im Universum, das seine Aufmerksamkeit verdiente.

»Du konntest uns keine Translatoren beschaffen?«

»Ach ja, die Translatoren ... nun, hier gibt es keine tragbaren Geräte. Sämtliche Kommunikationssysteme verfügen über eine integrierte automatische Translation. Sie müssen nur die Kanäle wieder in Betrieb nehmen, die durch Ihre ... durch die Störungen beeinträchtigt wurden.«

Die Augen des alten Feldherrn leuchteten. »Sie ist bereits integriert? Eine alltägliche Selbstverständlichkeit? Eine bemerkenswerte Technik!«

Garak senkte sein Kinn. »Ja, es ist beeindruckend.«

»Die Pläne, die du uns beschafft hast, haben uns einen guten Überblick über die Station ermöglicht. Wir werden eine Möglichkeit finden, die Translatorsysteme abzukoppeln, damit wir mit den Bewohnern sprechen können. Wir befinden uns mitten in einem Wunderwerk der Technik! Es ist ein Wunder der modernen Zeit!«

Er breitete beide Hände in einer allumfassenden Geste aus, mit der er seine Ehrfurcht zum Ausdruck brachte. Dann legte er eine Hand an die Wand des engen Korridors.

Garak fragte sich, ob der Hohe Gul ihm etwas vorspielte, doch das Idol aus der Vergangenheit schien tatsächlich von der riesigen Station beeindruckt zu sein – wie ein Jäger, der voller Bewunderung ein wildes Tier beobachtete. Für Garak war *Deep Space Nine* bis jetzt kaum mehr als ein Versteck gewesen, in dem er vor dem Zugriff der Leute geschützt war, die ihn lieber heute als morgen töten oder ihn zumindest für ihre Zwecke einspannen wollten.

»Garak«, sagte der Hohe Gul. In sein Gesicht hatte sich die Weisheit mit tiefen Falten eingegraben. Er trat sogar noch näher an ihn heran. »Ich spüre, welche Schwierigkeiten du hast.«

Garak verstärkte automatisch seine Abwehr. Plötzlich wurde ihm klar, wieviel er preisgegeben hatte, sogar durch sein Schweigen, mit dem er seine Bedenken hatte vertuschen wollen.

»Ich bin Ihnen treu ergeben, Exzellenz«, versuchte er seinen Fehler wiedergutzumachen.

»Aber tief in deinen Augen sehe ich die Besorgnis«, entgegnete der Hohe Gul. »Ich kann sie gut verstehen. Nachdem du hier viele Jahre im Exil gelebt hast, können dir die Menschen nicht mehr gleichgültig sein. Dennoch bringst du den Mut auf, diese Gelegenheit zu nutzen, die Machtverhältnisse zu deinen Gunsten zu beeinflussen. Ich möchte dir versichern, daß mein Ziel nicht darin liegt, diese Menschen zu vernichten. Ich will die Herrschaftsverhältnisse auf Cardassia ändern.«

Er legte seine ausgezehrte, ruhige Hand auf Garaks Schulter und trat einen Schritt zurück. Es war eine ungewöhnliche Geste, da die meisten anderen in dieser Situation größere Nähe gesucht hätten.

»Aus Rücksicht auf dich«, versprach er, »werde ich den Bewohnern der Station die Möglichkeit geben, kampflos zu kapitulieren.«

Genau im richtigen Moment und mit genau der richtigen Intensität drückte er Garaks Schulter. Es war, als hätte sich die Schwerkraft verändert. Garak zwang sich dazu, einen Gesichtsausdruck aufrichtiger Bewunderung aufzusetzen.

Doch es war eine ganz andere Frage, ob er den Hohen Gul damit überzeugen konnte.

Während Garak und die Elitegardisten ihn ansahen, wandte sich der Hohe Gul einem nach dem anderen zu und vereinnahmte sie mit seinem Charisma.

»Ich werde die Cardassianer wachrütteln, die Bajoraner von der Föderation entfremden, die Klingonen reizen, die Romulaner ärgern, die Orioner erzürnen und alle anderen zu dem Krieg anstacheln, der schon vor langer Zeit hätte losbrechen sollen, damit die Terraner vernichtet werden. Sie werden sich gegenseitig bekämpfen, bis ich als einziger Sieger übrig bleibe. Wenn die Galaxis wieder brennt, werde ich mich endlich zu Hause fühlen.«

»Sie wußten, daß Sie durch kleine Öffnungen schlüpfen können, die für uns viel zu eng sind. Sie haben Ibrahim als Köder benutzt und ihn den elektrischen Entladungen ausgesetzt, damit wir alles daransetzen, ihn herauszuholen. Die Falle war genau auf Sie zugeschnitten, und wir alle sind darauf hereingefallen!«

»Wir hatten keine andere Wahl«, sagte Odo mißmutig. Er lag auf dem Diagnosebett, und Sisko blickte finster auf ihn herab. »Einer unserer Männer war gefangen und wurde gefoltert.«

»Ich hätte die Falle riechen müssen!« Sisko ging zum Fußende des Bettes und auf die andere Seite. »Sie waren mir immer einen Schritt voraus. Das muß jetzt aufhören. Wie fühlen Sie sich?«

Odo gefiel es überhaupt nicht, daß Sisko ihm so viel Aufmerksamkeit schenkte. »Infiltriert«, sagte er. Natürlich hatte Sisko ihn nicht danach gefragt, sondern wollte wissen, ob Odo einsatzbereit war, da sie im Augenblick jeden Mann gebrauchen konnten.

»Sie haben mir etwas injiziert«, sagte er. »Ich spüre es. Und ich bekomme es nicht heraus.«

»Beschreiben Sie dieses Gefühl.«

Odo verdammte seine Hilflosigkeit und suchte nach Worten, die seine Empfindungen wiedergeben konnten.

»Es ist nicht warm, aber auch nicht kalt, sondern ... ich habe das Gefühl ... völliger Reinheit.«

Wie dumm und vage es klang! Und wie unwissenschaftlich!

Er preßte die Lippen zusammen und war wütend auf sich selbst und auf Sisko, weil der Captain nicht wütend auf ihn wurde. Siskos beherrschter Zorn ließ ihm viel zu viel Spielraum, so daß Odo sich befangen und verletzlich fühlte.

Das mochte er überhaupt nicht.

»Ich kann Ihnen nicht helfen, Captain«, sagte er schließlich. »Ich weiß nicht, was man mit mir gemacht hat, aber trotz einer gewissen Müdigkeit kann ich Ihnen versichern, daß ich einsatzfähig bin.«

»Das soll der Doktor entscheiden.«

»Dazu dürfte er nicht in der Lage sein. Er hat kaum medizinische Daten über Gestaltwandler.«

»Und selbst wenn, wären sie vermutlich äußerst schwammig.« Sisko ging wieder auf und ab, als hätte er seine ironische Anspielung selbst gar nicht bemerkt. »Ich habe ihn gesehen. Ihren Anführer. Er hat sich nicht nur im Schatten versteckt, sondern er hat den Kampf beobachtet, hat nach Schwachpunkten gesucht. Als Sie Ihre Gestalt verformten, um der Metallstange auszuweichen, hat er eine Schwäche erkannt und sie gegen uns benutzt. Er hat sich etwas ausgedacht, wie er Sie treffen kann. Ich werde nicht zulassen, daß noch jemand in die Enge getrieben wird. Jetzt werde ich zurückschlagen.«

Odo erhob den Kopf vom Bett und spürte, wie sich sein Hals schmerzhaft streckte. »Wie?«

Sisko reckte das Kinn vor, als er entschlossen die Zähne zusammenbiß. »Ohne die internen Sensoren können wir nur eine Art Treibjagd veranstalten. Wir müssen sie aufscheuchen.«

Odo ließ den schweren Kopf zurückfallen und fragte noch einmal, aber mit mehr Nachdruck: »Aber wie?«

»Wir werden die Station Sektion für Sektion abschalten. Sie müssen atmen und brauchen Wärme, aber wir werden ihnen die Luftzufuhr und die Heizung abdrehen. Dann müssen sie herauskommen, wenn sie nicht sterben wollen. Wir werden mit den Andockmasten anfangen, genau dort, wo wir die Katakombe gefunden haben, und mit den unbenutzten Reaktorsektionen weitermachen. Irgendwann wird Starfleet hier eintreffen, und dann sollen unsere Leute nicht eine Station vorfinden, die ich an den Feind verloren habe. Als erstes werde ich einen Flitzer startbereit machen, und Sie sollen ...«

»Captain Sisko! Constable!«

Dr. Bashir kam hereingestürzt. In der Hand trug er ein versiegeltes Reagenzglas. Er war völlig aufgelöst.

»Odo! Sie dürfen sich auf keinen Fall in Ihren flüssigen Zustand zurückverwandeln!«

»Doktor!« mischte Sisko sich ein. »Beruhigen Sie sich, und erklären Sie uns dann, was los ist.«

Bashir sah Odo und dann Sisko an, während er ihnen das Reagenzglas zeigte. Darin befand sich eine winzige Kugel, an der Reste von rötlichem Gewebe hafteten. »Das habe ich aus dem Bein von Fähnrich Ibrahim geholt. Die Hülle besteht aus nichtreaktivem Material. In Ibrahims Körpergewebe ist es stabil geblieben, aber wenn es in eine flüssige Umgebung gerät, zum Beispiel in Odos Körpersubstanz, löst es sich unverzüglich auf!«

»Ja, genau das habe ich gespürt.« Odo stützte sich auf einem Ellbogen ab, worauf der Arzt zusammenzuckte. »Und was hat es zu bedeuten?«

Bashir schluckte einmal und sagte dann: »In der Hülle befindet sich eine winzige Menge von Element Eins-zehn!«

Sisko richtete sich kerzengerade auf, legte nachdenklich eine Hand ans Kinn und ging auf und ab.

»Was ist das?« fragte Odo. »Was bewirkt es?«

»Auf Fähnrich Ibrahim hat es keinerlei Auswirkungen«, sagte der Arzt, der immer noch aufgeregt war. »Aber unter den Bedingungen Ihres Körpers würde sich die Hülle sofort auflösen, so daß sich das Element mit Ihrer ... Substanz vermischen kann.«

»Doktor, bitte, das ergibt überhaupt keinen Sinn!« knurrte Odo. »Ich fühle mich genauso wie immer.«

Bashir warf Sisko einen verzweifelten Blick zu.

Odo drehte ebenfalls den Kopf zum Captain herum. »Könnten Sie es aus einem der abgeschalteten Reaktoren gestohlen haben?«

»In diesem Fall haben sie vermutlich die Wachen getötet, die ich dort aufgestellt habe.« Neue Wut flackerte in Siskos Gesicht auf. »Noch mehr Opfer ...«

Odo sah den Arzt und dann Sisko an. »Was bewirkt das Material in mir?«

Mit steinerner Miene zwang Sisko sich dazu, ihm wieder in die Augen zu sehen. Die häßliche Wahrheit ließ sich einfach nicht beschönigen. »Element Eins-zehn ist ein sehr instabiles, hochgradig spaltbares Material. Wenn eine ausreichende Menge davon auf kleinem Raum zusammengedrängt wird, erreicht es seine kritische Masse. Der Kernzerfall löst eine Kettenreaktion aus. Eine winzige Menge setzt in kürzester Zeit sehr viel Energie frei ... das heißt, es gibt eine Explosion. Eine große Explosion.«

Odo wurde sich plötzlich seiner Hände und Beine und sogar der geringfügigsten Bewegungen bewußt, während er den Arzt und den Captain ansah. »Aber was *bedeutet* das?« fragte er mit rauher Stimme.

»Das bedeutet«, sagte Sisko, »daß Sie nicht in Ihren flüssigen Zustand zurückkehren können, um sich auszuruhen. Sie dürfen auch keine andere Gestalt annehmen, zumindest keine, die auch nur ein wenig kleiner als Ihre gegenwärtige ist. Sie müssen für unbestimmte Zeit in dieser Gestalt verharren, ganz gleich, wie groß Ihre Erschöpfung sein wird. Andernfalls werden Sie wie eine Antimateriebombe hochgehen.«

»Doktor?«

»Garak? Was schleichen Sie hier herum? Treten Sie ins Licht. Warum haben Sie die Station noch nicht verlassen? Die Zivilisten wurden aufgefordert...«

»Sich nach Bajor zu begeben, ich weiß. Fast alle sind schon fort, außer einigem Starfleet-Personal. In der Station hallt es wie in einem leeren Wassertank.«

»Ich hoffe doch, daß auch Sie sich bald auf den Weg machen!« sagte Bashir und hob die Augenbrauen.

Garak trat zögernd aus dem Schatten hervor und konnte nicht den Seitenblick verbergen, mit dem er sich vergewisserte, daß sie allein waren. Es war dunkel und leise in der Krankenstation. Seltsam, wie sehr er sich an den Trost und Schutz innerhalb einer Menge gewöhnt hatte.

»Natürlich werde ich das tun«, sagte er. »Schließlich möchte ich doch kooperieren. Und was ist mit Ihnen?«

»Mit mir?« Bashirs jungenhafte Augen weiteten sich. »Ich gehöre zum leitenden Personal. Ich darf meinen Posten nicht verlassen.«

»Warum? Es gibt doch keine Kranken oder Verletzten mehr. Sie wurden alle nach Bajor gebracht. Oder müssen Sie hier einen toten Cardassianer bewachen?«

»Nein«, sagte Bashir freundlich. »Weil ich ein Starfleet-Offizier bin.«

Garak biß kurz die Zähne zusammen. »Manchmal fällt es mir schwer, mir Sie in einer so ernsten Rolle vorzustellen. Haben Sie etwas über die Identität der Personen herausgefunden, die Captain Sisko angegriffen haben?«

»Ihnen entgeht wohl nichts, wie? Woher wissen Sie davon?«

»Ach, ich lausche gelegentlich an gewissen Türen... Die Angreifer waren Cardassianer, wie ich hörte.«

»Nun, der Tote ist auf jeden Fall einer. Keine besonderen Kennzeichen, außer daß an verschiedenen Stellen recht viele Hautzellen abgestorben sind. Ist das normal?«

»Hautzellen? Ja, sicher, das ist völlig normal. In einigen Regionen tritt es im Rhythmus der Jahreszeiten auf«, beteuerte Garak.

»Tatsächlich?« fragte Bashir mit gerunzelter Stirn nach. »Das war mir bislang unbekannt. Meine medizinischen Datenbanken erwähnen dieses Phänomen nicht.«

»Dann ist es mir eine Freude, ihren Horizont erweitern zu können.«

»Hm, ja ... außerdem war er ziemlich unterernährt, der arme Kerl. Reichlich abgemagert. Die Augen waren eingefallen und die Venen verengt.«

»Sind das die entsprechenden Daten? Dort drüben auf den zwei Monitoren?«

Bashir entließ einen traurigen Seufzer und schüttelte den Kopf. »Nein, ich benutze Computersimulationen, um zu sehen, ob ich Odo helfen kann. Bis jetzt leider ohne Erfolg.«

»Was ist mit Odo geschehen?«

»Man hat ihm eine Falle gestellt. Sein Körper wurde mit mindestens einem halben Dutzend kleiner Kügelchen beschossen. Sie bestehen aus einem neutralen Material, das sich unverzüglich auflöst und eine spaltbare Substanz freisetzt. Element Eins-zehn, falls es Ihnen ein Begriff ist. Wenn er sich in seinen natürlichen Zustand zurückverwandelt...«

»Wird er die Station mit in den Tod reißen und vielleicht auch noch ein Stück des Planeten!« Garak fuhr herum und schnappte nach Luft, während er auf eine leere Wand starrte. »Genial!« flüsterte er.

»Genial, aber teuflisch«, entgegnete Bashir. »Er wird von Minute zu Minute schwächer. Ich fühle mich so hilflos. Ich weiß nicht, was ich für ihn tun kann. Ich bin der Erste Medo-Offizier der Station, und es ist meine Pflicht, jedes intelligente Lebewesen medizinisch zu versorgen. Ich habe keine Mühen gescheut, eine Bibliothek mit biologischen Daten und Therapien zusammenzustellen... aber bei Odo habe ich versagt. Er wirkt immer so unverletzbar – körperlich wie emotional...«

»Quälen Sie sich nicht, Doktor«, sagte Garak. »In einer Galaxis voller biologischer Variationen kann manchmal nur ein Angehöriger derselben Art helfen. Bedauerlicherweise sind wir zu weit von anderen Gestaltwandlern entfernt, um sie fragen zu können – was nicht bedeutet, daß sie bereit wären, uns zu helfen, wenn wir sie fragen würden. In jedem Kampf gibt es Opfer.«

Bashir warf ihm einen tadelnden Blick zu. »Sie denken wie ein Soldat.«

»Ja. Es geht ums Überleben, auch wenn Ärzte etwas anderes darunter verstehen. Odo wüßte, was ich meine. Auch Sie sollten sich daran gewöhnen und sich keine Vorwürfe machen.«

Garak spürte, wie seine eigenen Worte sich mit denen des Hohen Gul vermischten. Der Gul stand für die Möglichkeit eines Regierungsumsturzes, der für Garak nur von Vorteil sein konnte. Trotzdem hatte er ein ungutes Gefühl. Nachdem seine erste Begeisterung über eine mögliche Veränderung der politischen Machtverhältnisse sich gelegt hatte, dachte er auch über andere Dinge nach. Zweifel schlichen sich in seine Gedanken. Bis jetzt hatte er nur an sich selbst, den Gul und Cardassia gedacht – eine simple Formel mit einem leicht vorhersagbaren Ergebnis.

Seine Augen waren ihm durch die Worte desselben Mannes geöffnet worden, der zunächst seinen Geist getrübt hatte. Der Hohe Gul war durch die Überlieferung zum Inbegriff der Aufrichtigkeit, Weisheit und Brillanz geworden. Seine Eigenschaften waren überragende Intelligenz, Rücksichtslosigkeit in vernünftigem Rahmen und große Opferbereitschaft, die sogar brutale Gemetzel einschloß. Die Erinnerung hatte ihn von allem Schmutz reingewaschen, bis ein makelloses Hochglanzbild übriggeblieben war.

Damit konnte Garak leben. Jeder Anführer war dazu gezwungen, Menschen, Legionen oder ganze Völker in den Tod zu schicken. Stärke und Entschlußkraft wurden oftmals in diesen Begriffen gemessen.

Doch der Hohe Gul stammte aus einer vergangenen Zeit. Er wollte Panik schüren, die Klingonen, Romulaner, Cardassianer und Terraner aufhetzen, bis sie sich gegenseitig zerfleischten. Aber er ging bei seinen Überlegungen von Zuständen aus, wie sie vor achtzig Jahren geherrscht hatten. Inzwischen waren die Waffen dieser Galaxis tödlicher geworden.

Heutzutage verfügten die Romulaner, die Klingonen und alle anderen über eine militärische Durchschlagkraft, wie sie sich der Hohe Gul mit seinen Erfahrungen aus einer anderen Zeit kaum vorstellen konnte. Damals hatten die Cardassianer das gesamte ihnen bekannte Weltall beherrscht und waren kaum auf Völker gestoßen, die es mit ihnen aufnehmen konnten.

Heute gab es viele Mächte, die mühelos ganze Planeten in Schutt und Asche legen konnten, vor allem, wenn sie in Panik reagierten.

Der Hohe Gul hatte keine Ahnung vom Dominion,

das jederzeit durch das Wurmloch vorstoßen konnte, um ihm alles wieder aus der Hand zu reißen, was er für sich erobert zu haben glaubte. Er wußte nicht, wie sehr Cardassias ehemalige Macht zerstört worden war. Und Starfleet hatte bereits viele Störenfriede gezähmt; die Föderation würde sich nicht ohne weiteres von den Cardassianern in die Knie zwingen lassen. Manche sagten sogar, daß die Präsenz von Starfleet der einzige Grund war, warum sich Cardassia im großen und ganzen friedlich verhielt.

Dennoch war er der erste und einzige Hohe Gul. Er war klug, entschlußfreudig und ein gestandener Held der Vergangenheit, was jeder wußte. Es würde für ihn keine Schwierigkeit darstellen, Armeen zu mobilisieren, die Jugend zu begeistern und die von der Gegenwart enttäuschten Veteranen zu den Waffen zu rufen.

Aber wie würde dieser Feldzug ausgehen? Und wenn er fehlschlug, würde man daraufhin Garak die Schuld geben, weil er zu unbedacht die Gelegenheit zu einer Heimkehr ergriffen hatte? Was nützte es ihm, stellvertretender Hoher Gul zu sein, wenn er in einem Sarg vermoderte?

»Ach, übrigens«, sagte er, »weil die Kommunikation gestört ist, soll ich Ihnen von Captain Sisko ausrichten, daß Sie im Lager auf Bajor gebraucht werden. Sie sollen sich in Ihrer offiziellen Funktion um die Evakuierten kümmern.«

Der Arzt warf ihm einen strengen Blick zu. »Aber ich werde hier viel dringender gebraucht. Hier kann es zu schweren Verletzungen kommen. Meine Krankenschwestern und Assistenten sind bereits auf dem Planeten. Hat er gesagt, warum ich nach Bajor gehen soll?«

»Ja, das hat er. Dort ist es zu zahlreichen Lebensmittelvergiftungen gekommen. Man behandelt die Symptome, aber man braucht Sie, um der Ursache auf die Spur zu kommen, bevor das Ganze sich weiter verbreitet.«

»Gütiger Himmel! Und was kommt als nächstes?«
»Ich habe keine Ahnung«, erwiderte Garak.

Draußen im Korridor liefen mehrere Leute vorbei – vermutlich von der Sicherheit. Ihre schweren Stiefeltritte unterstrichen die Dringlichkeit, die er dem jungen Arzt zu vermitteln versuchte.

Dr. Bashir kam auf die Beine und suchte hektisch verschiedene Geräte und Medikamente zusammen, doch als er aufsah und sich ihre Blicke trafen, erkannte Garak, daß er sein Vorhaben durch seine eigene Besorgtheit vereitelt hatte. Er hatte zu lange seelenruhig abgewartet.

Der Arzt brauchte noch ein paar Augenblicke, bis ihm seine Erkenntnis bewußt wurde. Er blieb mit dem Rücken zu Garak stehen, zögerte und drehte sich dann langsam um. Er hatte die Augenbrauen hochgezogen, den Kopf geneigt und die Lippen geschürzt.

»Garak ... versuchen Sie etwa, mich zur Vernachlässigung meiner Pflicht zu überreden?«

Sie blickten sich eine Weile an.

Bashir kam vorsichtig näher. »Wissen Sie etwas, das wir nicht wissen?«

Garak war sich nicht sicher, wie deutlich sich die Bestürzung auf seinem Gesicht zeigte. Auf jeden Fall hatte er Bashirs Menschenkenntnis unterschätzt. Die Unruhe hatte ihn seit dem letzten Gespräch mit dem Hohen Gul nicht mehr losgelassen, und sie war auch der Grund für sein Hiersein.

Er wußte jetzt, daß er geschickt manipuliert worden war. Bis zu diesem Augenblick hatte er sich von der Begeisterung über seine Entdeckung mitreißen lassen. Er hatte sich von der mystischen Aura des Hohen Gul umgarnen lassen, und erst als er jetzt Bashir ansah, den einzigen Menschen in der Station, der ihm ohne Mißtrauen begegnete, konnte er seine Zweifel akzeptieren.

»Doktor«, begann er und zwang sich zu einem zynischen Tonfall, um seine Besorgnis zu verbergen. »Sie und ich haben etliche Stunden mit anregender Konversation verbracht, die mir – wie soll ich sagen? – meine Isolation versüßt hat ...«

»Falls das eine elegante Umschreibung unserer Freundschaft sein soll, will ich Ihnen nicht widersprechen. Aber es beantwortet meine Frage nicht. Versuchen Sie mich aus der Station zu vertreiben?«

Garak ließ den Schleier fallen. Sein Vorhaben war gescheitert, also konnte es ohnehin nicht mehr schaden, seine wahre Besorgnis zu zeigen.

»Lassen Sie es mich so ausdrücken«, sagte er. »Ich habe eine gewisse Ahnung. Daher wäre es mir lieber, wenn Sie sich nicht mehr allzulange in der Station aufhalten würden.«

13

»Major Kira! Das Sicherheitsgitter versagt!« rief ein Fähnrich.

»Wo?«

»Störung im Reaktor ... droht Gefahr ... evakuieren! Begeben Sie sich zum Andockring ... Automatische Abschaltung in sechs Minuten ... wiederhole ... sechs Minuten bis zum Ernstfall ...«

»Wiederholen Sie alles noch einmal! Ich habe Sie nicht verstanden. Können Sie den Alarm nicht leiser stellen?«

»Ja – der Ausfall betrifft die ganze Station. Der Reaktor wird komplett abgeschaltet. Normalerweise würden sich die einzelnen Sektionen der Station automatisch versiegeln, aber nach den Fehlfunktionen der letzten Stunden arbeiten die Schotten nicht mehr zuverlässig. Strahlung ist in bewohnte Bereiche entwichen. Alle, die nicht in fünf Minuten und dreißig Sekunden evakuiert sind, werden es nicht überleben!«

»Wo ist Captain Sisko?«

»Ich glaube, in der Krankenstation.«

»Sind die Kommunikationskanäle schon wieder freigeschaltet?«

»Einige schon, aber noch nicht die zur Krankenstation.«

»Sechs Minuten! Verdammt ... Welche Bereiche sind gefährdet?« Kira Nerys blickte über Dax' Schulter auf die Monitore, die in schneller Folge Grundrisse der Station zeigten, auf denen verschiedene Sektoren rot aufleuchteten.

Obwohl sie wußte, daß Kira die Monitore sah, sagte Dax keuchend: »Schauen Sie!«

Die zweidimensionale Darstellung der Station bestand aus blauen Linien, die die Form eines großen Rades vor schwarzem Hintergrund ergaben. In der Radnabe bildete sich eine giftgelbe Wolke, die ihren Ursprung in einem Reaktorbereich hatte und sich wie ein Schwarm Killerbienen ausbreitete.

»Die Strahlung überflutet den unteren Kernbereich. Die Sektionen vier, fünf, neun, zehn, elf und zwölf des zentralen Bereichs werden kontaminiert, außerdem mehrere Verbindungsgänge, Luftschleusen, Frachträume und Labors. In Kürze werden die Krankenstation und der Maschinenraum betroffen sein, und von dort aus wird die Strahlung sich sehr schnell bis zur Promenade ausbreiten ... und auch die Kommandozentrale erreichen. Uns bleiben nur noch wenige Minuten.«

»Verdammt! Wo ist es im Augenblick am sichersten?«

»Im Andockring. Dort gibt es noch ein paar funktionierende Schotten.«

»Gut, dann werden wir uns auf den Weg machen.«

Kira ärgerte sich, daß ihre Stimme fast wie ein Ächzen klang, während sie hektisch versuchte, alle Fäden in den Händen zu behalten. Die heulenden Alarmsirenen machten sie verrückt. Ein Countdown verkündete die noch verbleibenden Sekunden. Sie drehte sich zu den anderen Besatzungsmitgliedern in der Zentrale herum.

»Anderson! Gehen Sie runter in die Sektionen vier und fünf und evakuieren Sie alle Personen in den Andockring. Mason, Sie machen das gleiche in den Sektionen neun bis zwölf. Nehmen Sie jemanden mit, der Ihnen hilft. Utang, lassen Sie hier alles stehen und liegen. Sie sollen schnellstens die Leute herausholen! Anschließend melden Sie sich in der technischen Abteilung und fragen O'Brien, ob er ein paar zusätzliche

Helfer gebrauchen kann. Sie und die Offiziere werden aus der Station gebeamt werden, bevor die Situation kritisch wird. Danach kommen wir nur noch mit den Phasern eines starken Kampfschiffes wieder herein.«

Sie ging unruhig auf und ab. Auf den Monitoren breitete sich die Giftwolke langsam über die Station aus und kam der Zentrale immer näher. Die Station schien zu erzittern unter der Drohung, in fremde Hände zu geraten. Kira fragte sich verwundert, seit wann sie sich solche Sorgen um das Schicksal von *DS Nine* machte. Wenn Starfleet hier eintraf, würden sie die Station früher oder später zurückerobern, doch selbst die Vorstellung, sie nur eine Stunde lang der bösartigen Macht zu überlassen, gegen die sie während ihres ganzes Lebens gekämpft hatte, machte Kira schwer zu schaffen. Die Station war kein strahlender Palast, sondern nur ein gewaltiges Monstrum im All, ein Vorposten an der Tür zum Wurmloch, doch sie war das einzige, das Bajor besaß, um zu beweisen, daß noch jemand außer den Bajoranern hier die Stellung hielt.

Außerdem durfte sie nie vergessen, daß *Deep Space Nine* früher den Cardassianern gehört hatte, daß die Station von Cardassianern erbaut worden war. Seitdem schien sie eine gebrochene Loyalität und eine gespaltene Persönlichkeit zu besitzen, und Kira hatte gelegentlich das Gefühl, daß das Monstrum wie ein erbeutetes Schiff unter fremder Flagge nur darauf wartete, daß der ursprüngliche Zustand wiederhergestellt wurde.

Kira preßte die Hände an die Schläfen und zwang sich dazu, klar zu denken. Es gelang ihr nicht auf Anhieb, aber manche Dinge benötigten nun einmal etwas Zeit.

»Wenn wir die Zentrale verlassen müssen, ist alles aus«, stöhnte sie. »Gibt es denn gar keine andere Möglichkeit? Gibt es hier keine doppelte Panzerung oder etwas Ähnliches? Irgend etwas?«

»Ab einem gewissen Punkt läßt uns der Computer keine andere Wahl«, erklärte Dax ruhig. »Er ist darauf programmiert, alles zu tun, um eine Verstrahlung der gesamten Station zu verhindern. Doch irgendwann muß er uns dazu zwingen, diese Bereiche zu verlassen. Wenn er überall Strahlung registriert, wird er sämtliche Zugänge versiegeln und niemanden mehr hindurchlassen.«

»Womit? Kraftfelder?«

»Nein, denn sie nützen nichts, wenn die Energie ausfällt. Die schweren Schotten werden geschlossen. Dann geht nichts mehr. Dann müssen wir uns so schnell wie möglich rausbeamen lassen. Denn später wird der Transporter zu sehr durch die Strahlung gestört.«

Kira unterdrückte ein verzweifeltes Stöhnen. Ihr Brustkorb schmerzte. »Wie viele Personen befinden sich noch in der Station?«

»Nach der letzten Meldung sind alle bis auf einundfünfzig nach Bajor evakuiert worden. Dabei handelt es sich hauptsächlich um Starfleet-Personal und ein paar andere, die noch nicht abtransportiert wurden.«

»Dann wird es Zeit! Warum brauchen sie so lange?«

»Ich weiß es nicht. Kira... haben Sie einem Flitzer Starterlaubnis erteilt und den Anflug aufs Wurmloch gestattet?«

»Ich? Nein.«

»Dann sehen Sie sich das hier an. Ein Flitzer ist soeben gestartet.«

Dax zeigte auf einen blinkenden Punkt, der sich über einen Monitor bewegte, und nahm dann ein paar Schaltungen vor. Schließlich erwachte der Hauptbildschirm zum Leben, zeigte gerade noch rechtzeitig ein deutliches Bild, wie ein Flitzer sich dem Eingang des Wurmlochs näherte und der Strudel aus Licht und Energie sichtbar wurde. Das kleine Schiff beschleunigte. Der Pilot verzichtete sogar darauf, den Anflugvektor anzupassen.

»Stellen Sie mich durch!« verlangte Kira.
»Sprechen Sie.«
»Ich rufe den Flitzer. Hier spricht Major Kira. Wer hat Ihnen die Genehmigung erteilt, das Wurmloch anzufliegen?«
Sie warteten, doch es kam keine Antwort.
»Bitte identifizieren Sie sich!«
»Es hat keinen Zweck«, sagte Dax. »Sie reagieren nicht auf unsere Rufe.«
»Ist die Kommunikation genauso gestört wie innerhalb der Station?«
»Nein. Sie antworten einfach nicht. Es ist fast so, als wäre überhaupt niemand an Bord.«
»Könnten es die Saboteure sein, die zu fliehen versuchen, bevor die Station verstrahlt wird?«
»Natürlich könnten sie es sein.«
Kira ballte verzweifelt die Hände zu Fäusten. »Behalten Sie den Eingang zum Wurmloch im Auge. Ich will benachrichtigt werden, falls Sie zurückkommen. Jetzt erklären Sie mir bitte, was mit dem Reaktor geschehen ist.«
Dax bediente ihre Kontrollen, als wollte sie den Systemen ein paar zusätzliche Informationen entlocken, doch dann schüttelte sie den Kopf. »Ich erhalte keine genauen Daten. Es scheint ein Leck gegeben zu haben. Unter den gegebenen Umständen kann ich nur vermuten, daß es Sabotage war und keine gewöhnliche Funktionsstörung.«
»Ich kann nicht behaupten, daß mich das beruhigt. In der Station gibt es sechs Reaktoren, von denen nur zwei arbeiten, und jetzt muß einer der beiden abgeschaltet werden. Wenn das keine Sabotage ist, haben wir den Rekord für Reaktorversagen gebrochen. Wie sind die Kerle an die Schaltungen gelangt, mit denen man einen Reaktor hochgehen lassen kann? Außerdem müssen wir befürchten, daß es ihnen gelingen könnte, auch den zweiten zu sabotieren. Dann sind wir nicht nur verstrahlt, sondern stehen auch noch ohne Energie da.«

»Das dürfte dann keine Rolle mehr spielen«, sagte Dax.

Sie wollte offenbar noch mehr sagen, aber in diesem Augenblick kam Ben Sisko in die Zentrale. Er kroch aus einem engen Versorgungsschacht, streckte seinen großen Körper und humpelte dann zu ihnen. Anscheinend hatte er sich den Knöchel geprellt, während er sich durch die Eingeweide der Station bewegt hatte.

Kira fuhr herum. »Sir ...«

»Ich habe es gehört.« Er beugte sich vor und überblickte Dax' Bildschirme. »Es ist unerheblich, ob wir Energie haben oder nicht, wenn wir *DS Nine* wegen der Verstrahlung verlassen müssen, Major. Wie ist der Zustand?«

»Drei Minuten und dreißig Sekunden bis zum Ernstfall ...«, meldete der Computer.

»Die interne Kommunikation ist immer noch gestört«, sagte Dax, »aber es wird überall Alarm gegeben. Der Computer ist dabei, sämtliche Zugänge zu verschließen, um die Strahlung daran zu hindern, sich weiter auszubreiten. Aber es gelingt ihm nicht. Es gibt einfach zu viele Fehlfunktionen in den kleineren Systemen. Wenn wir den zentralen Bereich nicht verlassen und alle Leute herausholen, werden wir es nicht überleben. Vier unserer Sicherheitsleute wurden im unteren Kernbereich angegriffen, Benjamin. Vermutlich waren sie den Eindringlingen im Weg, als sie den Reaktor sabotieren wollten.« Sie blickte zu ihm auf. »Alle vier sind tot.«

Siskos dunkles Gesicht wurde hart.

»Vier weitere Opfer«, preßte er zwischen den Zähnen hervor. »Und jetzt dürften die Eindringlinge über vier Phaser verfügen. Dax, geben Sie Sicherheitsalarm Stufe eins für unsere Leute in der Station und auf dem Planeten. Wir müssen verhindern, daß wir unsere Feinde mit Waffen versorgen.«

»Ich werde mich bemühen, die Nachricht weiterzuleiten, Benjamin.«

»Sir, jemand ist ohne Erlaubnis mit einem Flitzer gestartet«, sagte Kira, »und damit ins Wurmloch geflogen. Es könnten die Saboteure sein, die versuchen, in den Gamma-Quadranten zu flüchten.«

»Eine naheliegende Vermutung, aber so ist es nicht. Ich selbst habe den Flitzer gestartet.«

»Sie?«

»Ja.«

»Aber wieso?«

»Weil ich ihn vielleicht noch brauche. Notfalls, um das Wurmloch durch eine ferngesteuerte Explosion der Impulstriebwerke zu verschließen. Ich muß nicht nur die Sicherheit der Station, sondern auch die des Wurmlochs berücksichtigen. Ich bin verpflichtet, die Zivilisationen im Gamma-Quadranten vor einer Invasion feindlicher Mächte zu schützen, genauso wie ich einen Angriff in umgekehrter Richtung verhindern muß. Ich möchte auf alle Eventualitäten vorbereitet sein. Ich bin überzeugt, daß Sie meiner Entscheidung zustimmen.«

»Nun, ich ...«

»Drei Minuten bis zum Ernstfall ...«, mischte sich die Stimme des Computers ein. »... wiederhole, drei Minuten bis zum Ernstfall ... sämtliches Personal wird aufgefordert, zur Evakuierung folgende Sektionen aufzusuchen ...«

»Benjamin«, sagte Dax, »wir können uns noch in den letzten vier Sekunden in den Andockring beamen lassen, aber danach dürfte die Sicherheitsschaltung des Transporters die kontaminierten Bereiche blockieren.«

Auf dem Monitor war zu sehen, wie sich die gelbe Wolke dem Maschinenraum näherte. Sie hatte ihn fast erreicht.

Kira beobachtete Sisko, wie er auf diese Katastrophe reagieren würde. Jetzt war keine Zeit mehr für Unschlüssigkeiten oder Zaudereien. Sie wollte dieser Schwäche auf keinen Fall nachgeben, doch ihre Hände waren eiskalt, und in ihrem Kopf wirbelten verschiedene Möglichkeiten durcheinander, wie sie den Kampf ohne die Mittel der Kommandozentrale fortsetzen konnten.

Ihre Hand schwebte bereits über der automatischen Evakuierungsschaltung des Transporters. Ein Tastendruck, und die Maschine würde jede Lebensform, die sich noch in den gefährdeten Bereichen aufhielt, in den Andockring befördern.

Doch Sisko hatte immer noch keinen diesbezüglichen Befehl gegeben. Er starrte auf den Bildschirm, als hätte er alle Zeit der Welt.

Sie sahen zu, wie die gelbe Wolke dem Maschinenraum und den Labors immer näher kam.

Schließlich sah er Kira an. »Ich habe noch zweieinhalb Minuten, und ich werde sie nutzen. Machen Sie sich trotzdem bereit für die Notevakuierung per Transporter. Unsere cardassianischen Gäste müssen schon die gesamte Station verseuchen, bevor ich aufgebe. Schließlich müssen auch sie atmen.«

»Es ist alles vorbereitet«, sagte Dax.

»Sir, wir wissen nicht, ob sie vielleicht über Schutzanzüge verfügen«, warf Kira ein.

»Das wäre möglich, aber ich bin bereit ...«

»Achtung, Fremde!« hallte plötzlich eine körperlose Stimme durch die Zentrale.

Sisko richtete sich auf und blickte an die Decke, als stünde dort eine Erklärung geschrieben. »Aha ... es tut sich etwas.«

Dax beugte sich vor und studierte mit gerunzelter Stirn ihre Anzeigen. »Sie haben sich in das Kommunikationssystem eingeschaltet.«

»Versuchen Sie, die Verbindung zurückzuverfolgen. Setzen Sie die Biosensoren ein, wenn Sie Ihnen auf die Spur gekommen sind.«

»Hier spricht der Hohe Gul vom Orden der Mondsichel«, meldete sich die Stimme erneut. »Ich wende mich an Benjamin Sisko, den Kommandanten der Eindringlinge. Sie haben cardassianisches Eigentum in Besitz genommen. Sie werden es unverzüglich zurückgeben. Ich habe Ihre Befehlszentrale außer Kraft gesetzt. Ergeben Sie sich, oder ich werde das gleiche mit dem Habitatbereich tun.«

Kira kniff die Augen zusammen, während sie das Gefühl hatte, es müßte noch eine Pointe folgen. Also wartete sie ab, ob die Stimme noch mehr zu verkünden hatte.

Als sich nichts rührte, sagte Kira: »Der Orden der Mondsichel ... das klingt sehr altertümlich. Das muß vor der Gründung des Zentralkommandos und des Obsidianischen Ordens gewesen sein. Ich bin mir nicht sicher, aber ich glaube, er wurde vor mindestens siebzig Jahren aufgelöst. Die älteren Cardassianer haben gelegentlich darüber gesprochen.«

Sisko nickte. »Oder es handelt sich um eine phantasievolle Irreführung.«

Kira legte eine Hand an die Schläfe, als wollte sie ihre Gedanken zurückhalten. Dann streckte sie ihm die Hand hin. »Aber es hat den Orden der Mondsichel gegeben! Was soll das? Wer sind diese Leute? Die Anhänger eines obskuren Historienkults?«

Sisko verschränkte seelenruhig die Arme vor der Brust. »Ich kann Ihnen sagen, wer diese Leute sind, Major. Es sind die Leichen, die wir im Andockmast gefunden haben.«

»Wie bitte? Sie sprechen von den toten Cardassianern?«

»Sie waren nicht tot«, sagte er mit ruhiger, aber unheilvoller Stimme. »Sie befanden sich in einer Art Tiefschlaf. Vielleicht haben wir sie geweckt, als wir die Katakombe öffneten.«

Kira empfand eine maßlose Wut darüber, daß alle ihre Instinkte versagt hatten. Sie verlor jede Beherrschung, während ihre Kinnlade herunterklappte. Ihre Wangen und Hände wurden plötzlich eiskalt. »*Was?*«

Er nickte langsam. »Diese angeblichen Leichen sind die Leute, mit denen wir es hier zu tun haben. Sie sind überhaupt keine Eindringlinge, Major. Sie waren schon die ganze Zeit hier.«

»Aber das ist ... das ist ja ...«

»Eine unheimliche Vorstellung? Ja, Major. Wir kämpfen gegen eine Brigade der Toten.« Plötzlich drehte er sich um und durchquerte die Zentrale, um die Anzeigen der Monitore zu überprüfen.

»Fünfzig Sekunden bis zum Ernstfall ... die sofortige Evakuierung der Station wird angeordnet ...«

Dax blickte sich zu Sisko und Kira um, ohne die Fassung zu verlieren. »Der Transporter ist aktiviert und einsatzbereit, Benjamin«, sagte sie. »Die Strahlung dringt jetzt in den Maschinenraum vor. Soll ich die Leute hinausbeamen?«

Plötzlich veränderte sich Siskos Gesichtsausdruck. Er ging zu einer anderen Konsole, um sich auch dort die Anzeigen anzusehen. Alle Monitore lieferten dieselben Daten – daß sie hier nicht mehr lange überleben würden.

»Benjamin!« rief Dax beunruhigt.

»Einen Augenblick noch!«

Auf den Monitoren war zu erkennen, wie die gelbe Wolke den Maschinenraum überflutete. Den Arbeitsbereich von Miles O'Brien. Hatte er sich rechtzeitig in Sicherheit bringen können? Es war eine schwache Hoffnung, und niemand wagte es, sich die schreckliche Alternative vorzustellen.

Kira spürte ihren schnellen Pulsschlag in den Handgelenken und Schläfen. Was war mit Sisko los? Hatte er den Verstand verloren? Hielt er der Belastung nicht mehr stand? War jetzt der Augenblick gekommen, in dem der Erste Offizier die Initiative ergreifen mußte?

Während sie ihn beobachtete, wie er von einer Konsole zur nächsten hetzte und nach etwas suchte, das er ihnen nicht erklären wollte, dachte sie an O'Brien ...

Die Symptome eines Strahlenopfers: die Zunge blutet, die Haut löst sich in blutigen Fetzen, die Blutgefäße schwellen an, platzen auf, die Augäpfel genauso ...

Habe ich meinen Phaser dabei? Vorher werde ich uns alle erschießen.

»Die Strahlung dringt jetzt in die Krankenstation ein«, sagte Dax mit belegter Stimme. »Benjamin, was immer du vorhaben magst ...«

»Einen Augenblick noch, habe ich gesagt!«

Kira schwieg und spürte, daß sie eine Gänsehaut bekam. O'Brien mochte sich sonstwo in der Station aufhalten, um irgendwelche Reparaturarbeiten durchzuführen, doch Julian Bashir konnte nur in dem kleinen schwarzen Bereich sein, der sich auf dem Monitor allmählich mit gelbem Licht füllte.

Und sie wußte, daß Julian seinen Posten nicht verlassen würde, wenn er keine gegenteiligen Anweisungen erhielt. Er würde darauf vertrauen, daß die Leute in der Zentrale das Problem lösten.

Die Transporterschaltung war nur einen Fingerdruck weit entfernt.

Dax' Stimme klang ungewöhnlich leise und gepreßt. »Benjamin ... die Krankenstation.«

Die Krankenstation war jetzt vollständig verseucht. Wenn Julian sie nicht verlassen hatte, starb er in diesem Augenblick einen schrecklichen Tod. Er konnte sich glücklich schätzen, wenn er das Bewußtsein verlor, bevor seine Haut verbrannt war. Worauf wartete der Captain? Auf den verzweifelten Schrei eines sterbenden Arztes?

»Sir«, unternahm Kira einen erneuten Versuch, »wir müssen jetzt die Zentrale verlassen und die Station evakuieren! Unsere Offiziere werden von der Wolke getötet, wenn wir den Transporter nicht aktivieren! Geben Sie endlich den Befehl!«

»Ich habe den eindeutigen Befehl gegeben, noch einen Augenblick abzuwarten!«

Sisko sprach in beinahe trotzigem, triumphierendem Tonfall. Er hatte sich über einige Monitore gebeugt, die er nicht aus den Augen gelassen hatte, seit die Strahlung in die Krankenstation eingedrungen war.

Kira beobachtete ihn schockiert und drehte sich dann zu Dax herum. Sie hob in einer verzweifelten Geste die Arme. *Was macht er nur?*

Dax schob ihren Sessel von der Konsole zurück und stand auf. »Uns bleibt keine Wahl mehr. Wir werden die Strahlung auf keinen Fall überleben, und wir können die Station nicht mehr verteidigen, wenn wir tot sind.«

»Dreißig Sekunden bis zum Ernstfall...«, teilte der Computer mit. »Die sofortige Evakuierung der Zentrale wird dringend angeraten...«

Kira starrte Sisko mit plötzlich zurückgekehrter Entschlossenheit an. Sie holte tief Luft und versuchte es noch einmal. »Sir, es ist soweit. Wir alle müssen lernen, mit Niederlagen zu leben.«

Sie fühlte sich unwohl in ihrer Haut, als sie neben Dax trat, damit die Transportersensoren keine Schwierigkeiten hatten, sie zu registrieren. Es war eigentlich unsinnig, aber das war ihr jetzt gleichgültig. Schließlich konnten Maschinen versagen, und sie wollte keine unnötigen Probleme heraufbeschwören.

»Fünfzehn Sekunden...«

Dax hielt ihre Hand über die Schaltfläche, die den Transporter aktivierte. »Wir sind bereit, Benjamin.«

Energie! Los! Energie!! Energie!!!

Kira löste sich von Dax und näherte sich Sisko. »Sir?«

Er stand reglos über die Kommandokonsole gebeugt, die großen Hände hielten sich wie die Klauen eines riesigen Falken daran fest, und sein Kopf war zur Seite gedreht.

»Zehn Sekunden...«

Kira biß die Zähne zusammen.

»Benjamin?« hörte sie Dax hinter ihrem Rücken rufen. Beide Frauen gingen auf ihn zu.

»Fünf Sekunden bis zur Abschaltung ...«

Kira atmete noch einmal tief durch. »Sir!«

Sisko richtete sich abrupt zu voller Größe auf. Er reckte das Kinn vor und wartete ab. Jetzt gab es nichts mehr, was er noch tun konnte. Es blieb kaum noch Zeit, seine Entscheidung rückgängig zu machen. Wenn sich sein Verdacht nicht bestätigte, waren sie unwiderruflich hier gefangen und konnten nur noch auf die Strahlung und einen langsamen und schrecklichen Tod warten.

Vier, drei, zwei ...

Und er hatte die Entscheidung für das gesamte Starfleet-Personal getroffen, das sich noch in der Station befand. Sie waren genauso wie er gefangen, falls er sich irrte.

Kira hielt den Atem an, um sich auf das Ende gefaßt zu machen. Sie sagte sich, daß er die Befehlsgewalt hatte, daß Sisko das Recht besaß, für sie alle eine Entscheidung zu fällen. Sie selbst hatte im Laufe ihres Lebens viele solcher Entscheidungen getroffen, auch wenn die meisten nur ihr eigenes Schicksal betroffen hatten.

»Eins ... Abschaltung.«

In der Zentrale wurde es plötzlich still. Nur noch der Computer arbeitete, während einige beeinträchtigte Systeme versuchten, sich selbst zu reaktivieren.

Der Monitor zeigte, wie der gesamte zentrale Bereich der Station von der leuchtenden Wolke ausgefüllt wurde – einschließlich der Kommandozentrale. Die Darstellung sah aus wie eine Spindel, die mit gelbem Garn umwickelt war.

»Sie ist hier«, sagte Dax leise.

Kira blickte sich um und horchte.

Sie wartete darauf, daß ihre Haut kribbelte. Es würde mit einem leichten Brennen beginnen – wie bei einem Sonnenbrand. Dann würde ihre Zunge anschwellen.

»Überschreitung der Sicherheitsmarge um fünf Sekunden ... sieben ... acht ...«

Keine Schwellung. Kein Sonnenbrand.

»Zehn Sekunden.«

Kein Kribbeln. Wie lange würde es noch dauern?

Sie legte die Hand auf den Phaser an ihrer Hüfte. Sie schloß die Augen. Wenn sie ihre Augen noch ein paar Sekunden schützen konnte, wenn die Haut zu brennen und das Blut zu kochen begann, hätte sie die Gelegenheit, zu zielen und abzudrücken.

»Überschreitung um zwanzig Sekunden.«

»Captain?« erklang eine Stimme aus dem Schacht, durch den Sisko in die Zentrale gelangt war. »Captain Sisko? Sind Sie noch da? Hallo!«

Kira öffnete die Augen.

Sie sah Bashir, der aus der Röhre kroch und sich ihnen näherte. Er blickte sie der Reihe nach an, die Augenbrauen wie ein verständnisloses Kind hochgezogen.

»Was ist los?« fragte er. »Warum wurde ich nicht aus der Krankenstation gebeamt? Es wurde Alarm gegeben. Der Computer sagte, der ganze Bereich sei strahlenverseucht, aber der Transporter wurde nicht aktiviert. Ich habe unterwegs Chief O'Brien danach gefragt, aber er hatte auch keine Erklärung. Was ist jetzt? Werde ich nun auf dem Planten gebraucht oder nicht?«

»Julian!« stieß Kira hervor. Ihre Stimme war heiser vor Erleichterung. Sie spürte ihren Pulsschlag in der Kehle und hörte ihn in den Ohren rauschen. Bashir lag nicht mit verschmorter Haut in der Krankenstation!

Er sah sie an, grinste verwirrt und verlegen. »Habe ich etwas falsch gemacht?«

»Captain! Captain Sisko! Captain Sisko!« Eine andere Stimme, die jedoch bei weitem nicht so wohlmoduliert klang.

Ein Zwerg erschien in der Öffnung des Schachts. Er

sprang heraus und blickte alle mit funkelnden Augen an, während er je ein geschnürtes Bündel unter den Armen hielt. »Wo ist die Strahlung? Was ist los? Was ist passiert? Der Alarm ging los, und dann faselte diese schreckliche Computerstimme etwas von Kontamination und Ernstfall! Ich habe darauf gewartet, daß man mich nach draußen beamt! Ich dachte, Sie hätten hier oben alles im Griff! Ich habe so viel Latinum zusammengerafft, wie ich tragen kann, und dann habe ich gewartet, daß man mich hier herausholt! Da wir gerade beim Thema sind – ist Ihnen bewußt, daß zwei Drittel meiner Gäste evakuiert wurden, ohne vorher ihre Rechnung bezahlt zu haben? Sie sind einfach weggerannt! Ich meine, sie können doch nicht einfach gehen, ohne zu bezahlen! Können Sie sich vorstellen, wie ich mich gefühlt habe? Es war, als würde Geld plötzlich Beine bekommen und davonlaufen! Ich habe die Namen der Leute, und ich verlange, daß sie zur Rechenschaft gezogen werden!«

»Beruhigen Sie sich, Quark«, sagte Sisko. »Dax?«

Jadzia neigte ihren schlanken Körper ein wenig, um einen Blick auf die Anzeigen zu werfen, und wartete, bis die Computersysteme ihre Diagnose abgeschlossen hatten und die Ergebnisse anzeigten.

»Die Atmosphärensensoren registrieren stabile Werte«, sagte sie. »Der Computer hält die Verbindungskorridore immer noch geschlossen, aber es wird keine tatsächliche Kontaminierung gemessen.« Sie drehte sich zu Sisko herum, ohne die Hände von der Konsole zu nehmen. »Da ist nichts.«

»Alarmstufe Rot ... das verbliebene Personal in den kontaminierten Bereichen ist verstrahlt ... Alarm ... niemand darf die kontaminierten Bereiche ohne Schutzkleidung betreten ... Alarm.«

»Hören Sie?« Quark deutete auf die Lautsprecher. »Genau das habe ich gemeint!«

Bashir lauschte auf die hallende Computerstimme.

»Ich denke, der Computer versucht uns klarzumachen, daß wir alle schon tot sind.«

Quark fuhr zu ihm herum. »Genauso fühle ich mich auch!«

Der Arzt reagierte nicht auf die Bemerkung des Ferengi, sondern zog seinen medizinischen Tricorder aus der Schultertasche. »Das ergibt überhaupt keinen Sinn«, sagte er, während er damit hantierte. »Nach den Daten, die durch den Stationscomputer übermittelt werden, müßten wir alle längst tot sein. Faszinierend!« Er drehte den Tricorder um und überprüfte die Kontrollen. »Irgend etwas scheint die Sensoren zu manipulieren. Ist das möglich?«

Sisko lachte tonlos. »Ein schlauer Hund!«

Kira hielt es nicht mehr länger aus. »Es ist ein Bluff! Sie hätten es beinahe geschafft, daß wir die Zentrale aufgeben! Sie hätten einfach hereinspazieren und das Kommando übernehmen können, wenn Sie nicht gewesen wären!«

Sisko schürzte die Lippen und seufzte voller Erleichterung. »Er hat dem Computer eine Kontaminierung der Station vorgetäuscht und gehofft, wir würden nach Plan darauf reagieren. Aber ich habe den Braten gerochen. Schließlich gibt es einfachere Wege, die Station zu zerstören. Doch sein Ziel ist es, *DS Nine* in funktionsfähigem Zustand zu übernehmen. Und wenn hier alles strahlenverseucht wäre, könnte er nicht viel damit anfangen.«

»Das ist unglaublich!« keuchte Kira. »Woher haben Sie es gewußt?«

»Ich habe es nicht gewußt, Major, glauben Sie mir. Es bestand durchaus die Möglichkeit, daß wir alle sterben. Man könnte sagen, ich habe alles auf eine Karte gesetzt, weil ich davon ausgehen konnte, daß ihm mehr an der Station als an unserem Tod liegt. Seine Vorgehensweise hat etwas ...«

Urplötzlich und ohne weitere Umstände verstummten die Alarmsirenen. Die Stille war gleichzeitig beruhigend und nervtötend.

Dax schüttelte erleichtert den Kopf und setzte sich wieder auf ihren Platz, als hätte sie ihn niemals verlassen. »Sämtliche Lüftungssysteme arbeiten wieder ohne Störung. Der Computer hat das Evakuierungsprogramm gestoppt. Er geht davon aus, daß wir entweder den zentralen Bereich verlassen haben ... oder tot sind.« Dann runzelte sie die Stirn und bediente ein paar weitere Kontrollen. »Benjamin, die Fernbereichsensoren haben soeben Alarm gegeben.«

»Weswegen?« Er beugte sich vor.

Kira drehte sich zu Dax herum und las die Daten ab, die die Systeme aus dem Weltraum empfingen. »Ein neuer Bluff?«

»Kein Bluff«, sagte Dax. »Es handelt sich um ein cardassianisches Kriegsschiff der Galor-Klasse ... die Waffensysteme und Schilde sind aktiviert, und es nähert sich mit hoher Warpgeschwindigkeit.«

Das siegessichere Leuchten in Siskos Augen war verschwunden.

»Es geht los.«

14

Der Exodus hat begonnen... Sie haben ihr Versteck verlassen und flüchten in den Andockring. Bald gehört der zentrale Bereich uns. Wesen mit zarter Haut haben große Angst vor harter Strahlung.«

Der Hohe Gul vom Orden der Mondsichel blickte zwischen den breiten Schultern von Elto und Ren hindurch auf den winzigen Wartungsmonitor in ihrem geheimen Hauptquartier. Ein Schiff nach dem anderen, vom Frachter bis zur Rettungskapsel, legte von der Station ab.

»Elto, stell eine Sprechverbindung zum allgemeinen Kommunikationssystem her. Ich möchte eine Durchsage machen, um die Nachzügler aufzuscheuchen und die Unentwegten zu entmutigen.«

»Ja, Hoher Gul.«

Elto hantierte an den freigelegten Schaltkreisen in der Wand, machte einen Fehler, suchte hastig nach den richtigen Verbindungen und konnte sie schließlich herstellen.

»Sprechen Sie, Exzellenz«, sagte er, erleichtert darüber, daß er nicht allzu lange gebraucht hatte.

Der Feldherr atmete tief durch, um sich zu sammeln und aus den Leistungen eines Mannes, den seine eigene Zivilisation für tot hielt, Mut zu schöpfen. Jetzt würden seine Männer das hören, worauf sie so lange gewartet hatten.

»Hier spricht der Hohe Gul vom Orden der Mondsichel. Ich habe die Stationszentrale unter meiner Kontrolle, außerdem die technische Abteilung, die mir Zugang zu sämtlichen Reaktoren ermöglicht, und den gesamten zentralen Bereich. Ich habe diesen Raumsektor, der rechtmäßig zum Cardassianischen Reich gehört, im Namen des Ordens der Mondsichel wieder in Besitz genommen. Jeder, der sich noch in der Station befindet und sich ergeben möchte, wird begnadigt und ausgewiesen. Jeder, der Widerstand leistet, wird von der tödlichen Strahlung vernichtet werden, wie es mit jenen geschehen ist, die sich nicht aus den kontaminierten Bereichen entfernen wollten. Als symbolische Geste meiner Kontrolle werde ich jetzt die Kommunikationssysteme der Station reaktivieren ...« Er hielt inne, um Elto ein Zeichen zu geben, die entsprechende Schaltung auszuführen. »Damit sind Sie in der Lage, uns Ihre Kapitulation zu übermitteln. Ich werde zehn Sekunden abwarten. Wenn ich bis dahin nichts von den Nachzüglern höre, werde ich auch den Andockring verstrahlen lassen. Dann wird sich niemand mehr verstecken können.«

Elto blickte mit Hoffnung in den eingefallenen Augen zu ihm auf.

Nachdem die Nachwirkungen der Wiederbelebungsprozedur abgeklungen waren und der Gul wieder einen klareren Blick hatte, wirkten seine jungen Männer wesentlich ausgezehrter als in den Jahren der Vergangenheit. Er wußte jetzt, daß sie sich keineswegs verändert hatten, sondern daß er sie durch den Schleier seiner Zuneigung und ihrer Ergebenheit betrachtet hatte, als hätte er seine verlorenen Kinder wiedergefunden und würde sich verzweifelt wünschen, sie wären gesund und munter.

Es gefiel ihm nach wie vor, daß die jungen Elitesoldaten ihn verehrten, doch nun sah er deutlich die eckigen Schädelplatten, die geschrumpften Nasen, die dünne Haut über den Knochen und Venen und die dunklen Augenhöhlen.

Er fragte sich erneut, wie er wohl für sie aussehen mochte, und hoffte, daß die Ergebenheit ihren Blick verschleierte.

»Die zehn Sekunden sind um, Hoher Gul«, sagte Elto. »Keine Antwort.«

»Vielleicht ist niemand mehr übrig«, warf Clus ein. »Vielleicht sind sie alle tot!«

»Dann gehört die Station uns!« sagte der Hohe Gul nur. »Dieser Erfolg ist ein weiterer Beweis für die überragende Macht der Cardass...«

»An die Eindringlinge!« kam plötzlich eine tiefe Stimme über das Kommunikationssystem.

Sie erstarrten und horchten. In einem Augenblick hatte sich alles wieder verändert.

»Hier spricht Captain Sisko, der Kommandant von *Deep Space Nine* und Starfleet-Bevollmächtigter für diesen Raumsektor. Wir haben die Zentrale der Station nicht verlassen oder aufgegeben. Ich wiederhole, wir haben die Zentrale nicht verlassen. Wir haben die Kontrolle über das Operationszentrum, über die Waffensysteme, den Maschinenraum, die Krankenstation, die Promenade und den Andockring. Außerdem haben wir alle Reaktorkammern gegen erneute Sabotageversuche gesichert. Wir wissen, daß der Strahlungsalarm ein Bluff war. Sie halten Eigentum der Föderation besetzt, Sie haben viele meiner Leute getötet, Sie haben ein Attentat auf meinen Sicherheitsoffizier verübt und erheblichen Schaden in meiner Station angerichtet. Ich werde Ihnen genügend Zeit lassen, um sich zu ergeben, aber nicht zu lange. Stellen Sie sich unverzüglich unseren Sicherheitskräften. Sisko Ende.«

Alle hielten gleichzeitig den Atem an, als die tiefe Stimme verstummte. Plötzlich war nur noch das leise Rauschen der Lüftung zu hören, die unter normalen Umständen niemand wahrnahm.

»Hoher Gul...« Rens Stimme war deutlich die Verwirrung anzuhören. »Aber... aber...«

Elto zerrte an den Kontrollen, als würde er nach einem technischen Fehler suchen, den er für diese unerwartete Wendung verantwortlich machen konnte.

»Warum ist er immer noch hier?«

»Er hat die Kommandozentrale nicht verlassen«, keuchte Clus fassungslos. »Er hat der Gefahr durch die Strahlung getrotzt!«

»Nein«, stellte der Hohe Gul richtig und ballte die Hände zu Fäusten. »Er hat *mir* getrotzt! Er hat nicht nur sein eigenes Leben, sondern auch das seiner gesamten Besatzung aufs Spiel gesetzt. Er hatte keinen eindeutigen Beweis, daß es nur ein Bluff war!«

Er entfernte sich ein paar Schritte weit von den Gardisten, während seine Gedanken rasten und ihm jeder schwere Atemzug Schmerzen bereitete.

»Dieser Mann ist ein Dämon! Er hat das Leben seiner Leute darauf verwettet, daß es für mich wichtiger ist, die Kommandozentrale zu erobern, als sie alle umzubringen. Und er weiß, daß ich als Cardassianer genauso wie er Luft und Wärme brauche, denn als wir uns in die Augen sahen, haben wir uns gegenseitig verstanden. Sie sind zu kühnen Opfern bereit, diese Starfleet-Leute. Sie würden bereitwillig auf ihrem Posten sterben, wenn dieser Mann ihnen die Anweisung dazu geben würde.«

»Das würden wir auch für Sie tun, Hoher Gul!« versprach Fen ohne jedes Zögern.

»Ja, Hoher Gul!« beteuerten zwei oder drei weitere Männer.

»Aber ihr seid die Elitegarde! Und die anderen sind es nicht!«

Als die Worte aus ihm herausplatzten und sein Zorn immer größer wurde, kniff er die Lippen zusammen und versuchte sich wieder unter Kontrolle zu bekommen. Er war hintergangen worden! Man hatte ihn hereingelegt! Natürlich hatte er bereits in der Vergangenheit Niederlagen erlitten, doch da hatte er immer gegen die besten Soldaten und Strategen gekämpft. Nicht gegen den Verwalter eines unbedeutenden Außenpostens! Und man hatte ihn noch nie hereingelegt!

Auf einmal wurde es im schmalen Korridor stockdunkel, und die beruhigenden Gesichter seiner Garde verschwanden. Gleichzeitig war zu hören, wie die Energie versiegte. Selbst die kleinen Wartungsleuchten erloschen. Auch das leise Geräusch der Ventilatoren wurde unregelmäßig und verstummte mit einem letzten Seufzer.

Eltos krächzende Stimme drang durch die Dunkelheit. »Die Ambientenkontrolle ist deaktiviert!«

»Deaktiviert?« Der Hohe Gul drehte sich in die Richtung, aus der Eltos Stimme kam. »Was bedeutet das für uns?«

»Daß wir nur noch für ein paar Minuten Luft haben, Exzellenz. Wenn unser Feind die Lebenserhaltungssysteme geschickt manipuliert, kann er uns nach Belieben kreuz und quer durch die Station hetzen.«

Der Hohe Gul hörte den Atem seiner Männer. Jede Handvoll Luft war kostbar, doch gleichzeitig wurde mit jedem Atemzug seine Wut weiter entfacht.

Keine Lebenserhaltung, kein Leben. Der Stationsverwalter hatte den Spieß umgedreht.

Jahrzehntelang hatten sie ohne Wärme und ohne Luft im Tiefschlaf überdauert. Und jetzt war er offenbar dazu gezwungen, seinen einzigen Vorteil aus der Hand zu geben, damit sie ein wenig länger überleben konnten.

»Also gut. Also gut!« Der Hohe Gul schlug mit den Fäusten gegen die Wände zu seiner Rechten und Linken. Ein dumpfes Knallen. »Ich hätte ihn mit eigenen Händen töten sollen, als ich die Gelegenheit dazu hatte! Ich hätte ihm das Hirn aus dem Kopf reißen sollen! Warum habe ich gezaudert? Ich habe meinen eigenen Worten zu viel Gewicht beigemessen. Ich habe ihnen eine Chance gelassen, wie ich es Garak versprochen habe, und das haben sie ausgenutzt. Jetzt werde ich keine Rücksicht mehr nehmen! Sie haben es so gewollt! Wenn er uns hetzen will, dann soll er es tun! Wir werden mit den Informationen arbeiten, die Garak uns verschafft hat. Wir werden uns von Sisko hetzen lassen, von einer Sektion in die nächste, aber er wird uns dorthin treiben, wohin wir wollen! Nämlich an den Ort, von dem wir seiner Ansicht nach gar nichts wissen können. Ren! Fen! Ihr wolltet die Ehre haben – jetzt bekommt ihr sie. Wir werden Sisko auf unsere Spur locken, damit ihr ihm auflauern und ihn töten könnt.«

»Ja, Hoher Gul.«

»Wir werden ihn langsam und qualvoll sterben lassen, Hoher Gul!«

»Weshalb glauben Sie, daß Sisko persönlich unsere Fährte aufnehmen wird?« fragte Elto.

»Er ist nicht der Typ, der andere losschickt, um die Arbeit für ihn zu erledigen. Und ich weiß genau, wie ich ihn locken kann. Ich weiß von einer Sache, die sorgsamer gehütet wird als die gesamte Station. Dazu brauchen wir jemanden, der sich mit der Technik auskennt, die uns nicht so vertraut ist. Telosh und Coln, ihr werdet losgehen und jemanden aus der Stammbesatzung gefangennehmen. Irgend jemanden – einen Ingenieur oder einen Piloten oder Techniker. Es wird Zeit, daß wir diesen Außenposten verlassen und unsere Aktionen in den Weltraum verlagern, meine jungen Männer. Wir werden Sisko töten und dann seine Leute begrüßen... und zwar von der Brücke ihres Kampfschiffes aus... nachdem wir ihre *Defiant* beschlagnahmt haben!«

»Wieviel weiß die Besatzung über unser Ziel und unser Vorhaben?«

»Ich habe die Besatzung auf das absolut notwendige Minimum reduziert, Sir. Es sind kaum genug, um das Schiff zu fliegen. Dann habe ich sie über den Hintergrund unserer Mission aufgeklärt – über den Hohen

Gul und den Tiefschlaf. Es war die einzige Möglichkeit, sie dazu zu bringen, ohne offiziellen Befehl ihre Posten zu verlassen. Allerdings habe ich ihnen auch gesagt, daß der Hohe Gul und seine Elitegarde von Starfleet gekidnappt wurden und nun auf Terek Nor gefangengehalten werden. Unter diesen Umständen werden sie bereit sein, das Feuer auf die Station zu eröffnen.«

»Eine hübsche Geschichte, Renzo. Ich muß Sie für diesen Einfall loben.«

»Vielen Dank, aber ich weiß nicht, ob sie sich davon überzeugen ließen. Ich habe Zweifel und Mißtrauen in vielen Augen gesehen. Einige von ihnen wissen, daß Sie ein Schüler des Hohen Gul und später sein Rivale waren. Sie dürften jetzt ihr Gedächtnis nach Gerüchten und Lektionen durchforsten, die sie vor langer Zeit hörten.«

Glin Renzo sprach äußerst leise. Auf der Brücke des Schiffes der Galor-Klasse befanden sich nur zwei weitere Männer, ein Navigator und ein Wissenschaftsoffizier. Er ging zwar davon aus, daß er den beiden vertrauen konnte, aber die Gewißheit war unter diesen Umständen wie ein schlüpfriger Fisch. Erst als er damit begonnen hatte, Leute für diese Mission auszusuchen, als er ihnen von den verblaßten Fakten erzählt hatte, war ihm bewußt geworden, wie sehr sich die Erinnerungen inzwischen verzerrt hatten, wie stark die achtzig Jahre zurückliegenden Ereignisse übertüncht worden waren.

Ihre Vorstellung vom Hohen Gul war strahlend und rein. Er war eine Gestalt der Geschichte geworden, großartig und auch kalt, und ihre Meinungen hingen von ihren Loyalitäten, Träumen und Entbehrungen oder einfach von ihren Eltern ab. Er konnte an ihrer Haltung oder ihrem erstarrten Gesichtsausdruck nicht ablesen, wie sich dieses Wissen letztendlich auswirken würde. Und wie oft hatten sie gefragt: »Ist das wahr?«

Dann war er gezwungen gewesen, es ihnen noch einmal zu bestätigen.

»Sollen wir versuchen, uns unauffällig zu nähern, Gul?« fragte Renzo, um damit seine Befürchtungen zu vertreiben.

»Unauffällig?« Fransu beugte sich zur Seite und blickte auf den Bildschirm, der das freie Weltall zeigte. »Nein, sie wissen ohnehin, daß wir kommen. Die Kommunikationssperre des gesamten Sektors kann ihnen nicht entgangen sein. Sie sind bestimmt auf alle Eventualitäten gefaßt. Und selbst wenn wir uns still verhalten – die Station hat gute Ohren.«

»Sie werden sich zur Wehr setzen. Sie werden mit den Waffen der Station auf uns feuern. Mit Waffen, die von Starfleet installiert wurden.«

»Dies ist nicht mein erster Kampf.«

»Aber Ihr erster gegen Starfleet.«

»Das ist richtig.«

»Und Sie machen sich keine Sorgen?«

»Schreckliche.«

»Und was ist mit dem Hohen Gul? Er ist ein gefährlicher Mann.«

»Er dürfte uns besonders gefährlich werden, wenn er herausfindet, welche Pläne ich mit ihm habe.«

»Wir wissen nicht, wieviel er weiß.«

»Er kann sich den Rest denken. Er wird die Vergangenheit beschwören, um die Zukunft zu erkennen, Renzo, wie ein Wahrsager Rauch von einem Feuer aufsteigen läßt. So war er schon immer. Und im Rauch wird er mein Gesicht erkennen. Können Sie sich vorstellen, wie mein Gesicht als Rauchwolke aussieht?«

»Nicht sehr nett, aber Gul Ebek würde davon einen Hustenanfall bekommen.«

»Ich wußte doch, daß es selbst in der tiefsten Finsternis irgendwo ein Licht gibt.«

»Sir, haben wir bedacht ...?«

»Renzo!«

Fransu registrierte aus dem Augenwinkel eine Bewegung, worauf plötzlich seine antrainierten Kampfinstinkte die Kontrolle übernahmen. Seine Kampfausbildung lag zwar schon sehr lange zurück, aber er erkannte trotzdem sofort die Gefahr, auch wenn alles wie durch einen verstaubten Schleier getrübt schien.

Er sprang wie ein wesentlich jüngerer Mann aus seinem Sessel, schob Renzo mit einem Schulterstoß aus dem Weg der niederfahrenden Klinge und wurde selbst getroffen. Schmerzen explodierten in seiner Schulter und lähmten seinen linken Arm, doch seine Rechte war ohnehin stärker, so daß er nun den taumelnden Navigator an dessen Konsole zurückdrängte. Seine Faust drückte gegen das Kinn des Mannes, bis sich das Gesicht zu einer Fratze verzog und die Enttäuschung zeigte, daß Fransu den Angriff einen winzigen Augenblick zu früh bemerkt hatte.

Der Navigator schaffte es, ein Knie hochzuziehen. Fransu sah es, konnte aber nichts mehr dagegen unternehmen. Als das Bein seines Gegners auf seine Brust drückte, erlahmte bald sein Griff, und er wurde zurückgeworfen.

Sein Kopf schlug gegen etwas Hartes – er wußte nicht, was es war –, und vor Schmerz kniff er einen Moment lang die Augen zu. Er wußte, daß es ein Fehler war, denn genau dieser Moment war entscheidend. Vor Schreck bekam er eine Gänsehaut.

Er zwang sich dazu, die Augen zu öffnen und seine rechte Faust zu heben, um auf den nächsten Angriff gefaßt zu sein. Doch dann sah er nur Renzos gebeugten Rücken.

Das widerwärtige Summen einer abgefeuerten Handwaffe heulte durch die überfüllte Brücke. Das Geräusch wurde von den Wänden zurückgeworfen und machte ihn wahnsinnig, weil er nicht wußte, was geschah.

»Renzo!« rief er. Völlig sinnlos. Und gefährlich obendrein, wenn er Renzo damit vom Kampf ablenkte.

In seiner Jugend hätte er niemals auf so dumme

Weise reagiert. Seine Instinkte hatten eindeutig nachgelassen.

Wessen Waffe war es? Fransu konnte sich nicht erinnern, ob Renzo heute eine getragen hatte.

Die Sekunden verstrichen. Renzos Bewegungen schienen wie in Zeitlupe abzulaufen, wie in einem Alptraum, und als die Geschwindigkeit schließlich wieder normal wurde, stand Renzo keuchend über dem rauchenden Fleck, der noch vor wenigen Augenblicken ein angeblich zuverlässiges Besatzungsmitglied gewesen war.

In der Luft hingen der Gestank von verbranntem Fleisch und die Hitze der entladenen Waffenenergie.

Renzos Hände zitterten, als er sich zu Fransu umdrehte. Sein Mund stand vor Überraschung offen, seine Augen waren weit aufgerissen. Auch für ihn war es wie ein Alptraum gewesen.

Er zeigte auf Fransus Schulter und krächzte: »Sie bluten.«

Fransu nickte. Dann rappelte er sich auf.

Der Wissenschaftsoffizier stand vor seiner Konsole und war vor Schreck gelähmt. Sein Gesicht zeigte Entsetzen – aber keineswegs Verständnislosigkeit. Er wußte genau, was gerade geschehen war.

Aus diesem Grund seufzte Fransu, nahm Renzo die Waffe aus der zitternden Hand, richtete sie auf den Wissenschaftsoffizier und drückte ab.

Der überraschte Offizier hob die Hände, um Brust und Gesicht zu schützen, heulte protestierend auf und löste sich in Energie auf, während sein Schrei verhallte.

Renzo starrte auf die zwei Rauchwolken, die alles waren, was von den zwei Brückenoffizieren übriggeblieben war, und dann trat plötzlich die Angst in sein Gesicht, daß Fransu die Waffe auch gegen ihn richten könnte.

»Jetzt wissen wir Bescheid«, sagte Fransu mit rauher Stimme. »Jetzt wissen wir Bescheid, Renzo. Männer unserer eigenen handverlesenen Besatzung. Jetzt wissen wir genau, was geschehen wird, wenn etwas von dem hier bekannt wird, wenn herauskommt, daß der Hohe Gul gar nicht tot war ... daß ich keineswegs die Rituale zu seiner Bestattung geleitet habe, sondern daß ich ihn verraten habe und dann den Planeten zurückeroberte, den er mit viel weniger Verlusten erobert hätte ... daß ich trotz der Verluste den Ruhm erntete, um dann zu behaupten, er hätte sein Leben im ehrenvollen Kampf verloren ... daß ich die zweitausend Mann der Elitegarde tötete ... Sind das nicht entzückende Erinnerungen, Renzo? Wären Sie nicht stolz auf sich, wenn Sie an meiner Stelle wären? Kein Wunder, daß ich so viele Nächte damit verbracht habe, die Vergangenheit zu verbannen. Was ist nur aus uns geworden, Renzo?«

Das Schiff schüttelte sich, als es von einer Sonnenwindböe oder einer Wolke aus Asteroidenstaub getroffen wurde. Es gab keinen Navigator mehr, also konnte auch niemand mehr bekanntgeben, was diese Störung verursacht hatte.

Fransu gab dem Glin die Waffe zurück. »Wir sollten die Posten wieder besetzen«, sagte er.

»Die Navigation? Ja.« Zweifel standen in Renzos Augen, als er die Waffe zurücksteckte. Seine Hände zitterten immer noch.

»Holen Sie einen neuen Navigator und technischen Assistenten von den unteren Decks.« Fransu berührte die Wunde an seiner Schulter. »Jemanden, den Sie für vertrauenswürdig halten.«

»Ich ... habe jetzt zu keinem unserer Männer mehr Vertrauen.«

»Versuchen Sie es trotzdem. Aber warten Sie ab, bis die Ventilatoren den Gestank aus der Luft vertrieben haben.«

Renzo nickte, aktivierte die Kommunikationskonsole an der wissenschaftlichen Station und gab die Aufgabe an den nächsten in der Befehlskette weiter, einen Navigator aus der technischen Abteilung abzustellen. Anschließend trat er wieder neben Fransu, wenn auch nicht mehr so nahe wie zuvor.

»Sie sind in ein paar Minuten hier, Gul«, sagte er.

»Danke«, erwiderte Fransu geistesabwesend. »Erinnern Sie sich noch an die alten Uniformen, Renzo?« Er zupfte am Schulterpolster seiner Jacke, das sich durch den Messerstich gelockert hatte. »Sie waren prächtig und farbenfroh. Sie waren so weit und bequem, daß sie sich besser dem Körper anpaßten ... nicht so steif und metallisch wie unsere jetzigen. Wissen Sie noch, wie es war, diese Uniformen zu tragen? Auch Sie waren damals noch jung!«

»Ich erinnere mich, Gul«, lautete Renzos taktvolle Antwort.

Fransu seufzte. »Jetzt müssen Sie und ich und unsere Besatzung mit meinen Taten jener vergangenen Zeit leben. Ich muß den Hohen Gul und jeden anderen vernichten, der ihn gesehen hat. Also die ganze Station Terek Nor. Wenn er entkommt und mit dem Zentralkommando Verbindung aufnimmt, oder wenn jemand anderer für ihn oder über ihn spricht, können wir uns glücklich schätzen, wenn man uns einfach nur exekutiert.«

Renzo kam näher und stützte sich mit dem Ellbogen auf der Rückenlehne von Gul Fransus Kommandosessel ab. »Wie wollen wir erklären, daß wir ohne entsprechende Befehle einen Außenposten der Föderation zerstört haben? Oder einen Krieg angezettelt haben?«

Fransu blickte auf den großen Bildschirm, der den leeren Raum zeigte. Wie schwarz er war ...

»Ich weiß es nicht«, sagte er. »Wir haben es mit zu vielen Unbekannten zu tun. Mein Plan besagt nur, daß ich ihn töten will, wie ich es schon viel früher hätte tun sollen. Töten – das ist das einzige, was ich kann.«

»Unsinn«, sagte Renzo und grinste dann. »Sie sind

ein Meister bürokratischer Kleinarbeit, vor allem im Rahmen des Rotationssystems!«

Fransu warf sich gegen die Rückenlehne und stieß ein schallendes Gelächter aus. »Was würde ich nur ohne Sie machen?«

»Elendig zugrundegehen.«

»Ach, ich wünsche mir, ich hätte hundert von Ihrer Sorte. Oder nur zehn. Auch mit zweien wäre ich zufrieden.«

»Ich könnte mich vielleicht etwas schneller bewegen.«

»Sie bewegen sich schnell genug.« Fransu kicherte erneut, doch seine Heiterkeit war getrübt. »Ich hoffe, daß heute das Glück auf unserer Seite ist. Der Zwischenfall mit dem Navigator – er beweist die Schwächen meiner Planung. Ich hatte keine Gelegenheit, einen genauen Plan auszuarbeiten, ein Netz aus Vertrauen zu knüpfen oder ein tragendes Gerüst zu errichten. Ich habe niemanden, der mir hilft, dies alles zu erklären oder das Zentralkommando mit Lügen zu beschwichtigen. Wem außer Ihnen, Renzo, kann ich jemals vertrauen?«

»Es gibt noch etwas anderes, das wir berücksichtigen sollten«, sagte Renzo gelassen. Er versuchte erst gar nicht, eine zufriedenstellende Antwort auf die Frage des Gul zu finden.

Fransu blickte zu ihm auf. »Und das wäre?«

»Die Möglichkeit, daß der Hohe Gul sich gar nicht in dieser Station befindet, in der wir ihn versteckt haben.«

»Wie kommen Sie darauf?«

»Weil das winzige Signal, das wir empfingen, wirklich nur ein winziges Signal war und im Grunde kein eindeutiger Beweis für eine Wiederbelebung. Es könnte sich um eine Fehlfunktion handeln. Der Körper des Hohen Gul ist vielleicht längst zerfallen, oder er wurde inzwischen an einen anderen Ort gebracht. Vielleicht hat etwas ganz anderes den Signalgeber in der Wiederbelebungsbahre aktiviert.«

»Aber wir haben ihn vor achtzehn Jahren mit eigenen Augen gesehen, als die Station gebaut wurde und wir ihn dort versteckten. Damals hat alles bestens funktioniert.«

»Ja, damals. Aber achtzehn Jahre sind eine lange Zeit, und die Katakombe, in der wir ihn deponierten, war unbeheizt. Ich weiß nicht, ob die Bahren auch noch bei Weltraumtemperatur arbeiten. Er könnte nicht mehr am Leben sein oder sich gar nicht in der Station befinden. Möglicherweise greifen wir Starfleet ohne jeden Grund an.«

»Ein erschreckender Gedanke.«

»Ja.«

»Aber wir haben keine andere Wahl. Wir können nicht einfach anklopfen und fragen, ob sie zufällig unseren Gul gesehen haben.«

»Nein, das geht nicht.«

»Also müssen wir uns einen besseren Grund ausdenken, mit dem wir die Zerstörung eines Außenpostens der Föderation rechtfertigen können.«

Renzo blickte ihn an. »Ja.«

Dann dachte er schweigend nach und nickte. Er dachte noch einmal genauer nach und nickte erneut, bis er sich an die Navigationskonsole setzte, die immer noch warm von der Energie war, die den Verräter eliminiert hatte. Er legte die Hände auf die unvertrauten Kontrollen und suchte nach den Schaltflächen, die er brauchte.

»Also ... wir haben einen Notruf von einem cardassianischen Schiff aus diesem Sektor empfangen. Hier sind die Daten, jederzeit abrufbar. Als wir eintrafen, stellte sich das Ganze als Falle heraus. Wir wissen nicht, ob Starfleet dahintersteckte, aber sie lockten unser Schiff zur Station und griffen uns dann an. Was sollten wir tun? Wir mußten uns einfach verteidigen! Einer unserer Schüsse traf den Reaktor, wodurch die ganze Station vernichtet wurde. Wir bedauern den Vorfall sehr. Alles ist gespeichert.«

Er blickte sich um und sah, daß sein langjähriger Vorgesetzter ihn anlächelte.

»Sehr geschickt, mein Freund«, sagte Fransu aufrichtig und spürte, wie das Blut ihn kitzelte, das an seinem Arm herunterlief. »Eine schöne, einfache Geschichte. Aber wir müssen uns keine Sorgen machen, denn ich weiß, daß er in der Station ist. Er lebt, er ist da, und wir werden die Station in kosmischen Staub verwandeln. Es ist immer leichter, um Verzeihung statt um Erlaubnis zu bitten. Und ich werde nicht vergessen, mich anschließend zu entschuldigen.«

»Nur ein einziges Schiff? Wie wollen sie mit nur einem Schiff die Station besetzen? Dax, bitte bestätigen!«

»Ich scanne ... bestätigt. Ich orte nur ein einziges Schiff der Galor-Klasse, mehr nicht. Es gibt keine Flotte und nicht einmal kleinere Begleitschiffe. Das Schiff befindet sich in direktem Anflug und scheint nicht auf irgendwelche Nachzügler zu warten.«

»Ein Schiff ... Was hat das zu bedeuten? Auf jeden Fall planen sie keine großangelegte Invasion. Das ändert alles.«

Kira beobachtete, wie Captain Sisko unruhig in der Zentrale auf und ab ging, und versuchte, ihre Fragen zurückzuhalten. Doch dann beschloß sie, sich lieber jetzt als später dem Vorwurf mangelnden Verständnisses zu stellen.

»Sir«, sagte sie. »Was ändert sich? Wie sah unsere bisherige Strategie aus?«

»Ich habe absichtlich darauf verzichtet, die *Defiant* zu starten, bevor ich weiß, was hier vor sich geht. Ich wollte sie so lange wie möglich innerhalb des Deflektorschildes der Station halten, weil ich davon ausgehen mußte, daß uns ein Invasionsversuch bevorsteht. Wenn wir es mit einem Dutzend Schiffe zu tun haben, nützt es uns gar nichts, wenn die *Defiant* vor der Übermacht kapitulieren muß. Ich wollte warten, bis Starfleet eintrifft, um dann zu starten und die Kräfte zu bündeln. Sie müssen das verstehen, Major. Wenn es zum Krieg kommt, ist ein schwer bewaffnetes Schiff wie die *Defiant* für die Föderation wertvoller als diese Station.« Er streckte seine Hand mit einer fragenden Geste in Dax' Richtung. »Jetzt haben wir es nur mit einem Schiff zu tun. Was hat das zu bedeuten?«

»Benjamin, sie bewegen sich!« wurde er von Dax unterbrochen. Sie blickte auf einen anderen Monitor, der nicht das näher kommende Schiff zeigte.

Sisko blickte sie an. »Wer bewegt sich? Unsere lebenden Toten?«

»Ja.«

»Sind Sie sicher, daß Sie nicht jemand anderen erfaßt haben?«

»Ein großer Teil der internen Sensoren arbeitet wieder. O'Brien muß sich schwer ins Zeug gelegt haben. Ich habe hier eine Anzeige, deren Biowerte darauf hindeuten, daß sich mehrere Cardassianer durch einen Korridor bewegen.«

»Ein Katz- und Maus-Spiel«, sagte Kira, als sie sich zu dritt über einen Bildschirm beugten.

Sisko blickte sich zu ihr um. »Woher kennen Sie diese Redensart, Major?«

»Wenn ich sie richtig verstanden habe, sind Sie jetzt die Katze, Captain.«

Sisko wandte sich wieder dem Bildschirm zu. »Der Computer glaubt, die ganze Station wäre mit Strahlung überflutet«, murmelte er nachdenklich. »Damit sind ihre Möglichkeiten, ein neues Versteck zu finden, sehr eingeschränkt. Jetzt müssen wir noch einen Trichter konstruieren, damit sie dorthin laufen, wo wir sie haben wollen.«

Dax bediente ein paar Schaltflächen auf ihrer Konsole. »Sie sind sehr tief in die Computersysteme eingedrungen, bis zur Datenbankebene. Damit konnten sie das Leck im Reaktor simulieren. Und ich habe gerade ein wenig Vertrauen in unseren Computer zurückgewonnen und angefangen, seinen Daten Glauben zu schenken.«

»Es ist nicht Ihre Schuld, Jadzia«, sagte Julian Bashir, der hinter Kira stand.

Es war schon das dritte Mal in fünf Minuten, daß Dax zu erklären versuchte, was geschehen war. Seit man sie beinahe ausgetrickst hatte, war sie vorsichtig geworden. Sie schien sich zu schämen, daß sie kritiklos dem Augenschein vertraut hatte und deswegen beinahe ihren Posten im Stich gelassen hätte.

»Er hätte jederzeit die Lebenserhaltung in diesen Sektionen abschalten können«, sagte Sisko, um das Problem von einer anderen Seite anzugehen. »Aber er hat es nicht getan. Warum nicht?«

Kira dachte nach. »Weil er uns aus irgendeinem Grund am Leben lassen will. Wir sind für ihn wertvoll. Vielleicht als Geiseln.«

»Vielleicht«, erwiderte Sisko.

Sie alle blickten gleichzeitig nach rechts, als Geräusche in der Röhre hörbar wurden, die die Verbindung zum Rest der Station darstellte. Schließlich erschien Odos maskenhaftes Gesicht mit der wächsernen Haut und den stumpfblauen, erschöpften Augen.

Seltsam ... Kira holte tief Luft, als sie feststellte, daß sie ihren Blick nicht mehr von ihm abwenden konnte. Er war nicht humanoid, da er diese Gestalt lediglich angenommen hatte. Trotzdem zeigte sich die Ermattung auf seinem Gesicht genauso deutlich wie auf ihrem, wenn sie eine Woche lang nicht geschlafen hatte. Seine Züge waren nicht so ausgeprägt wie gewöhnlich, die Ränder waren verschwommen, so daß er wie ein zerlaufenes Aquarell wirkte. Wie viele Stunden würde er noch durchhalten?

Er senkte kurz den Kopf, packte den Rand der Röhre mit beiden Händen und schob sich dann mit sichtlicher Anstrengung heraus.

»Odo«, sagte Bashir. »Ich bin nicht damit einverstanden, daß Sie die Krankenstation verlassen. Sie sehen furchtbar aus.«

»Vielen Dank«, erwiderte Odo, ohne seine Verbitterung zu verbergen. »Es gibt nichts, was die Systeme der Krankenstation oder Sie oder sonstwer für mich tun könnten.«

Die Worte verhallten in der Stille. Odo hatte damit ausgedrückt, daß er bald tot sein würde – und sein Schicksal akzeptiert hatte, da es keine Hilfe für ihn gab. Aus dem Augenwinkel bemerkte sie, wie Sisko dem Arzt einen fragenden Blick zuwarf, doch zum Glück erwähnte niemand, daß Odo aus der Station fortgebracht werden sollte. Ihre Zurückhaltung war rein diplomatisch, aber niemand machte sich darüber Illusionen, auch Odo nicht.

Kira war zu ihrer eigenen Schande froh, daß nicht sie es sein würde, die diesen Befehl würde geben müssen. Es war wie in der Frühzeit der bajoranischen Geschichte und auch auf der Erde, als man Freunde oder Verwandte in eine Leprakolonie geschickt hatte, wo sie ohne den Trost der Familie sterben sollten. Obwohl Sisko äußerlich ruhig war, erkannte sie die verbitterte Wut, die er über den bevorstehenden Tod eines Freundes empfand.

Während ihres ganzen Lebens hatte sie auf solche Situationen mit Schroffheit und Härte reagiert, doch sie hatte sich geändert. Ihr erwachsenes Leben unterschied sich sehr von ihrer Kindheit und Jugend. Jugendliche waren unzerstörbar, hart im Nehmen und lebten nur von einem Tag zum anderen. Im Lauf der Jahre war ihr Panzer dünner geworden, während sie immer häufiger in die Zukunft blickte.

Wieviel konnte sie noch ertragen?

Es war wieder genauso wie damals, als Flüchtling in den Höhlen von Bajor. Sie wollte das alles nicht noch einmal durchleben.

Sisko verließ ihr Gesichtsfeld und trat hinter sie. »Constable, halten Sie es noch aus?«

Die Schwäche des Sicherheitsoffiziers war nicht zu übersehen. Er mußte sich an den Wänden und Konsolen abstützen, während er die Zentrale durchquerte. »Nicht besonders gut«, gab er mit heiserer Stimme zu. »Aber wenn ich mich konzentriere, kann ich diese Gestalt vielleicht noch eine Weile aufrechterhalten.«

»Das müssen Sie auch«, sagte Bashir.

»Entweder das«, fügte Sisko hinzu, »oder ich muß Sie zum Schutz der noch Anwesenden aus der Station bringen lassen.«

»Ich verstehe.«

»Sie haben eine Zeitlang unter den Cardassianern gelebt, also können Sie mir vielleicht etwas über den Hohen Gul oder die Mondsichel erzählen.«

»Die Mondsichel?« Odo neigte verwirrt den Kopf. »Das sagt mir nichts.«

»Ein Orden aus der Vergangenheit. Vor siebzig oder achtzig Jahren.«

Odo erzitterte vor Anstrengung, als er sich mit beiden Händen an der Lehne eines Sessels festhielt und auf den Boden starrte. Seine Finger verschwammen zu geschlossenen Fausthandschuhen, bis er sich wieder in der Gewalt hatte und sie sich voneinander trennten.

»Mondsichel...« Plötzlich blickte er auf. »Der Orden der Mondsichel? Reden Sie etwa *davon?*«

»Ja. Worum handelt es sich?«

»Es war der mächtigste Orden aller Zeiten in der cardassianischen Hierarchie! Sein Einfluß war gewaltig, und die führenden Persönlichkeiten wurden damals fast in den Rang von Göttern erhoben. Aber das liegt fast hundert Jahre zurück. Heute spielt er keinerlei Rolle mehr.«

»Aber genau damit haben wir es im Augenblick zu tun.«

Odo starrte ihn an. »Sie müssen sich irren.«

»Keineswegs. Es ist das Geheimnis unserer angeblichen Leichen. Irgendeine Spezialeinheit oder ein letztes Aufgebot unter einem Feldherrn, der sich als Hoher Gul bezeichnet.«

»Hoher Gul!« flüsterte Odo atemlos. »*Der* Hohe Gul? In der ganzen cardassianischen Geschichte gab es nur eine Person mit diesem Titel!«

»Und er hat für die Cardassianer die gleiche Bedeutung wie George Washington oder Christoph Kolumbus für die Terraner«, bestätigte Sisko. »Es ist schwierig, durch den Nebel aus Legenden und Heldenverehrung zu blicken, der sich im Laufe der Jahre um seine Person gebildet hat. Aber sein technisches Wissen liegt achtzig Jahre hinter unserem zurück. Dieser Umstand müßte uns einen Vorteil verschaffen.«

»Ich weiß nicht recht«, wandte Kira ein. »Er lernt sehr schnell dazu, wenn er es sogar geschafft hat, unsere Computer zu manipulieren.«

»Aber er konnte sie nicht vollständig unter seine Kontrolle bringen«, führte Odo den Gedanken weiter, »andernfalls hätte er die Luftversorgung dazu benutzen können, uns alle umzubringen.«

»Ja!« rief Kira. »Das ergibt Sinn! Deswegen hat er versucht, uns aus der Station zu vertreiben!« Sie drehte sich zu Sisko um. »Seine Möglichkeiten waren viel geringer, als er uns glauben machen wollte!«

»Und jetzt gewinnen wir hier drinnen allmählich die Kontrolle zurück«, sagte Sisko, »während sich von draußen ein Schiff nähert. Aber es ist nur eines. Ich verstehe immer noch nicht, was das zu bedeuten hat.«

Kira suchte verzweifelt nach einer Antwort. »Möglicherweise greifen sie mit ihrer Flotte einen sehr großen Bereich an, so daß sie für diese Station nur ein Schiff abstellen konnten.«

»So gehen die Cardassianer niemals vor, Major«, keuchte Odo. Sein Gesicht glänzte vor Anstrengung, und er hielt sich an der Konsole fest, während er sprach. »Ihre Logistik ist zwar nicht sehr ausgefeilt, aber sie würden niemals den Fehler machen, ihre Truppen oder Schiffe zu weit aufzufächern. Sie würden sich mit ihrer gesamten Flotte eher auf einen Quadratzentimeter stürzen, statt auf breiter Front zu kämpfen. Genau deshalb haben sie sich auch so lange auf Bajor konzentriert.«

»Benjamin«, meldete sich Dax zu Wort. »Ich empfange jetzt ein Rufsignal vom Schiff.«

Sisko ging an Bashir vorbei, um zu ihr zu gelangen. »Stellen Sie es durch. Wollen wir mal hören, was sie zu sagen haben.«

Dax nickte, drückte eine Schaltfläche und sagte: »Hier spricht die Raumstation *Deep Space Nine* von der Vereinigten Föderation der Planeten. Identifizieren Sie sich und nennen Sie Ihr Ziel!«

»Hier ist das cardassianische Kriegsschiff *Rugg'l*. Wer spricht für die Station?«

Sisko warf Kira einen kurzen Blick zu. »Was ist das für ein Name?« murmelte er.

Bashir zuckte die Schultern. »Ein cardassianischer.«

»Klingt eher wie ein Bauerntanz.« Er räusperte sich und sprach lauter. »Hier ist Captain Benjamin Sisko. Was haben Sie hier zu suchen?«

»Ich bin Gul Fransu vom Cardassianischen Zentralkommando«, kam die Antwort, »und ich fordere Sie auf, sich friedlich zu ergeben. Sonst werden wir die Station mit Gewalt besetzen.«

»Sie sind ohne Genehmigung, ohne Vorankündigung und ohne Starfleet-Eskorte in den Raumsektor der Föderation eingedrungen. Bitte erklären Sie diese Unstimmigkeiten. Ich gebe Ihnen fünf Sekunden.«

»Wir sind gekommen, um unseren größten Kriegsherrn zu retten, den Hohen Gul vom Orden der Mondsichel, der von Ihnen entführt wurde und in Ihrer Station gefangengehalten wird. Wir verlangen, daß Sie ihn und die Soldaten seiner Elitegarde unverzüglich an uns ausliefern, sonst werden wir Ihre Station in einen Trümmerhaufen verwandeln!«

»Es reicht!« sagte Sisko wutschnaubend. »Major, fahren Sie die Maschinen der *Defiant* hoch. Machen Sie das Schiff startbereit. Odo, spüren Sie die Eindringlinge auf, wenn Sie sich dazu in der Lage fühlen. Wir kennen die Station besser als sie, also dürften wir ihnen gegenüber im Vorteil sein. Versuchen Sie ihnen irgendwo eine Falle zu stellen.«

Der erschöpfte Sicherheitsoffizier preßte die dünnen Lippen zusammen und brummte entschlossen: »Es wird mir ein Vergnügen sein.« Dann kämpfte er sich zur Kontrolle der internen Systeme vor.

»Öffnen Sie die Verbindung«, sagte Sisko.

Dax mußte nur einen Finger bewegen. »Verbindung ist geöffnet.«

»Hier ist Captain Sisko. Ich weigere mich, die Schilde zu deaktivieren. Sie befinden sich im Zuständigkeitsbereich von Starfleet, und ich werde mich Ihnen nicht ergeben. Jedes Verbrechen, das in dieser Station begangen wurde, wird nach den Gesetzen der Föderation geahndet. Jede Person, die sich an Bord dieser Station befindet, hat das Recht, die Föderation um Asyl zu bitten.«

»Selbst wenn sie beabsichtigt, Ihre Station zu erobern?«

»Ja, selbst dann.«

»Vielleicht könnte ich Ihnen ein paar Soldaten borgen, die das Problem auf cardassianische Weise lösen werden.«

Sisko lächelte ohne Freundlichkeit. »Vielen Dank, aber das wird nicht nötig sein.«

»Sir!« mischte sich Kira ein.

»Einen Augenblick«, sagte Sisko und gab Dax ein Zeichen, die Verbindung zu schließen. Dann drehte er sich zu Kira um. »Was gibt es?«

Sie streckte ihm die offene Handfläche hin. »Warum tun wir es nicht einfach? Warum liefern wir ihnen diese

Kerle nicht einfach aus? Damit wären doch alle unsere Probleme gelöst! Sollen sich die Cardassianer mit diesen Parasiten herumärgern!«

Sisko beobachtete sie aus schwarzen Augen, während er über ihre Worte nachdachte. Er konnte ihr ansehen, wie sehr sie sich wünschte, endlich die Cardassianer loszuwerden, denn sie gab sich keine Mühe, dies zu verbergen.

»Nein«, sagte er nach einer Weile. »Ganz gleich, was sie im Schilde führen, ich weigere mich einfach, auf ihr Spiel einzugehen. Sie wollen mir Vorschriften machen, also werde ich mit keiner Seite kooperieren, bevor ich herausgefunden habe, was wirklich gespielt wird. Oder bevor Starfleet eintrifft. Dax, stellen Sie mich wieder durch.« Er wartete ab, bis die Verbindung geöffnet war, und sagte dann: »Ich werde auf keine Kompromisse eingehen. Deaktivieren Sie Ihre Waffensysteme, kehren Sie mit Ihrem Schiff um und verlassen Sie so schnell wie möglich diesen Raumsektor.«

Es gab eine längere Pause. Der geöffnete Kanal rauschte leicht, während die Sendesysteme versuchten, die Störeffekte zu neutralisieren.

Schließlich meldete sich die Stimme zurück.

»Nein!«

Sisko zuckte eine Schulter. »Um ehrlich zu sein, ich habe bereits mit einer solchen Antwort gerechnet. Also gut, dann versuchen wir es auf die harte Tour. Verbindung schließen. Phaser auf zwei Drittel Energie hochfahren. Feuern. Sie sollen wissen, daß ich es ernst meine.«

Kira stieß sich die Hüfte, als sie sich in den Sessel neben Dax warf. Es war der Posten eines Offiziers, den sie zur Unterstützung der Evakuierungsaktion abkommandiert hatte. Die Kontrollen gaben ihren Händen ein gutes Gefühl, als sie die Waffen justierte, das Ziel erfaßte und mit einem Fingerdruck den Angriff auslöste. Es war ein sehr gutes Gefühl.

Auf dem Bildschirm war zu sehen, wie ein roter Phaserstrahl die Waffentürme der Station verließ und die Deflektoren des Schiffes der Galor-Klasse aufleuchten ließ. Elektrische Entladungen umhüllten das Schiff und verteilten sich als lachsfarbener Funkenregen im Weltall.

»Direkter Treffer an den vorderen Schilden.« Kira blickte sich erwartungsvoll zu Sisko um.

»Das kam recht plötzlich, Sir«, bemerkte Dr. Bashir, erklärte aber nicht genauer, wie er seine Bemerkung meinte.

Sisko ließ das Schiff auf dem Hauptbildschirm nicht aus den Augen. »Ich habe ihnen eine Chance gegeben«, sagte er. »Sie können sich glücklich schätzen, daß ich nicht sofort gefeuert habe.«

»Ich stehe hinter Ihrer Entscheidung«, sagte Kira.

»Das dachte ich mir«, erwiderte Sisko.

»Der Treffer hat keinen Schaden angerichtet«, sagte Dax. »Sie hatten ihre Schilde aktiviert. Sie wußten, daß wir kämpfen würden. Jetzt kehren sie um ... und beziehen eine neue Gefechtsposition.«

»Sie feuern!« Kira stemmte die Füße auf den Boden und hielt sich mit den Händen an der Konsole fest, doch als die Station unter dem Treffer erbebte, hatte sie trotzdem das Gefühl, daß für sie die ganze Welt zusammenbrach. Mit Planeten und Schiffen kannte sie sich aus, aber sie hatte sich immer noch nicht daran gewöhnt, die frei im All schwebende Station, die weder Festland noch ein Raumschiff war, unter den Füßen zu haben, während sie kämpfte.

»Sie haben gefeuert!« platzte es aus Kira heraus. »Sie haben tatsächlich auf die Station gefeuert, in der sich ihre eigenen Leute befinden!«

Sisko nickte. »Damit wissen wir jetzt, daß ihnen nicht sehr viel am Wohlergehen des Gul und seiner Mondsichel liegt.«

Dax meldete: »Sie haben die Generatoren unseres Steuerbordschildes getroffen.«

»Doktor«, sagte Sisko. »Würde es Ihnen etwas ausmachen, die Kontrollen der Manöverdüsen zu übernehmen?«

»Oh, natürlich nicht ... ja, Sir.«

»Quark!«

Der Ferengi funkelte ihn aus mißtrauischen kleinen Augen an. »Was ist? Ich habe überhaupt nichts getan! Ich habe mich die ganze Zeit nicht von der Stelle gerührt!«

»Setzen Sie sich bitte auf den Platz dort und übernehmen Sie die Kontrollen.«

»Aber ich weiß doch gar nicht, wie ich damit umgehen soll!«

»Ich werde Ihnen schon sagen, was Sie tun sollen.«

»Ich protestiere!«

»Zur Kenntnis genommen. Und jetzt tun Sie, was ich Ihnen gesagt habe. Major, Phaser auf volle Energie und nach eigenem Ermessen feuern!«

Kira biß sich auf die Unterlippe und bediente mit kribbelnden Fingern die Kontrollen. Das cardassianische Schiff steckte die Treffer ein und erwiderte jeden Schuß. Trotzdem wagte der Gegner es nicht, die leistungsstarken vorderen Deflektoren von der Station wegzudrehen, solange er unter vollem Beschuß lag. Kira beobachtete auf ihren Monitoren, wie die schwere *Rugg'l* von ihren Treffern erschüttert wurde. Das Schiff befand sich an der Grenze der effektiven Reichweite und erwiderte regelmäßig das Feuer. Die Schüsse zuckten hin und her, ohne Schaden anzurichten. Es war eine Belagerung, wie sie im Buche stand.

»Captain Sisko!«

Odos Gesicht zerfloß für einen kurzen Moment, bevor er sich wieder in der Gewalt hatte. Er drehte sich mit seinem Sessel herum und wäre beinahe heruntergefallen.

»Die *Defiant*! Das ist ihr Ziel! Der Hohe Gul weiß, daß wir über ein voll bewaffnetes Kampfschiff verfügen!«

Sisko wandte ihm den Kopf zu und schlug dann mit der Faust auf die Konsole, nicht sehr hart, aber hart genug, um zu verraten, wie er sich fühlte. »Verdammt!«

»Wie ist das möglich?« hakte Kira nach. »Es wird auf keinem Grundriß der Station anzeigt! Es ist nicht einmal im Stationscomputer registriert!«

»Offiziell gibt es das Schiff gar nicht«, murmelte Dax.

»So ist es«, sagte Sisko, »aber es ist ein offenes Geheimnis. Es ist recht schwer, ein Raumschiff vor dem Verkehr rings um die Station zu verstecken.«

Dax saß da, als wartete sie darauf, daß ihr jemand die Fingernägel manikürte, und zwinkerte ihm zu. »Nicht wenn man die Annäherungsvektoren geschickt programmiert. Du wärst überrascht, wie viele Schiffe die Station angeflogen und verlassen haben, ohne ein einziges Mal die *Defiant* zu Gesicht zu bekommen.«

Sisko erwiderte ihren süffisanten Blick und brummte: »Ich wußte, daß sich unter deiner glatten Schale ein Teufel verbirgt, alter Knabe.«

»Was sonst?«

»Wie kann also jemand, der in den Eingeweiden der Station herumkriecht und ein paar Diagramme vom Computer abgerufen hat, um sich zurechtzufinden, einen Hinweis darauf erhalten, daß hier ein Kampfschiff angedockt ist?«

Ein paar Sekunden vergingen, bis alle fünf gleichzeitig die einzige Lösung dieses Rätsels aussprachen: »Garak!«

Kira stieß sich wütend von ihrer Konsole ab und raufte sich die Haare. »Diese Schlange! Ich hätte ihn beim ersten Anzeichen von Schwierigkeiten einsperren sollen! Diese hinterlistige, undankbare Schlange!«

»Kommen Sie, Major, Garak ist nicht von Grund auf böse«, protestierte Bashir. »Er wird von allen gut behandelt, er hat Freunde in der Station, er hat hier ein anständiges Leben geführt ...«

»Aber er ist hier nur im Exil!« gab Kira zurück. »Er

würde alles tun, um die Machtverhältnisse in der cardassianischen Regierung zu seinen Gunsten zu verändern.«

»Kira«, sagte Sisko streng, »Sie kommen mit mir. Odo, Sie auch. Wir besetzen die *Defiant*, bevor die anderen es tun.«

Kira spürte, wie ihr Pulsschlag sich beschleunigte, als sie sich aus ihrem Sessel erhob. »Ja, Sir!«

15

Die Todesangst ist so alt wie die Zeit und genauso erbarmungslos. Schmerz, Überraschung, Erniedrigung und der Schock, daß die Drohung schließlich zur Gewalt eskaliert – all das gehört untrennbar zum Kampf.

Rauch quoll über die Brücke der *Rugg'l*. Gul Fransu versuchte ihn mit der Hand zu vertreiben, obwohl er wußte, daß es sinnlos war, weil ständig neuer Rauch entstand. »Was ist mit der Ventilation? Und wo ist die zweite Brückenbesatzung?«

»Die Leute wurden beim zweiten Treffer in einem Korridor getötet.« Der Rauch brannte in Renzos Kehle. »Ich habe zwei neue Leute angefordert, dazu einen Waffenspezialisten. Die Waffensysteme sind beschädigt, die Warp-Energie ist um ein Fünftel reduziert, der Unterlichtantrieb um ein Viertel.«

»Benutzen Sie die vorderen Strahltriebwerke, um uns wegzubringen. Verschaffen Sie uns etwas Luft. Legen Sie die restliche Energie auf die Schilde, und stoppen Sie dann. Wir müssen sie nur weiter unter Beschuß halten. Können Sie etwas sehen?«

»Es geht so.«

Fransu hörte, wie Renzo nach links verschwand, und bewegte sich dann blind durch den verqualmten Raum. Er verbrannte sich zweimal die Finger an zerstörten Konsolen, bis er die technische Station fand und Anweisungen an die unteren Decks eingab. Er ging einfach davon aus, daß unten noch jemand am Leben war, der seine Befehle ausführen konnte.

Renzo taumelte ins Zentrum der Brücke und preßte eine Hand auf seinen verwundeten Arm, während er den im Weltall hängenden Krebspanzer von Terek Nor auf dem knisternden Bildschirm betrachtete. »Sie ist größer, als ich gedacht hatte.«

»Der Schein trügt«, bemerkte Fransu, als er zum Kommandosessel zurückkehrte und neben Renzo trat. »Sie sieht cardassianisch aus, ist es aber nicht mehr. Wenn der Hohe Gul herausfindet, wieviel Zeit er dort im Tiefschlaf verbracht hat, wird er einen großen Schock erleiden.«

»Ein solcher Schock kann einen Mann umbringen«, setzte Renzo zur Bestätigung hinzu.

Fransu nickte nur. »Konzentrieren Sie unsere gesamte Energie auf die Schilde und Waffen. Wir sind ein Kampfschiff, und das da drüben ist nur eine Station. Wir können mehr als sie einstecken. Ihre Schilde werden früher als unsere zusammenbrechen, und eine Station kann nicht fliehen. Dann ist sie nur noch ein Metallstück, das wir mühelos in Stücke schneiden können. Und nehmen Sie Verbindung mit der nächsten Kommunikationsdrohne auf, damit sie aufhört, diesen Sektor zu blockieren. Ich möchte die Stimme des Hohen Gul noch ein einziges Mal hören, bevor ich ihn vernichte.«

Renzo blickte ihn an, dachte eine Weile nach und sagte dann besorgt: »Ich sollte versuchen, Ihnen das auszureden.«

Fransu erwiderte seinen Blick, reckte die Schultern und betrachtete wieder die riesige Station, die sich langsam mit ihren weißen Positionslichtern im Raum drehte.

»Aber Sie werden es nicht tun.«

Er beobachtete voller Zufriedenheit die Station, von der bald nur noch Trümmer existieren würden. Das einzige, was seine Stimmung trübte, war die Notwendigkeit, seine Besatzung töten zu müssen, wenn alles vorbei war. Außerdem mußte er sein Schiff aufgeben, nachdem er und Renzo in eine Rettungskapsel umgestiegen waren. Dann konnten sie sich in Ruhe eine Geschichte ausdenken, die die Ereignisse dieser Stunden erklärte. Sie konnten ihrer Phantasie freien Lauf lassen, solange sie nichts von dem erwähnten, was wirklich geschehen war.

Es war nicht das Ende, das er vor so vielen Jahren für sich selbst, für den Hohen Gul und die Elitegarde vorgesehen hatte, denn seitdem hatte sich einiges verändert. Außerdem war er jetzt älter. Er würde nun die Gelegenheit erhalten ...

»Renzo!« Fransu fuhr mit einem Ruck aus seinem Sitz hoch. »Was ... was ist das? *Was ist das?*«

»Wo?«

»Am unteren Andockmast!«

Unter der Station kam durch die langsame Rotation des riesigen Gebildes in diesem Moment etwas in Sicht, das wie eine Spinne an einem glitzernden Netz hing. Es war ein flaches Raumschiff, das sich kaum von der Dunkelheit des Weltraums abhob. Die Scheibe besaß an der Seite stumpfe Antriebsflansche und vorne eine schaufelförmige Schnauze. Das gedrungene Schiff bot einem Gegner nur sehr wenig Angriffsfläche, wenn es sich im direkten Anflug befand. Die Farbe der Außenhülle war in Blau- und Grautönen gehalten und erstrahlte keineswegs in dem freundlichen Glanz, der bei Föderationsraumschiffen üblich war. Es machte vielmehr den Eindruck geballter Kraft und reiner Zweckmäßigkeit.

»Das ist die *Defiant*«, keuchte Fransu, während er auf den Hauptbildschirm starrte. »Ich habe davon gehört. Sie wurde für die Kriege gegen die Borg entwickelt.«

»Wenn das Schiff dazu gedacht ist, gegen die Borg eingesetzt zu werden, und wenn wir jetzt dagegen kämpfen müssen ...«

Fransu zog sich an der Navigationskonsole nach

vorn, um näher an den Bildschirm zu kommen. Seine Augen starrten unentwegt auf das schmucklose Schiff, das die Situation plötzlich verändert hatte.

»Warum ist es noch nicht gestartet? Wieso liegt es einfach so am Dock?«

»Vielleicht wird es gerade repariert.« Renzo gab sich sichtlich Mühe, seine Aufregung zu verbergen, die er bei diesem Anblick empfand. »Vielleicht haben sie gar keine Besatzung, die es fliegen kann. Vielleicht ist der Warpkern gar nicht ... vielleicht ...«

»Das spielt keine Rolle«, krächzte Fransu. »Die Situation hat sich grundlegend geändert. Wenn dieses Schiff flugtauglich ist, müssen wir handeln, bevor es starten kann! Ich will auf keinen Fall gegen diesen Schlachtkreuzer kämpfen. Schnell, Renzo! Jetzt geht es um jede Sekunde! Verdoppeln Sie unsere Feuerkraft und opfern sie dazu alles, was nötig ist. Fliegen Sie näher an die Station heran und feuern Sie aus allen Rohren. Wir können uns keine gemütliche Belagerung mehr erlauben. Wir müssen die Festung stürmen! Wir müssen die Station erledigen, bevor sie dieses Ding einsetzen können!«

»Sagen Sie etwas, Dax! Funktioniert der Kommunikator?«

»... meiste, aber es gibt ... Störungen, Kira. Ich werde ... dazuschalten. Können Sie mich jetzt besser verstehen?«

»Ja, jetzt geht es. Sir, die Kommunikatoren arbeiten wieder. Mehr oder weniger.«

Sisko ging vor ihr durch den düsteren, verstaubten Schacht, den sie nehmen mußten, um den immer noch versiegelten Sektionen auszuweichen. Sie konnte seine gemurmelte Antwort kaum verstehen. »Gut.«

Dieser Gang war im Grunde nur eine Röhre, die durch das Skelett der Station führte, und nicht für ein schnelles Vorankommen, sondern für Wartungsarbeiten gedacht. Der Schacht wirkte besonders unheimlich und beengend, während die Station immer wieder unter dem Beschuß durch Gul Fransus Schiff erbebte. Der Cardassianer feuerte pausenlos und schien darauf zu hoffen, irgendwann die Deflektoren zu zermürben und durchzubrechen. Es könnte ihm vielleicht sogar gelingen. Falls sie ihm genügend Zeit ließen.

Auf Händen und Knien kroch Kira hinter Sisko her und hielt immer wieder an, um sich umzudrehen und nachzuschauen, wie es Odo ging. Bei jedem Blick erhielt sie dieselbe Antwort – nicht sehr gut. Jede Bewegung zehrte an seinen Kräften. Er mußte sich buchstäblich zusammenreißen. Odo hatte nun schon äußerst lange seine humanoide Gestalt aufrechterhalten, was für ihn zu einer Tortur geworden war. Falls er nachlässig wurde, sich auszuruhen wagte oder irgendwie das Bewußtsein verlor und in seinen flüssigen Zustand zurückfiel – *Bumm!* Doch er war schon immer reserviert gewesen und hatte sich im Hintergrund gehalten, während er selbst unter Außenseitern als Außenseiter lebte. Odo kannte seine Aufgaben und beschwerte sich niemals, nicht einmal unter den schwierigsten Bedingungen. Er war einsam wie ein Adler, der hoch über der Menge schwebte, jedoch nie den Überblick verlor.

Jetzt hatte er seine gewohnte Beweglichkeit verloren, und er zitterte. Trotzdem hielt er Kiras besorgten Blicken stand, die ihm versichern sollten, daß sie sich nach Kräften um sein Problem kümmern würden. Er ließ sich jedoch nicht darauf ein, sondern vermittelte durch seine Gesetztheit, daß er es schaffen würde, daß die Aufgabe, die Eindringlinge zu suchen und zu stellen, ihn von seiner Erschöpfung ablenkte. Möglicherweise stimmte das sogar, aber vielleicht war es auch nur etwas, das er sich selbst einredete.

Kira kam zu keiner eindeutigen Schlußfolgerung und kroch weiter.

»Major«, sagte Sisko, als er vor ihr den Gang verließ und einen freien Korridor im Andockmast betrat. »Ich habe über die zwei Leute nachgedacht – Gul Fransu und der Hohe Gul –, mit denen wir uns herumschlagen müssen. Was halten Sie von ihnen?«

Sie nahm seine ausgestreckte Hand und ließ sich von ihm aus der Röhre helfen. »Ich glaube, sie sind kampflustig, hartnäckig und ... nun, es sind Cardassianer. Doch dieser Hohe Gul ist ein unbekannter Faktor. Wir können nicht damit rechnen, daß er sich so verhält, wie wir es von Cardassianern gewohnt sind.«

Odo, der sich immer noch im Kriechgang befand, sah mitgenommen und zerschunden aus, obwohl sich ein Gestaltwandler im Grunde keine solchen Verletzungen zuziehen konnte. Ihnen allen war die Gefährlichkeit seines Zustandes bewußt, und selbst er wußte nicht, wieviel er noch einstecken konnte.

»Leider haben wir keine Zeit für eine Nachhilfestunde in cardassianischer Kultur und Geschichte. Kommen Sie, Constable.« In der dürftigen Notbeleuchtung glänzte Siskos Gesicht vor Schweiß, als er den erschöpften Sicherheitsoffizier aus der Öffnung zerrte. »Wir haben zuerst diese zum Leben erweckten Toten, die unsere Station sabotieren, dann eine Kommunikationsstörung des gesamten Sektors, die alle Vorzeichen einer Invasion aufweist, und dann kommt plötzlich nur ein einzelnes Schiff.«

Durch die Station lief unvermittelt ein heftiger Ruck. Sisko und Kira taumelten, blieben jedoch auf den Beinen. Nur Odo stürzte und landete auf einem Knie.

Sisko eilte ihm schnell zu Hilfe. »Was zum Teufel war das?« Er tippte auf seinen Kommunikator. »Dax! Was ist da los?«

»Gul Fransu ist näher gerückt, Benjamin. Er will sich offenbar nicht mehr damit begnügen, aus sicherer Entfernung zu schießen, wo er nur auf Glückstreffer hoffen kann. Er greift mit voller Wucht an.«

»Wehren Sie ihn ab, so gut Sie können. Wir werden uns beeilen.«

»Verstanden.«

»Sisko Ende.« Er überholte Kira und rief ihr zu: »Wir dürfen keine Zeit verlieren. Ein paar solche Treffer können die Station in wenigen Minuten zerfetzen.«

Kira mußte sich dazu zwingen, Odo sich selbst zu überlassen, und eilte an Siskos Seite durch den freien Korridor. Es war recht kühl. Dax hatte recht – diesen Andockmast hatte sie fast ausschließlich für die *Defiant* freigehalten, also hielt sich hier unten kaum jemand auf. Es war nicht genügend Zeit gewesen, den Bereich über die Basistemperatur hinaus zu erwärmen.

»Sir, wollen Sie damit andeuten, daß wir zwischen die Fronten eines Privatkrieges geraten sind?«

»So sieht es aus«, brummte Sisko frustriert. »Gul Fransu taucht auf und fordert, daß wir ihm die ›Geisel‹ ausliefern, die wir angeblich festhalten, seinen Hohen Gul, und als wir ihm einen Vogel zeigen, beschießt er uns aus vollem Rohr. Würden Sie eine Einrichtung beschießen, in der sich ein legendärer Führer Ihres Volkes befindet?«

»Nein. Sie haben recht. Das wäre Unsinn.«

»Es sei denn, Sie wollten ihn unbedingt aus dem Weg schaffen.« Sie drehte sich erneut zu Odo um.

Mit seinen langen Beinen kam Sisko schneller als sie voran, also mußte Kira wieder an seine Seite eilen. Diesmal gab sie sich Mühe, mit ihm Schritt zu halten. »Glauben Sie das wirklich? Dann würde hinter der ganzen Aktion eine völlig andere Strategie stecken.«

»Genau das denke ich. Spüren Sie die Salven, die der Kerl auf uns losläßt? Er meint es ernst. Ich weiß nicht, was die zwei Männer miteinander verbindet, aber ich wette, es ist eine lange und spannende Geschichte. Und ich wette, daß das Cardassianische Zentralkommando keine Ahnung hat, daß Gul Fransu sich hier aufhält.«

»Sie glauben, er handelt auf eigene Faust? Ein Angriff auf die Föderation...« Kiras Worte gingen zum Teil im Getöse des nächsten Treffers unter. Sie hielten sich aneinander und an den Wänden fest, bis die Erschütterungen nachließen. »Er wagt es, sich ganz allein gegen die Föderation zu stellen?«

»Ich hoffe es«, sagte Sisko. »Andernfalls würde das Krieg bedeuten.« Er hielt neben einer Laderampe an und tippte auf seinen Kommunikator. »Sisko an O'Brien.«

Das kleine Gerät zwitscherte, knisterte und verstummte dann. In diesem Augenblick der Stille wurde Kira erst bewußt, was Sisko gerade zu ihr gesagt hatte.

Er hatte von Krieg gesprochen. Und es schien, als wäre er auf alles gefaßt. Trotz allem, was ihm im Laufe seines Lebens zugestoßen war und was sich in den vergangenen Stunden ereignet hatte, war er immer noch ein Starfleet-Offizier. Die Verteidigung der Station und Bajors war ihm wichtiger als sein eigenes Leben oder das seines Sohnes. In diesem Moment schämte Kira sich dafür, daß die meisten Bajoraner immer noch der Ansicht waren, die Föderation sollte ihren Planeten lieber heute als morgen in Ruhe lassen.

»Sisko an O'Brien. Melden Sie sich, Chief!«

Eine weitere Erschütterung warf sie gegen die Wand, doch von O'Brien kam immer noch keine Antwort.

»Sisko an Dax. Können Sie mich noch empfangen?«

»Dax hier. Ja, ich kann Sie hören, Benjamin. Nicht sehr deutlich, aber ich könnte vielleicht ...«

»Ich bekomme keine Verbindung zu O'Brien. Können Sie ihn erreichen?«

»Es scheinen noch einige Fehlerquellen im System zu stecken. Der Hohe Gul hat ganze Arbeit geleistet, und er ist nicht gerade zimperlich vorgegangen. Ich hatte bereits Kontakt mit O'Brien, aber er dürfte allmählich am Ende seiner Kräfte sein.«

»Sagen Sie ihm, er soll mehr Energie für die Deflektorschilde zur Verfügung stellen. Und treiben Sie

Fransu mit gezielten Phasersalven zurück. Je heftiger, desto besser. Schützen Sie die *Defiant* um jeden Preis, bis wir sie gestartet haben. Opfern Sie lieber andere Bereiche der Station, wenn es nicht anders geht. Ich brauche noch ein wenig Zeit. Haben Sie verstanden?«

»Verstanden.«

»Lassen Sie die Verbindung geöffnet. Vielleicht stabilisiert sie sich, wenn sie aktiv bleibt. Sisko Ende.« Er griff nach Kiras Ellbogen und drängte sie weiter. »Major, wenn wir in der *Defiant* sind, möchte ich, daß Sie die Andockklammern per Hand lösen, für den Fall, daß Fransu seine Sensoren ...«

Der Korridor erstrahlte plötzlich in hellrotem Licht, und weiße Funken flogen durch die Luft. Ein Strahl vernichtender Energie schoß so dicht an Siskos Kopf vorbei, daß sein Haar versengt wurde, als er geduckt zurückwich und dabei Odo mitriß. Er zog seinen Phaser und feuerte ungezielt in den Korridor. Vor ihnen lag eine Gangkreuzung, von der die Schüsse gekommen waren.

Unmittelbar darauf kam ein weiterer Energiestrahl aus dieser Richtung und hinterließ eine schwarze Zeichnung auf der Wand.

Kira war mitten ins Kreuzfeuer geraten und hastete zur Seite. Sie prallte gegen eine Wand, ließ sich fallen und rollte über den Boden auf Sisko zu. Er packte ihre Schulter und zog sie um die Ecke.

»Wieso haben sie uns verfehlt?« keuchte sie, während der Gestank nach verbranntem Metall in der Luft hing. »Sie hatten uns hier doch genau im Visier!«

»Ich weiß es nicht«, stieß Sisko hervor. »Vielleicht sind ihre Augen noch etwas verschlafen.«

»Oder sie haben Probleme damit, unsere Phaser zu benutzen.«

»Wie meinen Sie das?«

Kira lehnte sich mit dem Rücken gegen die kühle Wand. »Manchmal werden Elitesoldaten mit Spezialwaffen ausgerüstet und nur daran ausgebildet. Auf Bajor waren wir Guerillakämpfer, und für uns lautete die erste Regel, daß wir uns durch den Feind mit Waffen versorgen müssen. Wir konnten mit jeder beliebigen Waffe umgehen und aus allem Möglichen Waffen herstellen. Die Cardassianer konnten nur ihre eigenen benutzen.«

»Ich verstehe. Wie viele sind es? Haben Sie etwas erkennen können?«

»Tut mir leid, ich habe überhaupt nichts gesehen«, mußte sie zugeben.

Sisko preßte die Lippen zusammen und starrte in den Korridor. Im flackernden Licht suchte er nach einem Ziel, was ihm anscheinend jedoch nicht gelang. »Wir können uns diese Verzögerung nicht leisten ...«

»Ich werde sie aus der Reserve locken«, schlug Odo vor. »Ich kann einen Phasertreffer verkraften.«

»Zu gefährlich, Constable. Nicht nur für Sie, sondern für uns alle. Wir wissen nicht, wie das spaltbare Material in Ihrem Körper auf Phaserenergie reagiert. Außerdem gefällt mir die Idee nicht.«

»Sir«, sagte Kira. »Der seitliche Korridor ist hufeisenförmig gekrümmt und trifft hinter uns wieder auf diesen Hauptgang. Wenn die Cardassianer sich aufteilen, können sie uns in die Zange nehmen, und wir sind dann ohne Deckung.«

Sisko blickte sich um. Hinter ihnen zweigte ein weiterer Seitenkorridor vom düsteren, leicht gekrümmten Gang ab. »Beziehen Sie dort Stellung. Ich werde versuchen, Sie hervorzulocken. Odo, bleiben Sie hinter mir!«

»Widerstrebend«, murmelte Odo. Er griff nach seinem eigenen Phaser, doch dann fiel sein Arm schlaff herab. Er stemmte sich mit den Schultern gegen die Wand und schloß für einen Moment die Augen. Sein Gesicht sah aus wie schmelzendes Plastik, in dem sich orangefarbene Flecken bewegten, während er darum kämpfte, seine Gestalt beizubehalten.

Kira widerstand der Versuchung, ihm aufmunternd auf die Schulter zu klopfen, hauptsächlich weil sie befürchtete, ihre Finger könnten Druckstellen hinterlassen, die ihm vielleicht nur noch mehr Schwierigkeiten machten. Geduckt schob sie sich an ihm vorbei und näherte sich dann der hinteren Gangkreuzung. Als sie in den dunklen Korridor blickte, kam ihr der Gedanke, sich hineinzuschleichen und ihre Gegner von hinten zu überraschen. Mit einem breit gefächerten Schuß konnte sie alle gleichzeitig betäuben. Oder sie alle töten.

Wie viele waren es? Würde sie zwei oder zehn Cardassianern gegenüberstehen? Waren sie auf die komplette Gruppe der abtrünnigen Cardassianer gestoßen, oder war dies nur ein Stoßtrupp, der sie abfangen sollte, bevor sie die *Defiant* erreichten?

Sie horchte auf die Geräusche vor ihr und versuchte die Phaserschüsse zu zählen. Sisko hatte geschossen. Das bedeutete, daß er ein Ziel erkannt hatte. Sie hätte ihn beinahe gerufen und gefragt, wie viele Gegner er erkannt hatte, aber damit würden sie nur ihre Unwissenheit preisgeben. Ihre Erfahrung warnte sie davor, so etwas zu tun. Es war besser, nicht genau Bescheid zu wissen, als dem Feind irgendwelche Informationen zu übermitteln.

Ein dröhnendes Krachen hallte durch die Station, als sie einen erneuten Treffer erhielt. Der Schlag erschütterte die Struktur bis ins Mark.

Sie wurden von außen und innen durch Feinde bedroht. Plötzlich war Kira wild entschlossen, dieses alte Monstrum, das zu ihrem neuen Zuhause geworden war, zu verteidigen. Sie packte ihren Phaser und suchte in der Dunkelheit nach einer verdächtigen Bewegung. Wenn sie keine Dummköpfe waren, würden sie durch diesen Gang kommen. Kira war bereit.

Es sei denn, sie rechneten damit, daß sie hier erwartet wurden, daß jemand den Zugang bewachte ... Oder sie hatten sich diese Stelle aus einem ganz bestimmten Grund ausgesucht!

Vielleicht war genau das ihr Plan – daß sie von Sisko getrennt wurde! Um ihre Kräfte zu schwächen!

»Sir!« rief sie und drehte sich um, doch sie sah nur Siskos breite Schultern und Odo, der sich hinter ihm an die vibrierende Wand kauerte. Im hellen Zischen der Phaserschüsse aus dem Korridor und im Getöse der Einschläge von draußen konnten die beiden sie nicht hören. Der Lärm vereinte sich zu einer Höllenmusik, und Kira wünschte sich sehnlichst ein paar Sekunden Stille.

Sie sah Energiestrahlen, die über Siskos Kopf durch die Luft schnitten und ihr Ziel weit verfehlten.

»Sir!« rief sie. Jetzt konnte sie keine Rücksicht mehr nehmen.

Als die Decke über Sisko und Odo ein Stück absackte, erkannte Kira, was ihr bisher entgangen war. Die Cardassianer stellten sich keineswegs ungeschickt mit den Phasern an. Sie kannten sich gut mit der Architektur der Station aus, und deshalb waren die Deckenstreben ihr Ziel.

Ein lautes Gepolter übertönte den Lärm der Treffer, die die Station durch Gul Fransus Beschuß erhielt. Kira warf sich zu Boden, als der Korridor über ihr zusammenbrach. Metallsplitter, Isoliermaterial und Staub drangen ihr in Mund und Augen. Das Heulen der Phaser verstummte. Dann folgten noch zwei Schüsse, bis Ruhe eintrat. Die Luft wurde schwer und stickig.

Plötzlich sehnte sie sich nach dem Kampflärm zurück.

Sie schüttelte die Trümmer ab und verließ die Gangkreuzung, zu der die Cardassianer sie gelockt hatten. Sie kam nur mühsam voran, weil der Schutt ihr den Weg versperrte.

»Sir!« rief sie noch einmal. Das war dumm von ihr. Wenn er nicht antwortete, wußten die Cardassianer, daß sie ihn außer Gefecht gesetzt hatten und ungestört vorrücken konnten.

Es gab eine knisternde Explosion aus Funken an der Stelle, wo Sisko und Odo in Deckung gegangen waren. Ein Teil der Wand löste sich und legte elektrische Leitungen frei, die ihre Energie an die Luft abgaben.

Dort waren sie – zwei große Cardassianer in merkwürdiger Kleidung. Sie stöberten in den Trümmern und waren in eine Wolke aus Staub und Rauch gehüllt.

Ein ohrenbetäubendes Krachen erschütterte die Station in drei aufeinanderfolgenden Wellen. Der Boden erzitterte wie bei einem Erdbeben.

Kira blieb flach ausgestreckt liegen und brachte dann ihren Phaser in Anschlag.

Doch ihre Finger weigerten sich, den Auslöser zu drücken. Als sie darauf blickte, sah sie Blut an ihren Fingerknöcheln. Ihre tauben Hände zuckten unkontrolliert, und es kribbelte in ihren Unterarmen. In einer Minute wäre die Taubheit bestimmt verschwunden, aber hatte sie noch so viel Zeit?

Sie ließ den Phaser in ihre linke Hand fallen und ballte die rechte zu einer Faust. Sie öffnete und schloß sie ein paarmal. Sie mußte es schaffen! Sie mußte zielen... und feuern...

Aus den Trümmern erhob sich mit einem Ruck eine große, dunkle Gestalt, wie das Monstrum aus einem Horrorholo. Stücke aus Metall und Plastik rieselten von Siskos Kopf und seinen Schultern. Sein Gesicht war staubbedeckt und grau, so daß er für einen Augenblick wie ein toter Cardassianer aussah. Das Sirren seines Phasers erklang in zwei kurzen Stößen.

Einer der Cardassianer schrie auf und hob die Arme, doch der zweite war nicht in der Lage, noch eine Bewegung zu machen oder einen Laut von sich zu geben. Die Luft wurde wieder heiß und übelriechend, als die zwei Gestalten sich wie brennendes Papier auflösten.

Der Boden unter Kira erbebte mit einem tiefen Grollen.

Wieder ein Treffer. Die Station würde diesem Beschuß nicht ewig standhalten. Sie mußten unbedingt die *Defiant* starten. Sie brauchten ein mobiles Kampfschiff.

Es gelang ihr, den Phaser wieder mit der rechten Hand zu greifen. Schmerzen schossen durch ihre Arme, als die Taubheit nachließ. Wenn sie doch nur den Auslöser spüren könnte ...

»Major?«

Rauch trübte ihr Sichtfeld. Jetzt schmerzten auch ihre Schultern. War das ein gutes oder ein schlechtes Zeichen?

»Sie bluten. Warten Sie, ich helfe Ihnen auf.«

Der Boden wich zurück, und auf einmal hing sie in der Luft. Sie atmete schwer, während sich alles in ihrem Kopf drehte. Als der Schwindel nachließ, spürte Kira allmählich, daß Hände über ihre Arme tasteten und sie nach Verletzungen absuchten. Unter Schmerzen kehrte das Gefühl in ihren Oberkörper zurück. Sie konnte wieder ihre Finger spüren. Endlich.

»Das sieht nicht gut aus«, sagte Sisko. Er wirkte erschöpft, als er sich durch die Trümmer wühlte. »Aber es sind keine ernsthaften Verletzungen. Ein paar Abschürfungen, vielleicht ein oder zwei elektrische Schläge. Ich glaube, Sie hat es am schlimmsten getroffen. Odo und ich waren durch die herabgestürzte Deckenverkleidung vor den Entladungen geschützt.«

Kira räusperte sich und zwang sich zum Sprechen. »Sie sind der erste, der sich darüber freut, daß ihm die Decke auf den Kopf gefallen ist.«

»Richtig. Tja ... diese beiden waren leicht zu überrumpeln.« Sisko blickte sich im Korridor um und half dann Odo auf die Beine. »Können Sie stehen?«

»Ja«, krächzte Odo und stützte sich mit einer Hand

an den Überresten der Wand ab, um seine Behauptung zu untermauern.

»Das nennen Sie leicht?« Kira hustete, als ihr wieder Staub in die Lungen drang.

»Leicht zu täuschen, meine ich«, sagte Sisko. »Nachdem die Decke eingestürzt war, gingen sie davon aus, daß ich erledigt war, und kamen aus der Deckung. Diese Unvorsichtigkeit habe ich ausgenutzt.«

Kira wischte sich Staub und Schmutz von den immer noch kribbelnden Armen. »Ich ebenfalls.«

»Jedenfalls sind es jetzt zwei weniger. Stellen Sie Ihren Phaser so ein, daß unsere Gegner nicht wieder aufstehen können. Ich möchte Mister Mondsichel beweisen, daß mit uns nicht zu spaßen ist. Major, wie viele Schläfer befanden sich in der Katakombe? Erinnern Sie sich?«

»Waren es nicht zwölf? Oder elf?«

»Das heißt, daß wir es jetzt mit sieben oder acht zu tun haben, wenn man auch die zwei abzieht, die schon früher getötet wurden.« Er blickte in den finsteren Korridor des Andockmastes, und seine Gesichtszüge verhärteten sich. »Ich kann es auch mit neun aufnehmen.«

Der Hohe Gul erschauderte zufrieden. Sisko war gekommen, um die *Defiant* vor dem Zugriff seiner Feinde zu bewahren, aber der Feind war bereits da.

»Attacke!«

Das war sein Lieblingsschlachtruf. Er klang viel besser als ›Vorstoß‹ oder ›Angriff‹ oder ›Vorwärts‹, was von anderen Feldherrn in seiner Zeit benutzt worden war. Es war ein erhebendes Gefühl, diesen Befehl noch einmal brüllen zu können. Er lebte für den Kampf, er brauchte ihn.

Seine Elitegarde stürmte durch den schmalen Gang auf die verblüfften Gesichter von Sisko, dem Gestaltwandler und einer bajoranischen Frau zu. Wie er diesen Ausdruck des nackten Entsetzens genoß! Es war die unmittelbare Vorstufe des Sieges, wenn er den Schock im Gesicht des Feindes sah!

Im Überschwang dieses Gefühls breitete der Hohe Gul die Arme aus und reckte das Kinn empor, als seine jungen Soldaten den Feind attackierten. Auch wenn er wußte, daß Ren und Fen versagt hatten und vermutlich tot waren, freute er sich wie ein junger Rekrut über die Gelegenheit, Benjamin Sisko höchstpersönlich töten zu können.

Warum hatte er nicht vorher daran gedacht?

Ren hatte es so sehr gewollt. Und Fen hatte sich nach seiner ersten Chance gesehnt, rohe Gewalt einsetzen zu können.

Der Hohe Gul wußte, daß er selbst diesen Drang in seinen Männern entfacht hatte, weil er nützlich war, weil er dem Zweck diente, zu dem sie hier waren.

Vor ihm bildeten seine stämmigen Soldaten eine Mauer aus Schultern und Rücken, als sie unerschrocken die drei Feinde angriffen. Ein paar Energiestrahlen zischten durch die Luft, doch niemand ging zu Boden.

Er hörte Schreie. Nicht von seinen Männern – von den anderen.

Die Schüsse schlugen in die Wände und Deckenplatten, zerfetzten die Verkleidung und ließen Staub und Trümmer herabregnen. Messerklingen blitzten auf. Sie fuhren nieder, und Blut spritzte. Der Hohe Gul sah es an den Wänden, doch er konnte Sisko und die anderen nicht mehr erkennen. War das Siskos Stimme? Das Keuchen körperlicher Anstrengung?

Der Hohe Gul suchte nach der großen schwarzen Gestalt, die ihm inzwischen so vertraut geworden war. Sisko war ein starker Mann, aber seine jungen Soldaten waren ebenfalls stark, und sie hatten sich zu viert auf ihn gestürzt. Umdol, Elto, Telosh und Koto.

Im Hintergrund erkannte der Hohe Gul den Gestaltwandler, der sich kaum noch auf den Beinen halten konnte. Er stützte sich an einer Wand ab und versuchte mit seiner Energiewaffe zu zielen, um einen der Soldaten und nicht seinen Kommandanten zu erwischen. Der Hohe Gul war mit dem traurigen Anblick zufrieden, den der Gestaltwandler bot. Immer wieder verschwammen Teile seines Körpers, wechselten die Farbe, lösten sich auf und verfestigten sich wieder. Er brauchte seine gesamte Kraft dazu, seine Gestalt aufrechtzuerhalten.

Gleichzeitig war der Anblick erschreckend. Was war, wenn seine Erschöpfung zu groß wurde?

Drei andere – Clus, Coln und Malicu – beschäftigten sich mit der Frau, aber sie wich ihnen geschickt aus. Während der Hohe Gul zusah, wurde sie zweimal gepackt und schaffte es jedesmal, sich wieder aus dem Griff der Männer zu befreien. Beim zweiten Mal tauchte sie unter ihnen weg, schlängelte sich zwischen ihren stämmigen Beinen hindurch, drehte sich wieder um und richtete eine Waffe auf sie.

Versengendes, orangefarbenes Licht zischte durch die Luft. Coln schrie vor Schmerz und Schock auf, als ihm der Arm und der halbe Brustkorb abgetrennt wurden. Er keuchte fassungslos und verwirrt, stürzte gegen die Wand, starrte auf seinen Arm, der vor ihm im Staub lag, und schien dem Kampf überhaupt keine Beachtung mehr zu schenken.

Schließlich trübten sich seine Augen. Er sank langsam zu Boden, während sein Mund lautlose Worte formte. Als seine Bewegung zum Stillstand kam, weilte er nicht mehr unter den Lebenden.

Coln. Diesen jungen Mann hatte die Frau des Hohen Gul besonders geschätzt. Sie hatte sich gewünscht, einen solchen Sohn zu haben. Für Elto hatte sie das gleiche empfunden. Und für Ranan, der von Malicu mit der Metallstange aufgespießt worden war, als der Gestaltwandler seine besonderen Fähigkeiten eingesetzt hatte.

Die Bajoranerin feuerte ihre Waffe noch einmal ab, doch diesmal ging der Schuß daneben. Malicu erwischte ihre Schulter und brachte sie aus dem Gleichgewicht, während Clus ihr die Waffe aus der Hand schlug. Sie segelte in hohem Bogen durch die Luft. Die Frau verlor die Beherrschung und brüllte wütend ihre Angreifer an.

Als der Hohe Gul den üblen Gestank nach verbranntem Fleisch registrierte, erkannte er plötzlich, was ein fehlgeleiteter Energiestrahl unter Umständen anrichten konnte.

»Schießt nicht auf den Gestaltwandler!« rief er durch den schrillen Lärm der Energiewaffen. Als dies nichts nützte, rief er mit lauterer Stimme: »Feuer einstellen! Nur noch die Messer benutzen!«

Er bahnte sich einen Weg durch die kämpfenden Körper, eilte zum Gestaltwandler und schlug ihm mit einem Fußtritt die Energiewaffe aus der zitternden Hand. Das Wesen sackte an der Wand zusammen. Es war nicht mehr in der Lage, sich die Waffe zurückzuholen, sich zu wehren oder seine natürlichen Fähigkeiten dazu einzusetzen, um seine Feinde zu verwirren. Seine Widerstandskraft war gebrochen.

Der Hohe Gul bedachte ihn mit einem eindringlichen Blick der Warnung. Dann wandte er sich wieder dem Getümmel im Korridor zu.

Und er zog sein eigenes Messer. Es wurde Zeit, für einen neuen Höhepunkt dieses Dramas zu sorgen.

Er bewegte sich langsam. Jeder Schritt war genau abgemessen. Er hatte ein klares Ziel. Irgendwo zwischen den bunten Uniformen seiner Männer befand sich Sisko.

Gelegentlich sah er kurz die Farbtöne, nach denen er suchte – Siskos schwarzer Kopf, seine weinrote Kleidung, die voller Staub war... Der Hohe Gul kam immer näher, beugte sich über das Getümmel, wurde jedoch zurückgestoßen, als Telosh entsetzt aufheulte, sich an die Kehle faßte und plötzlich zusammenbrach.

Benjamin Sisko setzte sich erbittert gegen Koto, Elto und Gobnol zur Wehr. Er hielt mit einer Hand Gobnols Gesicht gepackt, hatte Eltos Kopf in seine Armbeuge geklemmt und hielt Koto mit seinem hochgezogenen Knie zurück, während er mit der anderen Hand nach der Energiewaffe tastete, die man ihm offenbar entrissen hatte. Doch sie war nirgendwo in seiner Nähe.

Dann griff Malicu plötzlich unter lautem Gebrüll an, stieß Elto zur Seite und stürzte sich auf den Menschen. Doch dieser erwachte wie ein Dämon zu neuem Leben. Ein erhebender Anblick! Dieser Zorn, diese Kraft! Der Hohe Gul gönnte sich einen Augenblick Zeit, um zu genießen, was er sah. Würdige Gegner waren selten blasse oder gewöhnliche Persönlichkeiten, und er hatte nicht damit gerechnet, daß sich dieser Verwalter eines Weltraumbahnhofs als ein solcher Mann entpuppte.

Seine Gedanken wurden unterbrochen, als Malicu wie ein Tier kreischte und zurücktaumelte.

Sisko hatte offenbar irgendein Trümmerstück in die Hände bekommen und es als Waffe gegen Malicu eingesetzt.

Der Hohe Gul hatte seinen Feind genug bewundert. Es wurde Zeit, gegen ihn zu kämpfen.

Er legte eine Hand auf Kotos Schulter und schob die andere mit dem Messer vorsichtig durch das Gewirr aus Armen und Beinen, bis er überzeugt war, daß die Messerspitze ihr Ziel gefunden hatte.

Er nahm sich Zeit, um eine gute Stelle zu suchen, bis er sich vorbeugte, den Handballen gegen den Messergriff drückte und fest zustieß. Er atmete tief ein, um das gute Gefühl zu genießen, das durch den Griff in seine Hand strömte.

Sisko warf den Kopf zurück und bleckte die weißen Zähne in einer furchtbaren Grimasse. Er schrie etwas Unverständliches – vielleicht ein Wutschrei, aber es hörte sich gut an.

Plötzlich fiel der Haufen aus starken Körpern auseinander. Der Hohe Gul taumelte zurück, ohne das Messer loszulassen. Rotes Blut lief über die Klinge und tropfte auf seinen Arm. Gut.

»Nein!« schrie die bajoranische Frau hinter ihm und setzte sich mit harten Schlägen gegen Clus und Elto zur Wehr, die es gerade geschafft hatten, ihre Arme und Beine zu packen.

Er wußte, daß es das letzte Kraftaufgebot eines sterbenden Mannes war, was er nun sah. Wo sich noch vor einem Augenblick die Masse der Elitegarde und ein einziger Mensch befunden hatten, reckten sich nun zwei braune Hände empor und packten Gobnol am Kopf. Gobnol verlor das Gleichgewicht, warf die Arme hoch, und dann war ein gräßliches Knacken zu hören. Der Soldat brach leblos auf Siskos erschlaffendem Körper zusammen.

Auf einmal fiel das Kampfgetümmel wie ein sterbendes Tier in sich zusammen. Urplötzlich breitete sich Stille im Korridor aus. Es gab keine Bewegungen mehr, nur noch die unheimlichen Zuckungen nach dem Ende eines Kampfes.

Gobnol und Telosh waren ohne Zweifel tot. In der Nähe lag Malicu und zuckte in seinen letzten Zügen. Eine Hälfte seiner Schädeldecke war aufgerissen. Die getrübten Augen wandten sich dem Hohen Gul zu. Er war immer noch am Leben.

Koto erhob sich aus den Überresten von Coln und bemühte sich, nicht auf dem blutigen Boden auszurutschen.

»Hilf Koto«, rief der Hohe Gul mit gepreßter Stimme Elto zu. »Laßt Malicu zurück.«

Er betrachtete einen Moment lang die Leichen seiner Männer, ohne auf Malicus Röcheln und seine traurigen Blicke zu achten, mit denen er um Hilfe flehte.

»Malicu«, stieß er hervor. »Mein letzter Schüler.«

Die Worte schienen sich in seiner Kehle aufzulösen.

Er wandte sich ab. Er konnte den Anblick von Toten ertragen, aber nicht den eines fast toten Mannes.

Von seiner Elitegarde waren nur noch drei übrig. Drei von zweitausend. Ein hoher Preis.

Der Hohe Gul stieg über die Reste des Kampfes hinweg, bis er schließlich vor dem Ort seines Triumphes und dem dunklen Haufen im Dreck stand, auf den er voller Anerkennung hinabblickte.

»Benjamin Sisko, der Leiter dieses Außenpostens, der König dieses Raumsektors«, murmelte er. »Welch ein Jammer!«

Clus, der die bajoranische Frau gepackt hielt, stieß mit dem Fuß gegen Sisko. Als der Mensch nicht darauf reagierte, verkündete er: »Tot.«

»Wie kannst du dir sicher sein?« fragte der Hohe Gul zweifelnd. »Du hast noch nie zuvor einen Menschen gesehen.«

»Er sieht tot aus«, erwiderte Clus.

»So haben wir vor einiger Zeit auch ausgesehen.« Der Hohe Gul genoß den Scherz auf Kosten seines Soldaten und ging dann zu Odo hinüber, um auf ihn herabzublicken.

Der Constable lag hilflos und schwach im Winkel, der von der Wand und einer senkrechten Verstrebung gebildet wurde. Er hatte nicht mehr die Kraft, seine Gestalt zu verändern oder zu kämpfen. Der Hohe Gul sah, wie sehr es ihn anstrengte, in Form zu bleiben, während er unter normalen Umständen vermutlich einen peitschenartigen Tentakel oder etwas anderes ausgebildet hätte, mit dem er die Eindringlinge gegen die Wand schleudern konnte.

Welch ein seltsames Geschöpf ... Sein Gesicht bewegte sich und zerfloß stellenweise, während es zu ihm aufstarrte.

Elto, der Koto mit einem Arm stützte, kam dazu und blickte ebenfalls auf das Wesen herab. »Soll ich ihn töten?«

»Nein«, antwortete der Hohe Gul. »Nicht einmal ich wüßte, wie ich seinem Leben ein Ende setzen sollte.«

»Wir könnten ihn mitnehmen, Exzellenz«, schlug Clus vor. »Er kann uns dabei helfen, das Schiff zu manövrieren.«

Der Hohe Gul blieb ruhig, da er sich immer noch im Gefühl des Triumphes sonnte. »Hast du schon vergessen, was wir mit ihm angestellt haben, Clus? Siehst du, wie erschöpft er bereits ist? Er ist eine wandelnde Bombe. Ich möchte ihn nicht länger in meiner Nähe haben.«

»Wie wäre es dann mit Garak?« sagte Elto. »Ich bin sicher, daß er weiß, wie man das Schiff fliegt.«

»Garak?« Plötzlich erwachte die Bajoranerin aus ihrer Lethargie. Wut brannte in ihren Augen. »Wußte ich doch, daß dieser Schleimklumpen Ihnen hilft!«

Der Hohe Gul blickte sich zu ihr um. »Er verfolgt damit nur seine eigenen Ziele, dessen können Sie sicher sein.« Dann wandte er sich wieder an Elto. »Ich habe kein volles Vertrauen zu Garak. Doch bei dieser jungen Dame bin ich mir völlig sicher. Ich schenke ihr gar kein Vertrauen ... also weiß ich wenigstens, woran ich bin.«

Er deutete mit der Hand in den schmaler werdenden Korridor, der durch den Andockmast führte.

»Kommt jetzt, meine jungen und starken Getreuen. Wir wollen unsere Beute in Besitz nehmen.«

16

»Wie ist es auf Bajor?«
»Verflucht! Lassen Sie mich los!«
»Bitte strampeln Sie nicht so! Es ist unschicklich, und es führt zu nichts. Ich bin niemals auf Bajor gewesen, aber ich habe einiges über den Planeten gehört. Clus, pack die Dame nicht so fest, du tust ihr weh. Es gibt keinerlei Grund, brutal zu werden. Ich habe noch nie zuvor mit jemandem aus Ihrem Volk gesprochen, und ich bin sehr neugierig auf diese Unterredung.«
»Machen Sie sich keine Hoffnungen!«
»Wie ist Ihr Name?«
»Wie ist Ihrer?«
»Ich bin der Hohe Gul vom Orden der Mondsichel.«
»Und ich bin die Meerjungfrau vom Dümpelteich.«
Kira Nerys blickte in den düsteren Korridor, hinter dem sich die Schleuse zur *Defiant* befand, und verfluchte sich selbst, daß sie sich hatte gefangennehmen lassen, bevor sie die Andockklammern blockieren konnte. Vor allem verfluchte sie sich, daß sie in Gefangenschaft geraten war.

Und es fiel ihr auch nicht schwer, diese Leute in den knallbunten Uniformen zu verfluchen. Die Brigade der Toten.

Ihr linker Wangenknochen schmerzte, wo einer der Cardassianer sie geschlagen hatte. Blutete ihre Lippe, oder war sie nur angeschwollen? Wie es sich anfühlte, schien beides zuzutreffen. Sie war immer noch benommen von dem Überfall, aber sie bemühte sich, es ihren Feinden nicht zu zeigen. Am unteren Rand ihres Gesichtsfeldes konnte sie erkennen, wie sich ein blauer Fleck unter ihrem linken Auge bildete. Ihre Hände waren immer noch taub, was der Hauptgrund dafür war, daß sie sich nicht richtig gegen diese Leute hatte durchsetzen können.

Zumindest war es das, was sie sich einzureden versuchte.

Vor ihr stand ein elegant wirkender Cardassianer, dessen Alter nur schwer einzuschätzen war. Er musterte sie seelenruhig, als hätte er alle Zeit der Welt. Sein Gesicht war bleich, doch seine Augen funkelten lebhaft. Auch wenn seine Haut leblos wirkte, vermittelte sein Auftreten große Kraft und Entschlossenheit.

Er ging nicht auf und ab, er zappelte nicht voller Nervosität, sondern stand einfach nur da und sah sie an. Ihre Augen befanden sich fast auf gleicher Höhe, da er einen Kopf kleiner als seine Gardisten war. Mit dem verstaubten dunkelroten Umhang über den Schultern wirkte er auf eine fremdartige Weise nobel. Nur wenn die Station von einem erneuten Treffer durchgeschüttelt wurde, streckte er fast beiläufig eine Hand aus, um sich an der Wand des Korridors festzuhalten. Der Tatsache, daß sie alle paar Sekunden getroffen wurden, schien er keine besondere Aufmerksamkeit zu schenken.

»Die anderen zwei Soldaten – meine Männer – sind tot? Ist das richtig? Ich habe sie beauftragt, Ihren Vorgesetzten zu töten, aber schließlich mußte ich es selbst tun. Also vermute ich, daß sie beim Anschlag ihr Leben verloren haben.«

Zuerst wollte Kira schweigen, doch dann platzte die Antwort aus ihr heraus. »Sie vermuten völlig richtig.«

Das fühlte sich gut an.

Er runzelte die Stirn und winkte dann seinen Männern zu. Er führte sie durch den langen Andockmast und betrat dann ohne weitere Umstände die *Defiant*. Bis jetzt hatte das klobige Kampfschiff unbenutzt am Andockplatz gelegen.

Kira atmete die kühle Luft ein, als sie sich durch den Gang bewegten, der zur Brücke führte. *Ich werde Garak das Fell über die Ohren ziehen, wenn ich ihn wiedersehe!*

Auf der Brücke war es still und kühl, fast wie in einer Grabkammer. Der Hohe Gul verteilte seine restlichen drei Männer auf die Brückenstationen und deutete dann auf Kira.

»Sie übernimmt die Navigation.«

Einer der Cardassianer drückte Kira auf recht unfeine Art in den Sitz des Navigators. Die rohe Gewalt sollte ihr demonstrieren, daß sie keine andere Wahl hatte, als das zu tun, was man ihr sagte.

Der Hohe Gul strich mit der Hand über die Rückenlehne des Kommandosessels. »Wissen Sie, daß ich ziemlich verwirrt bin? Warum hat Captain Sisko dieses Schiff, das doch die ganze Zeit zu seiner Verfügung stand, nicht früher gestartet, um meinen Kollegen dort draußen zu erledigen?«

»Er wollte zuerst abwarten, bis der Planet blau wird«, erwiderte Kira gehässig.

»Die Andockklammern lassen sich von hier aus lösen«, sagte links von ihr ein Cardassianer, der an der technischen Station stand. »Aber ich bin mir nicht sicher, wie es geht, Hoher Gul. Ich brauche bestimmt einen ganzen Tag, um mich mit diesen Systemen vertraut zu machen.«

»Keine Sorge, Elto«, sagte der Hohe Gul.

Etwas wurde gegen Kiras aufgeschürfte Wange gedrückt. Sie zuckte zusammen und blickte zur Seite. Es war ein Starfleet-Handphaser.

»Lösen Sie die Andockklammern!« brummte das Tier. »Starten Sie dieses Schiff!«

Kira preßte die Hände fest auf ihre Schenkel und drehte den Kopf gegen den Druck des Phasers herum. »Lassen Sie sich ausstopfen!« sagte sie.

Sie fühlte sich miserabel, während sie hier saß und wußte, daß Odo, zur Untätigkeit verdammt, im zerstörten Korridor zurückgeblieben war, wo er nur ins tote Gesicht von Sisko starren und über ihren schweren Verlust nachdenken konnte. Genau diese Vorstellung hatte ihr selbst immer am meisten Panik verursacht – verwundet und hilflos auf dem Kampfplatz zu liegen, auf die Gefangenschaft oder den Tod zu warten, nicht zu wissen, welche Alternative angenehmer war, und genau zu wissen, daß eine Rettung so gut wie unmöglich war.

Sie konnte diese Angst normalerweise gut verdrängen, doch wenn sie jetzt an Odo dachte, drohte sie davon überwältigt zu werden.

»Wenn Sie uns nicht helfen«, sagte der Hohe Gul, nachdem er den wütenden Soldaten beschwichtigt hatte, »werde ich einfach so losfliegen. Und dabei die Station auseinanderreißen.«

Sie riß ihren Kopf vom Phaser weg und starrte den Cardassianer an. »Sie sind nicht der Typ, der seinen Feinden die Arbeit erleichtert.«

Der Hohe Gul lächelte. »Das gefällt mir«, bemerkte er. »Über diesen Aspekt habe ich noch gar nicht nachgedacht, aber ich werde versuchen, diesem Anspruch gerecht zu werden.«

»Herzlichen Glückwunsch zu dieser Erkenntnis«, sagte sie. »Aber ich habe es keineswegs als Kompliment gemeint.«

»Nein, natürlich nicht. Clus, geh mit Koto in den Maschinenraum. Versucht, so viel wie möglich zu lernen, und macht alles für den Kampf bereit.«

»Ja, Hoher Gul.«

Der große, häßliche Kerl – in dieser Hinsicht unterschied er sich tatsächlich von den anderen – half dem Verletzten auf und verschwand mit ihm im Turbolift. Damit waren nur noch der Hohe Gul und Elto auf der Brücke.

»Erzählen Sie mir von Sisko«, forderte er Kira auf, während Elto sich mit den Kontrollen der technischen

Station abmühte. »Ich möchte mir ein genaues Bild von ihm machen. Um meinen Geist zu trainieren.«

»Sie haben ihn getötet«, gab Kira fauchend zurück. »Reicht ihnen das noch nicht? Es ist vorbei!«

»Ich bin Soldat. Ich bewundere meine Feinde. Ich messe mich an ihren Qualitäten. Wir alle werden von unseren Feinden geprägt.«

»Ihre Visage wurde offenbar von furchtbaren Feinden geprägt. Haben Sie in letzter Zeit einmal in einen Spiegel geschaut?«

Er lächelte. »Nein.«

»Dann sollten Sie es jetzt tun, denn ich werde dieses Gespräch mit ihnen nicht fortsetzen.«

»Dann werde ich eben reden. Sie sagen mir einfach, ob ich recht habe oder nicht. Captain Sisko war ein Mann, der nichts mehr zu verlieren hatte. Er war hart im Nehmen, manchmal sehr unscheinbar, und hatte immer Angst vor einer Wiederholung der Tragödien, die er in seinem Leben durchgemacht hat. Und dieses alte Stahlmonstrum, das sich unter unseren Füßen dreht, ist zu seiner Zuflucht geworden. Deshalb hat er es so verbittert verteidigt. Bin ich der Wahrheit nahegekommen?«

»Ich weiß es nicht«, gab Kira zurück. »So gut habe ich ihn nie kennengelernt.«

»Ach! Warum nicht?«

»Wir mochten uns nicht besonders.«

»Sind sie ein Offizier dieser Streitmacht namens Starfleet? Ich vermute, Sie wurden auf diese Station versetzt, damit die Bajoraner nicht so leicht dagegen protestieren, daß Starfleet den Außenposten verwaltet. Welchen Rang haben Sie innerhalb der Stationshierarchie? Zuerst dachte ich, Sie wären eine Krankenschwester, aber dann sah ich Sie kämpfen. Wieso leben Sie auf einem Außenposten der Föderation und tragen diese Uniform?«

Sie drehte sich mit ihrem Sitz ein wenig zu ihm

herum. »Hören sie, Mister Mondsichel, Ihre Schläger haben uns überrumpelt, und ich gönne Ihnen den Triumph, aber Sie werden keine weiteren Informationen aus mir herausbekommen. Wenn Sie mir drohen, mich von Ihren Kerlen umbringen zu lassen, dann fackeln Sie nicht lange, sondern tun Sie es einfach!«

»Ja«, sagte der Hohe Gul geduldig.

War seine Geduld echt, oder war er einfach nur ein guter Schauspieler? Kira versuchte, in seinem Gesicht zu lesen.

»Wenn Sie mir nichts sagen wollen, lassen Sie mich einfach raten«, sagte er und betrachtete sie wie ein Gemälde in einer Galerie. »Ich glaube, daß ich darin recht gut bin, aber sie dürfen es mir gerne sagen, wenn ich mich irre. Sie sind unerschrocken und bereit, bis zum Äußersten zu gehen. Sie verfügen über eine angeborene Vitalität, die noch verstärkt wurde, als sie in den Jahrzehnten der cardassianischen Besatzung auf Bajor gegen mein Volk kämpften. Ich muß gestehen, daß ich hohe Achtung vor Ihnen und Ihrem Volk habe, weil Sie uns vertreiben konnten. Sie sind bereit, sich und andere zu verteidigen, Sie haben einen starken Willen und verlassen sich notfalls auch auf ihre Instinkte. Sie sind wißbegierig. Ich möchte Ihnen in die Augen sehen... sie sind kalt, aber gleichzeitig brennt darin ein Feuer. Sie sind unermüdlich, unerschütterlich und wollen sich beweisen. Liege ich ungefähr richtig?«

Sie starrte ihn an und zwang sich dazu, ihr Gesicht unter Kontrolle zu halten. Sie gab ihm keine Antworten mehr, aber trotzdem konnte er die Bestätigung seiner Vermutungen an ihrer Miene ablesen.

Obwohl der Anführer der Eindringlinge kleiner als die anderen Soldaten war, deutete sein Körperbau darauf hin, daß er früher einmal sehr kräftig gewesen war. Seine zuversichtliche Haltung gründete sich nicht darauf, daß er anderen die Köpfe eingeschlagen hatte. Jedesmal wenn er ihr eine Frage stellte, blickte er ihr direkt in die Augen und wartete auf eine Antwort. Er ließ ihr Zeit, auch wenn sie schließlich kein Wort sagte. Er drohte niemals, sondern ging einfach zur nächsten Frage über. Außerdem hatte er eine angenehme Stimme, was Kira sehr beunruhigte. Bösewichter sollten mit grollender, sich überschlagender Stimme sprechen und gehässig lachen. Sogar die Translatoren vermittelten die Eindringlichkeit seiner Stimme. Dieser Mann konnte Gedichte vortragen.

»Ich denke, Ihr Leben auf Bajor war eine harte Schule«, sagte der Hohe Gul. »Trotz Ihrer Jugend erkenne ich die Narben.«

Wie konnte er das sehen?

Sie mußte immer wieder an Sisko denken, während die dröhnenden Schläge von Gul Fransus Treffern wie ein Echo ihrer Gedanken waren. Sie kamen mit der Regelmäßigkeit langsamer Herzschläge, sie schienen zu einem Teil des Lebens – und des Sterbens – von *Deep Space Nine* geworden zu sein.

Sie suchte in ihrer getrübten Erinnerung an diese letzten Augenblicke im Andockmast nach Lebenszeichen, die sie im Haufen aus Armen und Beinen und blutenden Körpern vielleicht unbewußt registriert hatte. Jetzt hatte sie die Verantwortung für die Station. Sie konnte ihre neue Position bestimmt noch ein paar Minuten lang genießen.

»Ja, es war hart«, sagte sie, nachdem sie sich sorgfältig eine Antwort überlegt hatte. »Es war brutal und dreckig, gegen Barbaren wie Sie Widerstand leisten zu müssen.«

»Wie mich? Nein«, sagte er. »Ich habe viel früher gelebt. Zu meiner Zeit gab es noch ein anderes Cardassia.«

»Tatsächlich?« fauchte sie. »Diesen Eindruck habe ich nicht gewonnen. Sie können sich meinetwegen brüsten und sich etwas vormachen, aber ich werde Ihnen trotzdem erzählen, was Sie hervorgebracht haben. Verbrannte Kinder ... verstümmelte Leichen ... Gefangene, die als warnendes Beispiel in heißem Teer gekocht wurden, Überlebende, die sich Bilder ihrer sterbenden Familien ansehen mußten, eine bereits erniedrigte Zivilisation, die noch tiefer erniedrigt wurde, nur damit ihre Peiniger sich sicherer fühlen konnten. Gesunde Bajoraner, die durch generationenlange Sklavenarbeit gebrochen und zerstört wurden ... ein Planet, der so sehr verwüstet wurde, bis er selbst für Cardassia wertlos geworden war. Sind Sie stolz auf Ihre Kinder, Mister Mondsichel? Diese haben beherzt Ihr Erbe angetreten, sind Ihrem Vorbild gefolgt, wie wir heute gesehen haben. Das ist es, was Sie verschlafen haben. Ein anderes Cardassia! Daß ich nicht lache!«

Sie wußte, daß sie schweigen sollte, doch der Drang, ihrer Wut Luft zu verschaffen, war übermächtig. Sie hatte das Gefühl, ihr würde die Kehle zugeschnürt, als hätte der übergroße Cardassianer sie wieder gepackt. Jeder dieser Grobiane konnte sie wie einen Zweig zerbrechen.

»Sie sind ein Monstrum«, sagte sie zu ihm. »Ein Fossil. Mein Volk hat Ihr Erbe überwunden. Und Sie haben bewiesen, daß es Ihr Erbe ist, als Sie völlig ohne Skrupel meinen Vorgesetzten erstachen, während er noch gegen drei Ihrer Männer kämpfte. Wahrlich, eine ruhmreiche Tat! Sie können mich töten, aber damit töten Sie nicht die Tatsache, daß ich gesehen habe, wie Sie wirklich sind.«

Das Gesicht des Hohen Gul hatte keine Regung gezeigt, aber jetzt sah sie, wie plötzlich eine steile Falte auf seiner Stirn erschien. Es war eine winzige Entgleisung, aber ein deutlicher Hinweis, daß ihre Worte eine Saite in Schwingung versetzt hatten, deren Klang ihm überhaupt nicht gefiel.

Der Cardassianer erkannte, daß er etwas preisgegeben hatte. Schnell legte er eine blutige Hand an die

Stirn und entfernte sich ein paar Schritte von ihr, bis er sich wieder in der Gewalt hatte.

»Ich brauche Ihre Hilfe, um dieses Kampfschiff manövrieren zu können«, sagte er. »Werden Sie mir helfen, wenn ich Ihnen verspreche, es nur zu benutzen, um die Station gegen den cardassianischen Angreifer zu verteidigen?«

Sie schürzte die Lippen. »Sie können gut mit Worten umgehen. Aber sie können mich nicht dazu verleiten, Ihnen zu helfen.«

Seine Freundlichkeit verschwand, als hätte jemand eine Lampe ausgeschaltet.

»Es geht um jede Sekunde!« tobte er plötzlich, so daß sogar Elto an der oberen Brückenkonsole erschrocken herumfuhr.

Kira senkte gelassen den Kopf. »Suchen Sie sich jemand anderen.«

Sie sah, wie sich das eingefallene, aber elegante Gesicht des Hohen Gul verzerrte und die Fassung verlor.

Sie hatte es geschafft. Sie hatte seine Fassade durchbrochen. Zumindest diesen kleinen Triumph konnte sie noch genießen. Er mochte am Ende gewinnen, aber sie würde dafür sorgen, daß er mit seinem Sieg nicht zufrieden sein konnte. Sie war gegen Folter abgehärtet. Hauptsache, sie bekamen die *Defiant* nicht in die Hände. Nach den heftigen Erschütterungen, die durch den Boden und die Wände liefen, würde es nicht mehr lange dauern, bis die Schilde der Station unter dem Beschuß zusammenbrachen.

Sie starrte den Hohen Gul mit blindem Haß an. Sie hatte in den letzten Minuten von *Deep Space Nine* das Kommando über die Station. Es war fast vorbei. Sie hatten verloren. Jetzt kam es nur noch darauf an, nicht vorzeitig vor dem Feind zu kapitulieren.

»Starten Sie dieses Schiff, Bajoranerin!« wiederholte der Hohe Gul. »Sonst werde ich tatsächlich den Andockmast und die halbe Station mitreißen, glauben Sie mir!«

Kira bedachte ihn mit einem trotzigen Blick und verschränkte die Arme vor der Brust. »Dann tun Sie es doch!«

»Sie treiben mich in den Wahnsinn!« bellte der Hohe Gul. Er wirbelte herum und wieder zurück, ohne sich einen Schritt von der Stelle zu bewegen. »Ich verstehe Sie nicht! Sie sind offensichtlich eine Überlebenskünstlerin und eine intelligente Frau. Warum sehen Sie nicht, was hier geschieht? Sie müssen doch längst darauf gekommen sein, daß der Cardassianer da draußen keineswegs mein Freund ist! Ich bin nicht der einzige, der Ihre Station in Gefahr gebracht hat!«

Sie stieß sich vom Sitz ab und stand auf. »Sie machen sich selbst etwas vor!« gab sie zurück. Sofort drehte sie sich zu Elto herum, der bereits zum Sprung angesetzt hatte. »Keine Sorge! Ich werde nicht gegen Sie kämpfen.« Als er verwirrt wieder Platz genommen hatte, kehrte sie ihm den Rücken zu und wandte sich an den Hohen Gul. »Wer sonst trägt die Schuld? Sie können Ihre moralische Verantwortung nicht mit Worten verschleiern. Es ist allein Ihre Schuld. Ihre und die Ihrer verdorbenen Zivilisation.«

Ein markerschütternder Treffer, vermutlich genau in den Andockmast, ließ das Schiff so heftig erbeben, daß Kira sich an der Navigationskonsole festhalten mußte, um nicht von den Beinen gerissen zu werden. Der Hohe Gul dagegen rührte sich kaum von der Stelle. Er stand da wie eine Gestalt aus einem Traum, bewegte kaum die Beine, als die Schockwelle kam, sondern verharrte reglos wie eine Statue im Durcheinander. Er schien überhaupt nicht von den Erschütterungen berührt zu werden, in denen die Station ihre Deflektoren verlor.

»Sie täuschen sich in mir.« Er stieß einen Finger in die Luft, als würde er die Musik der schweren Treffer dirigieren. »Dies ist nicht mehr mein Cardassia. Ich habe nie jemanden gefoltert oder zum Sklaven gemacht. Ich gehöre nicht zu dem Cardassia, das Sie kennen. Ja, wir waren Eroberer, aber zu meiner Zeit haben wir nie sinnlos Leben vernichtet. Es war das neue Cardassia, das mich in die Gruft verbannte, damit meine Macht dahinschwand, während sie meinen Ruf und meine Errungenschaften für ihre eigenen Zwecke benutzten. Was glauben Sie wohl, warum man mich in die Verbannung geschickt hat?«

Er schritt um die Navigationskonsole herum und baute sich vor ihr auf. Er stützte sich mit den Händen ab, so daß er ihr in die Augen sehen und sie ihm nicht ausweichen konnte.

»Wenn ich einen Grund habe, würde ich Millionen töten, aber ohne Grund würde ich nie auch nur eine einzige unbedeutende Person töten!«

Als Kira ihn in seiner Verzweiflung beobachtete, spürte sie, wie sich tief in ihr etwas rührte. War es Mitleid?

Sie wußte es nicht genau, aber das Gefühl pochte in ihr wie ein zweites Herz. Sie war in ihrem Leben schon von hundert Cardassianern angelogen worden, man hatte sie betrogen, bestochen, umworben und war immer nur auf taube Ohren und gegen eine Mauer aus Schweigen gestoßen.

Diesmal jedoch ließ das Flehen dieses Geistes aus der Vergangenheit sie nicht kalt. Vielleicht hatte ihre Widerstandskraft im Verlauf der letzten Jahre nachgelassen, in denen sie zu ihrer Überraschung einige wenige vertrauenswürdige Cardassianer kennengelernt hatte. Und über den Tod von einigen hatte sie sogar ein paar Tränen vergossen, was für sie eine völlig neue Erfahrung dargestellt hatte.

War sie schon so schwach?

»Bajoranerin!« sagte der Mann langsam und eindringlich. »Sagen Sie mir, was Sie dazu verlocken könnte, das Joch von Starfleet abzuwerfen, um Bajor zu helfen?«

Er hatte sich völlig verändert. Er bedrohte sie nicht mehr, weder mit Worten noch mit aggressiven Gesten. Hatte er bemerkt, was in ihr vorging?

Sie starrten sich an.

»Würde es Ihnen nicht gefallen, wenn das Cardassia, das Sie kennen, von einem Bürgerkrieg zerrissen würde? Könnte ich Sie damit gewinnen?«

17

»Sie sind weg.«

Ein leises elektrisches Knistern und rieselnder Staub waren die einzigen Geräusche, nachdem sich die Schotten zwischen dem Korridor und der Schleuse zur *Defiant* geschlossen hatte. Jetzt war ihnen der Zugang zum Schiff versperrt.

»Sie sind weg.«

Ein Summen drang aus einer Wand. Nach einem Moment hörte es wieder auf.

Ein Stück Deckenverkleidung, das nur noch an einem dünnen Faden aus Isoliermaterial hing, zerriß die letzte molekulare Verbindung und stürzte mit einem kurzen Krachen zu Boden.

»Sie müssen nichts mehr vortäuschen.«

Er sah, wie seine Hände zerschmolzen und wieder Gestalt annahmen. Sein Bewußtsein war genauso verschwommen wie sein Körper.

»Sisko ... hören Sie auf, sich zu verstellen!«

Odo kämpfte gegen die lähmende Erschöpfung und die Auflösung seiner Gestalt. Er hätte niemals gedacht, daß er auf diese Weise sterben könnte – und die ganze Station mit in den Tod reißen würde.

Er hatte sich zum Ausruhen zurückziehen wollen, als sich die Ereignisse überstürzten. Jetzt hatte er die Grenzen seiner Kraft längst überschritten, und das Fremdmaterial in seinem Körper machte ihn krank. Er mußte sich immer mehr anstrengen, um gegen die Schwäche anzukämpfen.

Nun stand er vor dem Haufen aus ineinander verschlungenen Körpern, aus dem immer noch kein Laut und keine Bewegung kam. Er hatte eine ganze Weile abgewartet, aber da war nichts. Sisko hatte sich nicht tot gestellt.

Er hob eine taube Hand, um auf den Kommunikator zu tippen. »Zentrale... Zentrale, hören Sie mich? Medizinischer Notfall... kommen Sie schnell... Zentrale, können Sie mich hören?«

Der Kommunikator rauschte leise, als wäre auch das Gerät zu erschöpft, um eine Verbindung herzustellen.

Niemand antwortete. Hatte man ihn gehört? Es war kaum vorstellbar, daß die Kommunikation immer noch gestört war. Vielleicht hatte man ihn gehört, aber er konnte keine Antwort empfangen.

Daran versuchte er sich zu klammern.

Mit großer Anstrengung ging er in die Knie und schob sich kriechend vorwärts. Das Gift in seinem Körper behinderte sein Denkvermögen und trübte sein Sichtfeld, doch er schaffte es, sich durch die reglosen Körper zu wühlen.

Er zerrte zwei der toten Cardassianer beiseite, bis sie mit einem dumpfen Poltern auf den staubbedeckten Boden fielen. Darunter kam Ben Sisko zum Vorschein, der unter der dritten Leiche eingeklemmt lag. Seine Schulter, der Hals und die Vorderseite seiner Uniform waren blutüberströmt, und unter ihm breitete sich eine große Lache am Boden aus. Sein Gesicht hatte die Farbe von Lehm.

Odo verzichtete darauf, ihn anzusprechen. Es gab nichts zu sagen, und Worte konnten im Augenblick ohnehin nichts bewirken. Das Blut, das aus der Wunde in Siskos Brust sickerte, verriet ihm alles, was er wissen mußte.

Odo hob mühsam eine Hand und legte sie auf Siskos Verwundung. Sehr langsam und vorsichtig verformte er die Finger und ließ sie in die Wunde eindringen, während er darauf achtete, seine übrige Gestalt beizubehalten. Seine Körpersubstanz floß durch das Gewebe und füllte die tiefe Stichwunde aus, bis er das hektische Pochen von Siskos Herz spürte. Er war noch nicht tot.

Unter angestrengter Konzentration bildete er mit seinem Körperauswuchs die zerfetzten Arterien und Muskeln nach, bis der austretende Blutstrom versiegte und der Schlag des Herzens sich etwas beruhigte.

Während Odo nach weiteren kleinen Blutungen suchte und sie verschloß, mußte er nur noch abwarten, bis Hilfe eintraf.

Ein cardassianischer Bürgerkrieg. Cardassianer, die sich zur Abwechslung gegenseitig an die Kehle gingen, angestachelt von einem Helden aus der Vergangenheit.

Kira malte sich diese Vorstellung in leuchtenden Farben aus. Sie verstand sofort, welche Bedeutung diese Idee hatte. Wenn die Cardassianer vollauf mit internen Konflikten beschäftigt waren, stellten sie für die Bajoraner oder andere Völker keine Bedrohung mehr dar. Wenn diese lebende Leiche tatsächlich der Hohe Gul vom Orden der Mondsichel war, dann würden sich die Cardassianer seinetwegen untereinander zerfleischen.

Seine Haltung zu ihr hatte sich völlig verändert. Hatte ihn das getroffen, was sie ihm über die Zustände im neuen Cardassia erzählt hatte? Sie sah, wie er schluckte, wie sein Augenlid zuckte, wie er seine Gefühle vor ihr zu verbergen versuchte. Nicht einmal ein guter Schauspieler hätte ihr so etwas vormachen können.

»Ich werde Ihnen die Wahrheit sagen«, begann er in einem Tonfall, der nicht mehr so dramatisch wie zuvor klang. »Meine Ziele liegen größtenteils auch im Interesse Bajors. Ich werde Ihnen nicht versprechen, daß ich Sie in Ruhe lasse, wenn ich den Sieg davontrage. Wenn ich den Kampf siegreich überlebe und Cardassia nicht am Boden zerstört ist, werden Sie eines Tages vielleicht wieder gegen mich kämpfen müssen. Aber Cardassia könnte dabei zugrunde gehen. Auf jeden Fall wird die gegenwärtige Ordnung zerstört werden ... und ich sehe in Ihren Augen, daß Sie der Ansicht sind, es könnte dann kaum schlimmer als jetzt sein.« Er hielt inne, trat von einem Fuß auf den anderen, blickte zu Boden und sah ihr wieder in die Augen. »Wie ist Ihr Name?«

Sie kämpfte darum, ihren Haß auf diesen Mann aufrechtzuerhalten. Doch ihre Feindseligkeit war bereits geschwächt. Falls er log, hätte er sich mühelos eine bessere Geschichte ausdenken können.

»Kira«, sagte sie.

Er nickte. »Kira«, wiederholte er. »Ich verspreche Ihnen die Aussicht auf einen heiligen Krieg, von dem Bajor und seine Verbündeten nur profitieren können. Dort draußen steht unser gemeinsamer Feind. Ihre Station wird ihm nicht mehr lange standhalten. In wenigen Minuten werden wir alle tot sein. Wollen Sie nicht etwas dagegen unternehmen?«

Ihr wurde eiskalt. Plötzlich schien das Gewicht ihrer Verantwortung für die gesamte Station sie zu erdrücken. Es schien größer als die Masse des ganzen Planetensystems, des ganzen Raumsektors zu sein, so daß ihr der Rücken schmerzte.

Wer konnte vorhersagen, wie sich ein Bürgerkrieg entwickeln würde? Auf jeden Fall würden die jetzigen Machthaber durch jüngere und stärkere Leute ersetzt werden. Die gegenwärtigen Machtverhältnisse würden am Ende zerstört sein. Womöglich entstanden völlig neue Strukturen.

Und die Föderation würde bestimmt einen gewissen Einfluß auf das Resultat haben – was nur von Vorteil sein konnte.

Zweifellos würde ein Bürgerkrieg das Cardassianische Reich für mindestens fünfzig Jahre zu einem unbedeutenden Machtfaktor in der Galaxis werden lassen.

Eine angenehme Vorstellung ...

Aber konnte sie eine solche Entscheidung treffen? Sie

wußte nicht einmal, ob Sisko und die anderen nach dem Angriff noch am Leben waren. Für die Station sah es nicht sehr gut aus. Kira war völlig auf sich allein gestellt.

Konnte sie mit dieser Entschuldigung leben?
Möglicherweise.

Sie sah den alten Mann an. Ihre Motive waren sehr unterschiedlich, aber manchmal war in einer solchen Situation trotzdem eine Zusammenarbeit möglich. Vielleicht würde der Hohe Gul *DS Nine* den Rücken zukehren, nachdem sie Fransu vertrieben oder getötet hatten. Schließlich war er im Grunde gar nicht an der Station interessiert. Es drängte ihn zurück zu seinem Heimatplaneten.

Sisko hatte recht gehabt – der Hohe Gul hätte sie alle jederzeit töten können, wenn er die Station wirklich um jeden Preis in seine Gewalt bekommen wollte. Statt dessen hatte er alles darangesetzt, die Kontrolle zu behalten, um sich eine Möglichkeit zur Flucht zu verschaffen. Als man ihm *DS Nine* aus den Händen gerissen hatte, konzentrierte er sich wieder auf sein eigentliches Ziel. Dieses Vorgehen zeigte, daß er zwar kein rücksichtsvoller Mann war, aber über genügend Verstand verfügte, um keine sinnlosen Zerstörungen anzurichten, die ihm überhaupt nichts nützten.

Kira nahm wieder an der Navigationskonsole Platz, rückte näher heran, bis ihre Rippen gegen die Schutzpolsterung stießen, und schaltete die flackernde Kommunikationseinheit ein.

»Dax ... hier spricht Kira.«

Sie blickte den Hohen Gul an und suchte in seinem Gesicht nach Anzeichen von Befriedigung oder Schadenfreude. Doch da war nichts.

»Wenn Sie mich hören können«, sagte sie, »lösen Sie bitte die Andockklammern. Machen Sie alles für den Start der *Defiant* bereit.«

18

Auf der kühlen Brücke der *Defiant* drückte eine schlanke Frau ihre Ellbogen gegen die Konsole, kniff verzweifelt die Lippen zusammen und schlug auf den Kommunikator. »Jadzia, hier spricht Kira. Können Sie mich hören?«

Es knackte ein paarmal im System, dann war zu hören: »Dax hier. Sind Sie an Bord des Schiffes?«

»Ja, zusammen mit dem Hohen Gul. Er will die Station verlassen. Wir sind startbereit. Lösen Sie bitte die Andockklammern.«

»Kira ... Sie wissen, daß ich eine autorisierte Startgenehmigung brauchte. Wo ist Sisko?«

»Ich habe ihn im Andockmast bei Odo zurückgelassen«, sagte sie mit unüberhörbarer Niedergeschlagenheit. »Ich trage jetzt die Verantwortung.«

Es gab eine kurze Pause.

»Verstanden. Ich löse jetzt die Andockklammern.«

Mit einem lauten, hallenden Klacken zogen sich die Andockklammern zurück, womit das Schiff jede physische Verbindung zu *Deep Space Nine* verlor. Kira fühlte sich, als hätte sie gerade gehört, wie ihr die Beine gebrochen wurden.

»Der Kontakt zur Station wurde getrennt. Sie können jetzt starten«, sagte Dax. »Ich werde Sie so lange wie möglich unter den Schilden der Station halten. Viel Glück!«

»Danke, aber konzentrieren Sie sich lieber auf den Schutz der Station. Wir können auf uns selbst aufpassen. *Defiant* Ende.«

Das Schiff erwachte stöhnend zum Leben, die Triebwerke liefen an, die Ventilatoren atmeten warme Luft aus, und der große Hauptbildschirm erhellte sich, bis er die zwei anderen Andockmasten unter der Station zeigte, die sich elegant krümmten und wie riesige Krallen ins All hinausgriffen.

»Alarmzustand«, sagte der Hohe Gul hinter ihr. Er hatte im Kommandosessel Platz genommen.

Kira preßte die Lippen zusammen und berührte die Schaltfläche, die Alarmstufe Rot auslöste. Die Brücke wurde in augenfreundliches rotes Licht getaucht, in dem die Anzeigen auf der Konsole deutlicher hervortraten.

»Wir müssen uns noch ein paar Minuten von Fransu fernhalten, bis ich die Schilde hochgefahren habe«, sagte Kira.

»Tun Sie alles Notwendige. Fliegen Sie los!«

Kira hatte immer noch ein ungutes Gefühl angesichts der Argumentation des Hohen Gul, aber sie gehorchte. Der Bildschirm geriet in Bewegung und veränderte den Blickwinkel.

Sie drückte die Hände gegen die Navigationskonsole. Unter ihren lädierten und kribbelnden Fingern drehte das starke Schiff ab und löste sich vom Andockmast, bis sie sehen konnte, wie sich über ihnen der gewaltige Außenring der Station drehte.

»Das gigantische, glitzernde Rad von Terek Nor!« murmelte er. »*Deep Space Nine*. Haben Sie sich jemals mit Muße angesehen, was Sie eigentlich verteidigen? Schauen Sie, wie sich der graue Kreisel im Weltall dreht! Es ist ein Triumph der Wissenschaft, daß eine solche Konstruktion hier existieren kann. Sie ähnelt den Weltraumdocks zu meiner Zeit. Doch in meiner Zeit konnten wir nicht sehr lange darin leben. Betrachten Sie die gewaltigen Schatten, die sie wirft ... wie vergossener Wein ...«

»Ich habe die Station noch nie gemocht«, sagte Kira, ohne einen Hehl aus ihrer Abscheu zu machen.

»Warum verteidigen Sie sie dann?«

»Weil sie jetzt mir gehört.«

»Und weil sie damit gleichzeitig Ihren schutzlosen Planeten bewachen können. Ich verstehe. Wie fühlt sich dieses Schiff für Sie an?«

»Unterbesetzt«, antwortete Kira. »Wir können zwar kämpfen, aber wenn irgendwelche Systeme ausfallen, haben wir kaum eine Möglichkeit, sie wieder zu aktivieren.«

Der Hohe Gul richtete sich auf und blickte auf den Hauptbildschirm. Er betrachtete die Metallhülle der Station mit den Perlenketten aus Lichtern und den Beschädigungen. Einige Stellen waren nur eingedellt, andere dagegen wie mit einer Gabel aus einem Kuchen herausgebrochen.

»Ich werde Ihnen befehlen, den Angriff einzustellen«, sagte er. »Ich bin der Hohe Gul. Jetzt habe ich dieses kampfstarke Schiff zu meiner Verfügung. Ich werde gegen ihn antreten und siegen. Aus Hochachtung vor Captain Sisko werde ich die Station unversehrt lassen. Und aus Hochachtung vor Ihnen, Kira, werde ich Bajor vorerst in Ruhe lassen. Dann werde ich vollbringen, was ich mir geschworen habe – ich werde alle Mächte dieser Galaxis gegeneinander aufbringen, bis sie sich gegenseitig vernichten. Sie werden mich stärken und ein Vakuum hinterlassen, das ich nur noch in Besitz nehmen muß.«

»Noch nicht bewegen... noch einen Augenblick... jetzt können Sie sich langsam zurückziehen, Odo, ganz langsam! Ich werde Ihnen folgen und eine Blutung nach der anderen schließen... Sehr gut... Vorsicht!... tut mir leid, das wollte ich nicht... so, fast fertig...«

Beide schwitzten und waren blutüberströmt. Sie mußten unter denkbar ungünstigen Bedingungen arbeiten. Im Korridor des Andockmastes war es kalt, staubig und stickig.

»Er ist nicht tot?« fragte Odo erschöpft. Es hatte ihn zermürbt, Siskos Verletzungen von innen zu stabilisieren.

Julian Bashir jedoch war sehr von dieser Fähigkeit angetan und hatte mehrere Male seine Bewunderung ausgesprochen. »Sie haben etwas sehr Bemerkenswertes geleistet, Odo. Nur ein paar Augenblicke später, und ...«

»Nein«, meldete sich eine tiefe Stimme unter ihnen. »Ich bin noch nicht tot.«

»Captain«, sagte Bashir und schluckte. »Es tut mir leid. Ich wußte nicht, daß Sie wieder bei Bewußtsein sind. Haben Sie Schmerzen?«

»Ja, zum Teufel. Höllische Schmerzen, Doktor.«

»Ich werde Sie in wenigen Augenblicken stabilisiert haben. Odo konnte die Blutungen stoppen, bis ich eintraf.«

»Lagebericht ...«

Obwohl sich sein Bewußtsein immer wieder trübte, zwang Odo sich dazu, genügend Kraft zu sammeln, um sprechen zu können. »Kira wurde als Geisel in die *Defiant* gebracht. Ich hörte, wie sie vor etwa fünf Minuten starteten. Der Hohe Gul hat nur noch drei Männer. Die Station liegt unter schwerem Beschuß. Nähere Einzelheiten weiß ich nicht.«

»Hat die *Defiant* schon den Bereich der Deflektorschilde verlassen?«

»Auch das ist mir nicht bekannt.«

»Was ist mit mir?«

»Sie haben eine fünfzehn Zentimeter tiefe Stichverletzung im oberen linken Quadranten«, sagte Bashir. »Ihr Herz wurde nur knapp verfehlt, aber eine Lunge ist verletzt. Odo hat sie vor dem Verbluten bewahrt und verhindert, daß Sie sich sozusagen zu Tode atmen. Gut, Odo, wenn Sie sich jetzt langsam zurückziehen, werde ich die Wunde schließen.«

»Flicken Sie mich wieder zusammen!«

»Genau das mache ich gerade, Sir.«

»Ich meine sofort!«

»Sofort? Captain, Ihr Herzschlag hätte beinahe ausgesetzt. Sie brauchen mindestens zwölf Stunden Erholung.«

»Pumpen Sie mich mit Medikamenten voll, wenn es sein muß!«

»Sie sind bereits randvoll mit Anästhetika, Antibiotika und Cordrazin. Deswegen können Sie mit uns plaudern, statt sich schreiend am Boden zu wälzen.«

Odo warf Bashir einen tadelnden Blick zu. Der Arzt war zu weit gegangen. Sein junges, bronzefarbenes Gesicht zeigte Konzentration und Besorgnis. Es gefiel ihm nicht, unter diesen primitiven Bedingungen arbeiten zu müssen. Er zog eine saubere Krankenstation mit ausgebildeten Assistenten und zuverlässiger Technik vor.

Odo hatte Verständnis dafür. Auch für ihn war die Situation kaum zu ertragen, dieser Verlust von Ordnung und Kontrolle. Er machte sich auf eine Katastrophe gefaßt, als er seine Substanz zurückzog und wieder zu einer humanoiden Hand ausformte, doch es gab keinen grellen Blitz, der sein Ende signalisiert hätte.

Sisko drehte sich herum und stützte sich auf einen Ellbogen. Die Bewegung strengte ihn an, als hätte er sich freihändig an einer Klippe hochgezogen. »Zwei Fraktionen prügeln sich um meine Station, Doktor. Und ich will, daß keine von beiden gewinnt. Der Hohe Gul ist wie ein Soldat, der auf einer einsamen Insel vergessen wurde und nicht glauben will, daß der Krieg längst vorbei ist. Wenn ich ihn nicht aufhalte, wird er weiterkämpfen, bis er uns alle erledigt hat. Sie müssen mich wieder auf die Beine bringen, damit ich etwas dagegen tun kann.«

Bashir kämpfte mit seinem Gewissen, aber er widersprach ihm nicht. Gelassen bereitete er mit blutverschmierten Händen einen Injektor vor.

Während er wartete, sah Sisko den Gestaltwandler mit einer Besorgnis an, die Odo verlegen machte, und drückte dann auf seinen Kommunikator. Schweiß strömte ihm über das verstaubte Gesicht, als er die Beine anzog. Er sah so grau wie ein Cardassianer aus.
»Sisko an Zentrale. Dax, bitte melden Sie sich.«
»Benjamin? Du bist am Leben? Kira sagte ...«
»Mehr oder weniger. Wie ist die Lage?«
»Fransu weiß genau, was er tut. Er konzentriert den Beschuß auf unsere Schildgeneratoren und konnte an ein paar Stellen durchbrechen. Die Gesamtenergie der Schilde ist um ein Drittel reduziert, die Strukturfestigkeit wurde in sechzehn äußeren Bereichen zerstört, und der untere Zentralbereich ist unbewohnbar. In mindestens zehn Sektionen ist Feuer ausgebrochen. Die Phaserenergie steht noch, aber ich weiß nicht, wie lange. O'Brien kümmert sich mit oberster Priorität um die Waffen. Der Andockring ist ...«
»Wie steht es mit den Transportern? Ist die *Defiant* noch in Reichweite?«
»Die Impulsenergie wird gerade hochgefahren. Es dauert eine Weile, weil die Systeme vollständig abgeschaltet waren. Sie kommen hinter der Station hervor, um sich Gul Fransus Schiff zu stellen.«
»Haben Sie die Schilde der Station schon verlassen? Sind ihre Schilde aktiviert?«
»Zweimal nein. In dreißig Sekunden werden sie unsere Schilde verlassen haben, und dann bleibt ihnen keine andere Wahl, als die eigenen Schilde zu benutzen.«
»Ich möchte schnellstmöglich hinübergebeamt werden!«
»Wohin genau ...?«
»Die Brücke ist gegen Transporter abgeschirmt. Also in den Maschinenraum.« Er blickte noch einmal Odo an. »Kommen Sie mit?«
»Ich würde es gerne«, antwortete Odo automatisch,

wobei er spürte, wie seine letzten Kraftreserven mobilisiert wurden. Er richtete sich kerzengerade auf. »Aber ich kann nicht. Wenn ich mich für nur zehn Minuten entspannen könnte, wäre ich in der Lage, diese Gestalt lange genug aufrechtzuerhalten, um Ihnen helfen zu können. Aber das ist unmöglich. Es ist bald vorbei. Ich muß die Station verlassen.«

Sisko biß die Zähne zusammen und verzog vor Anstrengung das Gesicht, als Bashir ihm auf die Beine half. Dann gab der Arzt ihm eine abschließende Injektion, die seine Schmerzen unterdrücken und seinen Zustand soweit stabilisieren sollte, daß er noch ein paar weitere Minuten durchhielt.

»Benutzen Sie nicht den Transporter, Odo«, sagte der Captain. Er hatte sichtliche Schwierigkeiten, sich auf seine Gedanken zu konzentrieren. »Wir wissen nicht, wie es sich auf Sie auswirkt. Die Auflösung Ihrer Atome könnte ...«

Er verstummte, sprach es nicht aus.

»Mich explodieren lassen«, ergänzte Odo mit schneidender Stimme. »Ich verstehe. Ich werde mich an O'Brien wenden. Er soll mich in einen Flitzer stecken.«

»Benjamin, du hast noch zehn Sekunden!«

»Odo, es tut mir leid«, sagte Sisko voller Mitgefühl. »Ich bin bereit, Dax.«

»Bist du bewaffnet?«

»Ich habe einen Phaser, zwei Fäuste und jede Menge Zähne.« Sisko entfernte sich ein Stück von den Leichen. Als Odo zu ihm aufblickte und sich fragte, was Sisko wohl denken mochte, sagte er: »Energie!«

»Fransu! Fransu ... Sie sind es also!«

Auf dem Hauptbildschirm war Gul Fransus Gesicht in ungewöhnlicher Deutlichkeit zu erkennen, wenn man bedachte, daß die Störsignale immer noch aktiv waren und die Station unter heftigem Beschuß lag.

Der Hohe Gul starrte unentwegt den Mann an, den er offenbar genau kannte.

Kira Nerys nahm sich die Zeit, die beiden zu beobachten. Wie sahen sie sich gegenseitig? Für Fransu mußte der Hohe Gul fast genauso wie vor langer Zeit – vor etwa achtzig Jahren – aussehen, als sie sich das letzte Mal begegnet waren. Fransu jedoch war jetzt ein alter Soldat, dessen Jugend längst unter den Torturen der Zeit verblichen war.

Der Hohe Gul warf ihr einen vorwurfsvollen Blick zu, ging jedoch nicht weiter darauf ein, daß sie ihm die Identität des Angreifers nicht mitgeteilt hatte. Als sie seinen Blick erwiderte, schien er die Tatsache zu akzeptieren, daß es keineswegs ihre Aufgabe war, ihn darüber zu informieren. Eher im Gegenteil.

Er betrachtete wieder den Cardassianer auf dem Bildschirm.

»Fransu ...«, murmelte er noch einmal. »Ich hatte gehofft, daß es nicht Sie wären.«

Fransu blickte sich zur Seite nach einem Mitglied seiner Besatzung um und wischte dann eine verschwitzte Hand an seiner silbergrauen Uniform ab.

»Exzellenz«, sagte er. »Das Zentralkommando ist überglücklich, daß Sie am Leben sind.«

»Natürlich!« spottete der Hohe Gul. »Wer wäre das nicht, wenn ein Held der Vergangenheit plötzlich wieder aufersteht?«

Kira hielt den Atem an. In welcher Beziehung standen diese beiden Männer zueinander? Hatte sich Sisko mit seinen Schlußfolgerungen getäuscht?

»Fransu«, sagte der Hohe Gul. Aus irgendeinem Grund mußte er immer wieder diesen Namen aussprechen. »Stellen Sie mich zum Zentralkommando durch. Ich möchte mit den Verantwortlichen reden.«

»Exzellenz ... das ist leider nicht möglich. Die Kommunikation in diesem Sektor ist gestört.«

»Dann beseitigen Sie die Störung.«

»Dazu müßte ich die Drohnen nacheinander mit der Hand einsammeln.«

»Ich verstehe. Fransu... ich möchte, daß Sie das Feuer auf Terek Nor einstellen.«

»Gut.«

Kira blinzelte. Das kam ihr ein wenig zu einfach vor. Viel zu einfach.

»Wo ist meine Elitegarde, Fransu?« fragte der Hohe Gul mit einer erschreckenden Direktheit. »Wo sind meine zweitausend Getreuen?«

»Als die Rückeroberung von Tal Demica begann, sandte ich das Wiederbelebungssignal ab. Alle wachten auf, nur Sie nicht, Hoher Gul. Sie waren verschwunden. Jemand hatte sie fortgebracht. Ihre zweitausend Mann kämpften und eroberten Tal Demica, wie es geplant war. Ihr Name wird im ganzen Reich verehrt.«

Kira sah, wie der Hohe Gul lächelte. Es war ein fast melancholisches, gleichzeitig aber auch ein amüsiertes Lächeln. Er ging ein paar Schritte und glitt mit der Hand über die Navigationskonsole, als wollte er eine Grenze ziehen. Dann blickte er auf den Boden und schließlich wieder auf den Bildschirm.

»Wenn das hier vorbei ist, möchte ich gerne nach Tal Demica zurückkehren und mir ansehen, was wirklich geschehen ist und wie sich die Situation seitdem weiterentwickelt hat.«

Fransu schwieg einen kurzen Moment, versuchte sich unter Kontrolle zu halten und warf wieder einen Blick zur Seite. »Wenn Sie sich an Bord beamen lassen«, sagte er ruhig, »werde ich Sie hinbringen.«

»Vielen Dank, Fransu. Meinen verbindlichsten Dank. Jetzt weiß ich ohne jeden Zweifel, wie ich vorgehen muß. Es freut mich, daß ich diesen Augenblick der Täuschung mit Ihnen genießen durfte. Es war mir ein Vergnügen«, sagte er zum Gesicht auf dem großen Bildschirm, »aber jedes Vergnügen hat einmal ein Ende.«

»Täuschung?« erwiderte Fransu, aber er wußte genau Bescheid.

Der Hohe Gul nickte. »Haben Sie damals überhaupt nichts von mir gelernt? Ich glaube nicht, daß Sie meine zweitausend Getreuen am Leben gelassen haben. Sie sind nicht nur zu einem Feigling, sondern auch zu einem Schlächter geworden.«

»Warum sagen Sie so etwas, Exzellenz?«

»Weil Sie den Angriff auf den Außenposten nur deshalb abgebrochen haben, um sich auf mein Schiff konzentrieren zu können.«

Fransu seufzte, blickte wieder nach rechts und fragte dann: »Wie kommen Sie zu dieser Schlußfolgerung?«

»Weil Sie nur mit einem einzigen Schiff gekommen sind. Das Zentralkommando hat keine Ahnung, daß Sie hier sind, nicht wahr? Andernfalls wäre eine große Flotte aufgeboten worden – entweder um mich willkommen zu heißen oder um mit erdrückender Übermacht das Feuer zu eröffnen, je nach dem, wie sich die Dinge entwickelt hätten. Aber jetzt sind nur Sie hier. Sie waren ehrgeizig genug, um mich zu verraten, aber zu feige, um mich zu töten. Sie wollen im geheimen handeln, um sich selbst vor den Konsequenzen Ihrer vergangenen Taten zu schützen. Aber leider haben Sie in all den Jahren nichts dazugelernt. Die Wahrheit sickert immer durch irgendeine undichte Stelle, Fransu. Es gibt kein vollkommenes Schweigen. Ganz gleich, was Sie hier tun, auf irgendeinem Weg wird es auch auf Cardassia bekannt werden. Cardassia hat kein Interesse an der Vernichtung dieser Station und ihrer Bewohner.«

»Nein«, gab Fransu schließlich zu. »Aber ich. Ich hätte Sie töten sollen, als ich die Gelegenheit dazu hatte, aber in jenen Tagen konnte ich meine Hand noch nicht so hoch erheben. Zum Glück ist meine Ehrfurcht vor Ihnen zusammen mit meiner Jugend verblaßt.«

»Wie wollen Sie die Zerstörung dieses Außenpostens erklären?«

»Es werden nicht mehr als ein paar glühende Trümmer zurückbleiben. Ich habe schon vor langem gelernt, daß sich niemand mehr für einen Trümmerhaufen interessiert.«

»Es freut mich, daß Sie doch etwas gelernt haben«, sagte der Hohe Gul. »Jetzt möchte ich meinem ehemaligen Schüler eine Frage stellen und zusehen, wie sich der Schatten der Jahrzehnte von seinen Augen hebt ... Erinnern Sie sich, wogegen Sie eigentlich kämpfen?«

19

Kira spürte die Konsole unter ihren Händen und das Vibrieren des Schiffes in ihren Beinen, während sie nach vorn sah. Trotzdem glaubte sie die Augen des Hohen Gul im Genick und sein mildes Lächeln fühlen zu können.

»Wir verlassen die Sphäre der Stationsdeflektoren«, meldete sie mit heiserer Kehle. »Ich aktiviere unsere eigenen Schilde. Die Energie hat sich fast vollständig aufgebaut. Welchen Kurs soll ich setzen? Ich habe das Gefühl, daß Sie nicht der Typ sind, der frontal angreift.«

»Wie stark ist dieses Schiff?«

Als er diese Frage stellte, ohne auf ihre Bemerkung einzugehen, wußte Kira instinktiv, daß sie diesen Mann nicht mehr unterschätzen durfte. Er mochte aus einer anderen Zeit stammen, aber Klugheit und Intelligenz alterten niemals, und ihm war klar, daß sie genau wußte, wie man mit diesem Schiff umging.

»Schwere Bewaffnung«, sagte sie, »starke Schilde, sehr wendig. Von diesem Typ gibt es nur dieses eine Exemplar, also ist Fransu nicht damit vertraut.«

»Schwächen?«

»Unsere größte Schwäche ist der Umstand, daß wir keine ausreichende Besatzung haben. Wenn irgend etwas ausfällt, können wir es zu fünft unmöglich wieder in Ordnung bringen. Zweitens, wir können die Photonentorpedos nicht einsetzen. Wir lassen sie nicht ständig in geladenem Zustand, weil dies zu gefährlich wäre. Wir würden mehrere Leute brauchen, um sie einsatzbereit zu machen. Wir können unsere nicht benutzen, aber Fransu dürfte über Torpedos verfügen.«

»Wenn ich mich richtig erinnere, sind Photonentorpedos über kürzere Distanzen außerordentlich effektiv.«

»Richtig.«

»So viel hat sich also gar nicht verändert. Waffen sind Waffen, Schiffe sind Schiffe, und Fransu ist immer noch Fransu. Wenn wir an ihm vorbeifliegen, werden wir das Feuer eröffnen. Er soll einen kleinen Vorgeschmack bekommen.«

Kira straffte die Schultern und legte ihre kalten Finger auf die Schaltflächen. »Ich drehe bei.«

Die *Defiant* kippte elegant wie ein geworfener Diskus zur Seite und manövrierte wie an einer Führungsleine im Bogen um die *Rugg'l* herum, bis sie plötzlich beschleunigte.

Das cardassianische Schiff lauerte wie ein herrenloser Hund vor dem schwarzen Sternenvorhang, der *Deep Space Nine* umgab. Der Anblick hatte etwas Schönes, und Kira berauschte sich an der wiedererweckten Herausforderung. Nach langer Zeit kämpfte sie wieder gegen die Cardassianer, diesmal an der Seite eines Cardassianers. Jeder Frieden hatte seine Preis, und sie war bereit, diesen Preis für Bajor zu bezahlen. Jeden Tag wurden Geschäfte abgeschlossen, doch nur selten ging es dabei um das Schicksal einer ganzen Zivilisation oder eines gesamten Raumsektors. Für Bajor hatte der Frieden lange auf sich warten lassen, und er war immer noch nicht sicher. Wenn der Hohe Gul sie nicht angelogen hatte – und sie glaubte nicht, daß er es getan hatte –, dann könnte sie vielleicht für einige Generationen den Frieden sicherer machen, so daß ihr Volk in nächster Zukunft nicht mehr von schlaflosen Nächten geplagt wurde.

Kira mußte sich zwingen, solche Gedanken abzuschütteln, um ihre Hände auf die Phaserkontrollen zu legen, doch Fransu war schneller. Das cardassianische

Schiff eröffnete aus unmittelbarer Nähe das Feuer auf sie und ließ blaue Blitze durch das Weltall zwischen den zwei Schiffen zucken. Sie trafen die Schilde der *Defiant* genau im kritischen mittleren Bereich.

Eine Hitzewelle breitete sich plötzlich auf der Brücke aus – ein sicheres Zeichen für einen Energieverlust irgendwo an Bord. Das Schiff versuchte, diesen Verlust zu kompensieren und gab dem Überleben eine höhere Priorität als der Bequemlichkeit der Besatzung.

»Ich habe hier eine Schadensmeldung der T-Kontrolle von etwas, das sich DPT nennt«, rief Elto von der oberen Brücke.

»Das ist die Temperaturkontrolle des Deuterium-Plasma-Tanks. Wenn sie versagt, verlieren wir die Impulsenergie.«

Der Hohe Gul suchte ohne Hektik nach der Kommunikationseinheit. »Brücke an Clus und Koto. Wenn Ihr mich hören könnt, geht in den sekundären Kontrollbereich und gleicht die Temperatur in den Tanks für die Energieversorgung des Impulsantriebs aus.«

»Sie kommen«, sagte Kira, während sie das andere Schiff auf dem Hauptbildschirm beobachtete und auch die Monitore im Auge behielt, die sie mit weiteren Daten versorgten.

Als die *Rugg'l* sich der *Defiant* zuwandte, eröffnete Kira das Feuer. Die starken Energieentladungen waren noch auf der Brücke zu hören.

Die Strahlen schossen im Salventakt in den Weltraum und versetzten der *Rugg'l* sozusagen einen Kinnhaken, durch den das Schiff zurückgeworfen wurde.

Der Hohe Gul beugte sich in seinem Kommandosessel vor. »Großartig!« jubelte er.

»Nicht schlecht, nicht schlecht«, murmelte Kira, biß die Zähne zusammen und ging wieder auf Annäherungskurs. Als sie die Seite der *Rugg'l* im Visier hatte, ließ sie eine neue Salve los.

Das cardassianische Schiff kippte seitlich weg, während die Schilde sichtlich Mühe hatten, die einschlagende Energie zu absorbieren.

»Ein wunderbares Schiff, das wir hier haben!« sagte der Hohe Gul mit aufrichtiger Bewunderung.

Kira nickte, aber in Gedanken war sie mit ganz anderen Problemen beschäftigt. »Wir können uns nicht ewig herumschlagen und darauf warten, daß einer von uns in die Knie geht. Und höchstwahrscheinlich wird es uns zuerst treffen, weil wir nicht genügend Besatzung haben.«

»Und Fransu dürfte inzwischen wissen, daß wir keine Photonentorpedos haben, weil wir sie bei dieser Distanz längst hätten einsetzen können.«

Sie blickte sich über die Schulter zu ihm um. »Wie kommen Sie darauf, daß er sich so gut mit Föderationstechnik auskennt?«

»Ich muß davon ausgehen, damit wir nicht an meiner Kurzsichtigkeit zugrunde gehen. Schließlich hat er nicht achtzig Jahre lang geschlafen.«

Kira brummte etwas Unverständliches und konzentrierte sich wieder auf das Schiff. Sie durfte nicht an mehreren Fronten gleichzeitig kämpfen.

»Feuern Sie noch einmal«, sagte der Hohe Gul. »Wir müssen immer wieder zuschlagen, bis er erledigt ist.«

Kira verzichtete auf eine Bestätigung, denn sie konnte sich einfach nicht dazu überwinden, Befehle von diesem Mann anzunehmen. Sie beugte sich über ihre Kontrollen, riß die *Defiant* herum und flog das Heck der *Rugg'l* an. Dann feuerte sie.

Doch diesmal war Gul Fransu vorbereitet. Er hatte seine Schilde neu konfiguriert, um die Strahlschüsse von seinen kritischen Bereichen abzuhalten, womit er ein paar wertvolle Sekunden gewann. Er hatte das Manöver der *Defiant* vorausgesehen und schoß zurück, bis Kira das Schiff wegsacken ließ und dem konzentrierten Beschuß entging.

»Sie haben unsere Taktik durchschaut«, stieß sie hervor. »Die Steuerungssysteme sind gestört, die Injektoren des Fusionsreaktors haben einen Rückstau ... und ich verliere die Kontrolle über den Schubausgleich. Die Triebwerksimpulse sind viel zu stark! Was machen Ihre Männer da unten?«

Eine Anwandlung von beleidigtem Trotz und Aufsässigkeit, nachdem er beinahe gestorben wäre. Ein Gefühl der Unbesiegbarkeit, das ihm half, die kritischen Minuten zu überstehen.

Vielleicht lag es nur an den Medikamenten. Es spielte keine Rolle. Die Hauptsache war, daß er die innere Energie zum Handeln aufbrachte.

Das Summen des Transporterstrahls war ein Geräusch, das eigentlich gar nicht in den Maschinenraum dieses starken Schiffes paßte, doch Benjamin Sisko hörte trotzdem, wie es in seinen Ohren nachhallte. Er beobachtete, wie sich die Eingeweide des Kampfschiffes aus dem Nichts bildeten, als würde der Raum gebeamt werden und er nur untätig dastehen, während sich das Universum veränderte.

Es war ein bekannter psychologischer Nebeneffekt des Beamens. Sein Verstand wußte genau, was geschah, aber tief im Innern hatte er sich niemals daran gewöhnt. Licht flimmerte, ohne daß es eine Lichtquelle gab, und Energie floß, ohne daß eine Energiequelle zu erkennen war.

Er preßte sich mit dem Rücken in die Nische vor der Tür zum Büro des Ingenieurs. Dax hatte ihn in einem abgelegenen Bereich im Maschinenraum abgesetzt. Draußen im Hauptraum waren zwei cardassianische Soldaten eifrig damit beschäftigt, ein Schiff zu kontrollieren, das eine Besatzung von mehreren Dutzend Leuten benötigte. Wahrscheinlich versuchten sie, so viele Systeme wie möglich auf Automatik zu schalten, doch irgendwann würden sie damit nicht weiterkommen. Es gab einige Dinge, die einfach nicht von Computerprogrammen und Autopiloten erledigt werden konnten. Manche Probleme ließen sich nur durch intelligente Lebewesen lösen, wenn nicht komplizierte Berechnungen, sondern phantasievolle Einfälle gefragt waren.

Immer wieder verschwamm ihm alles vor den Augen, während er auf die Anzeigen starrte. In welchem Zustand war das Schiff? Hatte es schon Treffer einstecken müssen.

Ja, in diesem Augenblick wurde es durchgeschüttelt... und gleich noch einmal.

Die zwei Schiffe kämpften bereits miteinander. Vielleicht war es bislang nur ein vorsichtiges Kräftemessen, aber es wurde scharf geschossen. Standen die Schilde der *Defiant*? Ja, er konnte die hellgrünen Lämpchen sehen, die die Integrität der Deflektoren anzeigten. Sie hatten die Schildgeneratoren aktivieren können. Ihnen blieben noch ein paar Minuten Zeit zum Manövrieren.

In welchem Umfang beteiligte sich Kira an der Aktion?

Mit Drohungen würde man bei ihr nicht viel erreichen. Sie brauchte schon zwingendere Beweggründe.

Es drängte ihn, die Fremden von seinem Schiff zu werfen. Aber war das vernünftig? Wer sollte es in Betrieb halten, wenn die Cardassianer fort waren? Die *Defiant* würde hilflos im All treiben.

Die Argumente lieferten sich in seinem schmerzenden Kopf einen heftigen Kampf. Doch er fand keine Antwort und strengte sich an, trotzdem einen Plan zu entwerfen. Ja, er würde den Maschinenraum übernehmen. Er wollte nie wieder tatenlos die Ereignisse in einem besetzten Schiff verfolgen müssen. Sein Pulsschlag rauschte in seinen Ohren. Er hatte keine Ahnung, wie lange Bashirs Behandlung ihn auf den Beinen halten würde. So starke Aufputschmittel würden früher oder später ihren Tribut fordern. Die Zeit lief ab.

Bevor er sich vorbereiten konnte, hörte einer der Cardassianer, wie Siskos Stiefel über den Boden scharrte. Der Mann drehte sich um, sah ihn, reagierte schokkiert und zog seine Handwaffe. Einen Moment lang war Sisko ebenfalls schockiert, und der Moment dauerte beinahe ein wenig zu lange. Sein Körper und Geist reagierten nur verzögert darauf, wie der Cardassianer ihn aus tiefen Augenhöhlen anstarrte und die Waffe hob, doch dann hatte auch er seine Waffe in der Hand. Sein Instinkt übernahm die Kontrolle, und er schoß. Ein kräftiger Fingerdruck.

Sein Phaser war auf breite Fächerung eingestellt und traf, ohne daß er sehr genau zielen mußte. Ein gebündelter Strahl wäre höchstwahrscheinlich danebengegangen.

Der Cardassianer hob die Arme, um das Gesicht zu schützen, schrie erstickt auf und zerfiel dann zu einer schwebenden Aschewolke. Sisko wehte der Gestank nach verbranntem Fleisch entgegen.

Was war das? Sisko überprüfte seinen Phaser, der auf schwere Betäubung eingestellt war. Offenbar reagierten die Körper der Cardassianer durch den langen Tiefschlaf ungewöhnlich empfindlich.

Wo war der zweite Cardassianer? Er war geflüchtet. Wohin? Er konnte ihn nirgendwo erkennen.

Der Maschinenraum war nicht vollständig beleuchtet. Also lag es doch nicht an seinen Augen. Die Beleuchtung war nur zu fünfzig Prozent aktiviert. Standardmodus während des Andockens. Er hatte gar nicht mehr daran gedacht. Niemand hatte sich die Mühe gemacht, sie komplett zu aktivieren. Oder die Männer des Hohen Gul wußten nichts davon. Deshalb wirkte alles so verschwommen, düster und farblos.

Eine Bewegung an seiner Seite – dann eine Faust, die ihm den Phaser aus der Hand schlug und den Arm bis zur Schulter lähmte. Er hörte, wie die Waffe über den Boden davonschlitterte. Die Schmerzen blendeten ihn im entscheidenden Augenblick. Er nutzte die einzige Chance, die er hatte, und riß blind den Ellbogen hoch.

Zu seinem eigenen Erstaunen traf der Schlag offenbar ins Ziel.

Er setzte sein ganzes Körpergewicht ein und schlug noch einmal in dieselbe Richtung. Dann spürte er, wie sein Angreifer das Gleichgewicht verlor und zu Boden ging. Der Phaser des Cardassianers flog ebenfalls zur Seite, doch der Mann konnte noch einmal danach greifen. Zusammen stießen sie mit einem ohrenbetäubenden Krachen gegen die Kontrolleinheit des Impulsantriebs, wobei der Phaser ausgelöst wurde.

Der Energiestrahl summte so nah an Siskos Ohr vorbei, daß sich ihm die Haare im Genick und auf dem Arm sträubten. Er preßte mit beiden Händen den Arm des Cardassianers gegen seinen Hals und erkannte, daß der Phaserstrahl einen rötlich glühenden Riß in die Kontrollen auf der anderen Seite des Maschinenraums schnitten.

»Aufhören!« schrie Sisko und drückte gegen den harten Arm des Cardassianers. »Aufhören! Die Deflektorkontrollen! Sie werden sie zerstören! Sie Idiot ...!«

Der Phaser brüllte immer noch neben seinem Ohr. Der Cardassianer hielt die Waffe fest gepackt und feuerte ununterbrochen den orangefarbenen Strahl ab, der sich wie das Gekritzel eines Kindes auf die Kontrollen der Deflektorschilde zubewegte.

Der Cardassianer umklammerte ihn von hinten und feuerte weiter. Entweder verstand er nicht, was er anrichtete, oder es war ihm gleichgültig. Oder er dachte in der Hektik des Kampfes überhaupt nicht nach.

»Hören Sie auf! Stellen Sie das Feuer ein!«

Er stemmte die Füße gegen den Boden und warf sein Gewicht nach hinten. Er wollte seinen Gegner nur ein paar Zentimeter weit aus dem Gleichgewicht bringen. Doch es war, als würde er mit einer eisernen Statue ringen. Der Cardassianer brüllte einen unverständlichen Fluch und gab nicht nach. Direkt vor Siskos tränenden Augen zitterte die Faust mit dem feuernden Phaser und verwüstete den Maschinenraum. Der Strahl zerschmolz gnadenlos die wichtigen Kontrollen, ohne die überhaupt nichts mehr funktionierte.

Sisko hob einen Fuß, um nach einer Wand oder etwas anderem zu suchen, an dem er sich abstützen konnte – doch es war zu spät. Der Phaserstrahl schnitt wie ein Skalpell durch die Deflektorkontrollen, und im nächsten Augenblick versiegte die Energie. Es war vorbei. Sie hatten keine Schilde mehr.

Ein kampfstarkes Schiff, aber ohne jeden Schutz. Fransus Waffen würden mühelos die nackte Außenhülle aufschneiden.

»Sie verdammter Idiot!« Sisko schob wütend das Kinn unter den Arm des Cardassianers, fand eine Lücke in der Rüstung, riß die schmerzenden Kiefer auf und grub seine Zähne in die Haut.

Der Cardassianer keuchte auf, sackte zurück und versuchte, seinen Arm zurückzuziehen.

Sisko winkelte die Knie an, befreite sich aus dem Klammergriff und rollte zur Seite. Seine Hände tasteten über den Boden, suchten nach einer Brechstange, einem Ersatzteil, irgendeinem Werkzeug, das er als Waffe einsetzen konnte, um diesen Kampf in seinem Sinne zu beenden. Aber da war nichts.

Er hatte nur seine geschwollenen Hände, seine tauben Beine, einen völlig durcheinandergeratenen Gleichgewichtssinn und einen Verstand, in dem es ähnlich konfus aussah. Er riß seinen Kopf herum und sah den Cardassianer an. Er wollte dem Tod ins Auge blicken und keinen Schuß in den Rücken erhalten.

Er stemmte sich mit beiden Händen an einer Wartungskonsole hoch und kam wieder auf die Beine.

Seine Rückenmuskeln verkrampften sich, als er damit rechnete, daß der Phaser des Cardassianers sein Rückgrat genauso wie die Deflektorkontrolle zerschnitt.

Er hatte sich im selben Augenblick aufgerichtet, als

der Cardassianer sich aufraffte und zu ihm herumwirbelte. Das Gesicht des Soldaten zeigte grimmige Wut, und die Waffe kam ebenfalls hoch.

Es wurde heller im Raum. Ein neuer Energiestrahl. Sisko blinzelte und wehrte sich nicht mehr dagegen. Er hatte nichts, womit er sich gegen den Cardassianer verteidigen konnte.

Dann nahm das Gesicht des Mannes einen ganz anderen Ausdruck an. Er riß die Augen auf und öffnete den Mund, als wollte er protestieren, doch schon im nächsten Moment kippte sein Körper nach vorn und löste sich zu einer Rauchwolke auf.

Sisko starrte auf die leere Stelle vor ihm und fragte sich, ob er vielleicht gestorben war, um als Geist zurückzukehren und mit reiner Willenskraft furchtbare Rache zu nehmen.

Dann fuhr er herum und mußte darum kämpfen, nicht das Gleichgewicht zu verlieren, als er die Augen anstrengte, um die Gestalt deutlicher wahrzunehmen. Er stieß ein gurgelndes Keuchen aus und knurrte: »Garak!«

Garak ließ die Waffe sinken, denn er wollte damit nicht unabsichtlich auf den Mann schießen, dem er gerade das Leben gerettet hatte.

»Captain Sisko«, sagte er. »Sie sehen aus, als hätte man Sie durch einen Fleischwolf gedreht. Ich hörte, Sie seien tot.«

»Wo ...«, keuchte Sisko, »haben Sie das gehört?«

»Ach ... die Ohren eines Schneider, Sie wissen ja, Captain.« Garaks Versuch eines Scherzes verpuffte ohne Wirkung. Auch sein ironisches Grinsen mißlang ihm.

»Was machen Sie hier?«

»Ich habe mich wieder auf Ihre Seite geschlagen, nachdem sich meine Hoffnungen zerschlagen haben.« Garak konnte nicht verbergen, wie betrübt er über diese Entwicklung war. »Ich sehe nur noch gleichermaßen unangenehme Alternativen.«

»Ich hoffe, Sie sehen nicht zu schwarz. Kennen Sie sich mit der Technik der Föderation aus?«

Garaks Gesicht zeigte wieder den Ansatz eines Grinsens. »Captain ... Sie müßten doch inzwischen bemerkt haben, daß ich ein *sehr* guter Schneider bin!«

»Dann bleiben Sie hier und kümmern Sie sich um den Maschinenraum.«

Er ging ein paar Schritte auf Garak zu und starrte ihn an. Sein Gesicht verzog sich vor Abscheu. Dann drehte er sich zu den Kontrollen der Deflektoren um und stieß einen verbitterten Seufzer aus.

»Wir werden später miteinander reden«, sagte er.

»Unsere Schilde sind gerade zusammengebrochen! Versuchen Sie, Ihre Männer im Maschinenraum zu erreichen! Was haben sie angestellt? Sie müssen sofort die Schilde wieder aktivieren!«

»Clus, Koto, hier ist die Brücke. Kümmert euch sofort darum, die Deflektoren wieder in Betrieb zu nehmen. Wir sind ohne Schilde. Clus? Koto? Hört ihr mich? Clus!«

Kira zog die Schultern hoch und stemmte die Füße gegen den Boden, als wollte sie das Schiff mit eigener Kraft bewegen. »Ich weiß nicht, wie lange wir uns so noch halten können«, sagte sie mit einem entsetzten Keuchen. »Ohne Schilde sind wir erledigt. Daran gibt es nicht den geringsten Zweifel.«

Der Hohe Gul wandte sich von der Kommunikationseinheit ab. »Drehen Sie bei und fliegen Sie zur Sonne.«

Sie wirbelte herum. »Sagen Sie das noch mal!«

»Zur Sonne«, wiederholte er und deutete mit einer lässigen Handbewegung auf den Bildschirm. »Fliegen Sie so nahe wie möglich heran.«

»Sie wollen vor der Sonne mit ihm Versteck spielen?«

»Nein, dahinter.«

»Was soll das?«

»Wir brauchen einen Vorteil. Fransu hat die Photonentorpedos, und wir haben die Sonne.«

»Wenn wir flüchten, könnte er die Gelegenheit nutzen, um die Station zu zerstören.«

»Nein, er weiß, daß ich an Bord dieses Schiffes bin. Er wird mir folgen.«

»Woher wollen Sie das wissen?«

»Weil wir es mit Fransu zu tun haben, Bajoranerin.«

Kira schüttelte unentschlossen den Kopf und blickte wieder nach vorn, wo sie alle ihre Probleme im Blickfeld hatte. »Also gut ... weil er Fransu ist.«

Sie änderte den Kurs, zog die *Defiant* in einer engen Kurve herum und gab Vollschub auf den Impulsantrieb, der nicht mehr so sauber wie gewohnt reagierte. Sie konnte beinahe spüren, wie er stotterte, weil er nicht ausreichend Energie erhielt. Jetzt war es schon ein wenig besser – vielleicht hatten die Männer des Gul das Problem behoben und den Deuterium-Plasma-Tank wieder unter Kontrolle.

Doch die Schilde waren immer noch ausgefallen.

Sicher, sie konnten zur Sonne fliegen und sich dann dahinter verstecken. Doch ein Volltreffer von Fransu würde die Außenhülle irgendwo aufreißen oder wichtige Maschinen zerstören, und dann war alles vorbei.

»Sie folgen uns, Hoher Gul«, meldete Elto. »Sie feuern wieder ...«

Seine Stimme ging im Lärm des Treffers unter. Funken regneten von der Decke, und Rauch quoll aus den Backbord-Subsystemen. Doch es war nur ein Streifschuß, denn Kira hatte immer noch die Kontrolle über die Navigation. Sie holte noch mehr Geschwindigkeit aus den Maschinen heraus, und das Schiff machte einen Satz nach vorn.

Die Sonne stand blendend hell auf dem Hauptbildschirm, obwohl die Kompensatoren ihre Augen zu schonen versuchten. Bajors heiße, aprikosengelbe Sonne war nun zu einer strategischen Position innerhalb eines Kampfes geworden. Nicht viele Sonne konnten sich dessen rühmen.

Kira hielt genau darauf zu. Ein paar quälende Minuten behielt die Sonne ihre Größe bei, doch dann wuchs ihr Durchmesser merklich an.

»Er verfolgt uns immer noch«, meldete Elto mit gepreßter Stimme. »Er holt auf!«

»Fliegen Sie um die Sonne herum, Bajoranerin«, sagte der Hohe Gul, »so nah wie möglich, aber bleiben Sie in der Ekliptik.«

»Was bezwecken Sie damit?« fragte Kira, um eine automatische Befehlsbestätigung zu vermeiden.

»Ich weiß genau, wie Fransu denkt. In dieser Taktik war er noch nie sehr gut. Dazu ist er viel zu vorsichtig. Statt mich zu jagen und zu riskieren, daß ich mich plötzlich gegen ihn wende, wird er lieber auf dieser Seite abwarten. Wir werden von unten wieder auftauchen, ihn attackieren und dann wieder hinter der Sonne verschwinden. Das wird ihn zermürben.«

»Und Sie haben Ihren Spaß dabei.«

»Ja, es macht mir Spaß.«

»Ein Versteckspiel hinter der Sonne halte ich für keine sehr effektive Strategie«, sagte Kira. »Ohne Schilde dürfen wir uns nicht zu nahe heranwagen, damit wir nicht gebraten werden. Er dagegen hat seine Schilde noch und kann ...«

»Es spielt keine Rolle, was er hat oder kann«, widersprach der Hohe Gul. »Wir werden siegen, wenn wir klüger handeln.«

Kira biß sich auf die Unterlippe. »Das funktioniert nicht immer ...«

Sie korrigierte den Kurs, um nicht direkt in die Sonne zu fliegen – auch wenn diese Vorstellung einen Augenblick lang etwas Verlockendes hatte. Dann schwenkte sie mit dem Schiff auf eine Kreisbahn, als im selben Moment die Alarmsirenen aktiviert wurden.

»Annäherungsalarm ... sofort den Kurs ändern ...

Annäherungsalarm ... sofort abdrehen«, forderte der Computer.

»Ist ja gut«, murmelte sie und schaltete den Alarm aus.

Sie schwitzte. Sie spürte, wie der Stoff ihrer Uniform an den Handgelenken und am Hals über die Haut rieb. Ihr Haar schien sich zu verklumpen. Sie fühlte, wie es schwerer wurde und die Strähnen zusammenklebten. Ohne Schilde konnte das Schiff die Sonnenhitze nicht abwehren.

Das Schiff umflog die Sonne auf der Ebene der Planetenumlaufbahnen, die sie während des bisherigen Kampfes nicht verlassen hatten.

Kira beobachtete kritisch die Anzeigen. »Wir sind gleich genau gegenüber von *DS Nine* ... jetzt.«

»Tauchen Sie unter der Sonne hindurch und feuern Sie aus allen Rohren, wenn er in Reichweite kommt.«

Kira verstand auch ohne genaue Erklärung, was der Hohe Gul wollte. Es war ihr recht, daß er keine detaillierten Kursanweisungen gab, denn sie wußte selbst, was zu tun war. Allerdings konnte er sich immer noch nicht sicher sein, daß sie wirklich zur Kooperation bereit war. Sie konnte sich jederzeit gegen ihn stellen, vor allem in einem Moment wie diesem. Sie spürte, er sah sie an und wußte genau, daß sein Leben von ihrer Entscheidung abhing.

Sie hatten ein Bündnis gegen einen gemeinsamen Feind geschlossen und mußten sich gegenseitig wie die Mitglieder einer Kampftruppe vertrauen. Kira ließ sich dadurch nicht irritieren, sondern konzentrierte sich ganz auf die Aufgabe. Sie hatte keine Zeit, um darüber nachzudenken, wie sie ihn hintergehen konnte.

Auf der Brücke wurde es heißer. Schweiß lief ihr über das Gesicht. Allmählich wurde ihr ganzer Körper feucht.

Der Bildschirm zeigte, wie die Sonne größer wurde und dann nach oben fortschwebte. Das blendende Licht verschwand, als sie unter dem Stern waren.

Sie flog einen sehr gewagten Kurs, denn ohne Schilde durfte sie dem Schiff nicht zu viel zumuten.

Fransus Schiff befand sich genau dort, wo der Hohe Gul es vermutet hatte. Ihr Gegner schien zu zögern und zu überlegen, ob er die Verfolgung aufnehmen sollte. Irgend etwas störte Kira an dieser Situation, aber sie hörte nicht auf die warnende Stimme in ihrem Hinterkopf, sondern ging mit aktivierten Phasern auf Angriffskurs.

Die Energiestrahlen schlugen in die Deflektorgeneratoren auf der Unterseite von Fransus Schiff. Ohne sich anhand der Daten auf ihren Monitoren vergewissern zu müssen, sah sie, wie die Energie die Generatoren zerstörte. Offenbar hatten sie im Kampf mit *DS Nine* bereits Schaden genommen, so daß sie ihnen nun den Todesstoß versetzte.

Fransus Schiff wurde nach Backbord gerissen und versuchte, Abstand zu gewinnen, doch Kira hielt die *Defiant* mit voller Geschwindigkeit auf Kurs, wodurch sie außerdem die Gefahr verringerte, zu tief in den Sog der immensen Schwerkraft der Sonne zu geraten.

»Es hat funktioniert!« rief Elto aufgeregt.

»Ja, das hat es«, keuchte Kira leise.

»Verschwinden Sie wieder hinter der Sonne«, sagte der Hohe Gul.

Ohne zu antworten, beschrieb Kira mit dem Schiff eine enge Kreisbahn um den Sonnenofen aus Hitze, Licht und Strahlung, wobei sie die stärker gepanzerte Oberseite der *Defiant* der größeren Belastung aussetzte. Der Boden unter ihren Füßen vibrierte, als die Maschinen vor Anstrengung aufstöhnten.

»Hier anhalten!« sagte der Hohe Gul, als sie wieder auf der anderen Seite waren. »Drehen Sie bei und bleiben Sie auf dieser Position.«

Sie führte seine Anweisungen aus und richtete den Bug auf die Sonne, um in jede Richtung ausweichen zu können.

»Ich halte die Position«, sagte sie. »Nun ist Fransu am Zug.«

Jetzt hatte der schlimmste und zermürbendste Augenblick begonnen, den es während eines Kampfes geben konnte – sie warteten untätig ab. Zehn Sekunden ... zwanzig ... vierzig ... eine Minute.

»Wo ist er?« fragte Kira den Bildschirm und die Sonne, die trotz der Kompensatoren in ihren Augen brannte.

Der Hohe Gul hustete, als ihm eine Rauchwolke von den Backbord-Kontrollen entgegenwehte. »Ich habe Ihnen doch gesagt, daß er uns nicht folgen wird. Elto, kannst du seine Position auf der anderen Seite der Sonne anmessen? Wir könnten das Manöver noch einmal versuchen.«

»Die Daten sind verwirrend«, sagte Elto und hustete im Rauch. »Ich erkenne mehrere Bilder seines Schiffes ... aber keines ist vollständig.«

»Das sind Sensorschatten«, sagte Kira und drehte sich zu ihm um. »Schalten Sie auf taktische Sensoren um, und suchen Sie nach Triebwerksspuren.«

»Danke.«

Sie wandte sich wieder von ihm ab. Ihre Entscheidung, diesen Leuten zu helfen, verursachte ihr Widerwillen.

Bajor, Bajor – die Galaxis war viel größer als Bajor! Auch im Cardassianischen Reich gab es Millionen unschuldiger Familien, über die sie niemals nachgedacht hatte, bevor sie ihren Posten auf *DS Nine* angenommen und sich ihr Horizont erweitert hatte. Und all die anderen, die unter einem cardassianischen Bürgerkrieg zu leiden hätten! Sie versuchte, sich die Konsequenzen ihres Tuns auszumalen, und wurde von schweren Zweifeln geplagt.

»Wir werden ihn noch ein wenig warten lassen«, sagte der Hohe Gul, »und dann noch einmal unter der Sonne hindurchtauchen, um seine ungeschützte Unterseite zu beschießen. Damit wird Fransu niemals rechnen. Er wird den Bug und die Flanken verteidigen. Kira, machen Sie bitte alles bereit, um ...«

»Ich sehe ihn!« Elto stürmte in den unteren Brückenbereich und übernahm die Waffenstation, so daß Kira sich ganz auf die Navigation konzentrieren konnte. »Er kommt aus der Sonnenkorona! Da ist er!«

20

„Feuer! Feuer!«

»Feuer eröffnet.« Kira hörte ihre eigene Stimme, als würde sie aus einer fernen Menge rufen. Sie ließ die Phaser ununterbrochen feuern, doch Fransus Schiff kam direkt aus der hellen Sonnenscheibe auf sie zugeflogen.

»Unsere Phaser prallen wirkungslos von seinen Schilden ab«, meldete Elto, während er sich an seine Konsole klammerte. »Bei einem solchen Manöver brauchen wir Photonentorpedos.«

Wie zur Antwort eröffnete Fransus Schiff nun das Feuer mit den Photonentorpedos. Die *Defiant* dröhnte wie eine Kanone, die in einer Höhle gezündet wird, als sie von der *Rugg'l* beschossen wurde. Auf der Brücke brach an drei Stellen Feuer aus, Funken sprühten durch den Raum, und Rauch hüllte die Backbordseite ein.

»Weiterfeuern!« brüllte der Hohe Gul.

Kira drehte sich zu ihm herum und zwang sich, ruhig zu sprechen.

»Wir müssen von hier verschwinden. Sie müssen die Tatsache akzeptieren, daß wir ohne Deflektorschilde keine Chance haben. Sie können nicht klüger als ein Photonentorpedo sein! Lassen Sie mich abdrehen!«

Sie wartete mit herausfordernder Miene ab, was er erwidern würde.

Der Hohe Gul schien in seinem Kommandosessel erstarrt. Nur sein Kopf bewegte sich, als er vom Bildschirm zu Kira und wieder auf den Bildschirm blickte, auf den silbernen Reflex, der Fransus Schiff darstellte und sich bereits wieder näherte.

»Also gut«, sagte er mit rauher Stimme. »Drehen Sie ab. Irgendein Kurs.«

Als sie sich wieder der Navigation zuwandte, spürte Kira plötzlich einen stechenden Schmerz in ihrem linken Arm. Die Station für die Backbordsensoren war gerade explodiert. Neben ihr brannte der Bodenbelag.

Sie zwang sich dazu, ihren Platz nicht zu verlassen, und ertrug die Funken, die ihr das Gesicht und die linke Hand versengten. Sie wischte die glühenden Partikel von der Uniformhose und legte das Schiff mit der stumpfen Schnauze in die Kurve. Dann ging sie auf volle Impulskraft und tauchte unter der Sonne hindurch. Es war genau der Kurs, mit dem der Hohe Gul seinen Gegner überraschen wollte, doch jetzt war es nur noch ein Fluchtkurs.

Der cardassianische Held packte die Armlehnen des Kommandosessels. »Warum haben wir nichts von seiner Annäherung bemerkt? Die modernen Sensoren sollten doch in der Lage sein, alles zu registrieren, was sich auf uns zubewegt!«

»Ich habe es Ihnen zu erklären versucht!« rief Kira, um sich im elektrischen Knistern der gestörten Systeme verständlich zu machen. »Es sind achtzig Jahre vergangen. Er kann viel näher an die Sonne heranfliegen, als Sie glauben! Deswegen konnte er sich nähern, ohne daß wir ihn bemerkt haben! Unsere Schilde sind besser als unsere Sensoren geworden, deshalb sind wir bei diesem Spiel im Nachteil!«

»Das will mir nicht einleuchten«, sagte der Hohe Gul. »Ein Kampf ist ein Kampf, und erprobte Methoden sollten in jedem Zeitalter funktionieren. Außerdem ist Fransu ein bekannter Faktor ...«

Sie fuhr herum, ohne die Konsole loszulassen. »Vielleicht hat sich auch die cardassianische Technik in den letzten achtzig Jahren weiterentwickelt! Und vielleicht verfügt Fransu über achtzig Jahre mehr Erfahrung, seit Sie ihn das letzte Mal gesehen haben! Und vielleicht – nur vielleicht – hält er Sie inzwischen nicht mehr für einen Halbgott!«

Im Gesicht des Hohen Gul stand nackte Wut, als er sie anstarrte.

Offenbar hatte sie mit ihrer letzten Bemerkung eine empfindliche Stelle getroffen.

Er erhob sich von seinem Platz und blickte drohend auf sie herab. Er hatte die Hände leicht erhoben, als wollte er ihr ins Gesicht schlagen. Doch ihr war es gleichgültig. Eine aufgeplatzte Lippe oder Wange würde überhaupt nichts an den Tatsachen ändern.

Sie reckte das Kinn und machte sich auf den Schlag gefaßt.

Doch dann öffneten sich plötzlich die Türen des Turbolifts, und orangerotes Phaserfeuer erhellte die Brücke. Nicht draußen auf der ungeschützten Hülle, sondern hier drinnen, drei Meter entfernt, wo es kein Entkommen gab.

Phaserschüsse kreischten über die Brücke des Kampfschiffes. Kira hatte nicht einmal Zeit, ihren Sitz zu verlassen, als der Turbolift sich öffnete und das Gewitter losbrach. Sie konnte sich nur nach vorn über die Konsole werfen und die Hände schützend über den Kopf legen. Eine völlig unsinnige Reflexhandlung, die nichts gegen einen Angriff mit Phaserenergie ausrichten konnte. Aber im Angesicht des Todes handelte man instinktiv.

Kira wurde jedoch von keinem der Phaserschüsse getroffen. Sie war überrascht, da sie fest damit rechnete, im nächsten Augenblick in eine Atomwolke aufgelöst zu werden. Als der Lärm verklang, lag sie immer noch über der Navigationskonsole, hatte die Finger im Haar vergraben und blickte vorsichtig über einen Ellbogen in den Raum.

»Sir?« Langsam löste sie sich aus ihrer Kauerstellung.

Vor ihr stand der Geist von Benjamin Sisko. Er war blutüberströmt, von Kopf bis Fuß mit Schmutz und Staub bedeckt, hatte die Schultern vorgebeugt und sah abweisend und gefährlich aus.

Der Zorn hatte Siskos Gesicht zu einer Maske des Todes verzerrt. Es war eingefallen und sah furchterregend aus. Seine Augen waren weiße Ringe, die voller Wut kochten. Der Schweiß schnitt glänzende Spuren durch den Staubüberzug seines Gesichtes, und seine Uniform war vorne und an der Schulter zerrissen. Darunter war ein schieferblauer Verband zu erkennen, der seinen halben Brustkorb bedeckte und an seiner Schulter befestigt war.

Vor den Backbordsystemen der Brücke kniete der Hohe Gul neben einem am Boden zusammengebrochenen Körper.

»Elto...«, sagte er leise und beugte sich über seinen jungen Gardisten.

Eine dunkelrote Verbrennungsspur zog sich über die Vorderseite von Eltos schwelender Uniform. Der Mund und die Augen des Mannes waren erstaunt aufgerissen, aber er atmete nicht mehr.

»Ach, Elto!« seufzte der Hohe Gul. Er blickte voller Trauer auf und deutete auf den Toten. »Das war unnötig... es war nicht in meinem Plan vorgesehen!«

Sisko sah auf den Hohen Gul hinab und sprach ihn zum ersten Mal persönlich an. »Ich habe Ihren Plan nicht gelesen.«

Der Hohe Gul betrachtete erneut die Leiche seines Assistenten. »Ich hätte ihn unter Einsatz meines Lebens beschützt. Es wäre mir lieber gewesen, Sie hätten mich an seiner Stelle getötet. Ganz gleich, was Sie von mir halten – er hat den Tod nicht verdient.«

»Sie haben diese Wahl für ihn getroffen«, sagte Sisko, »nicht ich.«

Der alte Soldat nickte und akzeptierte dann mit einem Schulterzucken, was er gehört hatte.

»Danke, daß Sie mir eine Leiche gelassen haben, von der ich am Ende Abschied nehmen kann. Ich möchte nicht, daß er desintegriert wird. Er hat eine Familie.«

Sisko hielt immer noch den Phaser in der Hand. »Ich wollte einen sichtbaren Beweis übriglassen.«

»Und Sie sind von den Toten zurückgekehrt, um sich den Beweis zu holen.« Der Hohe Gul legte eine Hand auf die leblose Brust seines Assistenten. »Ich verstehe. Meine anderen... die im Maschinenraum... sie sind auch nicht mehr?«

»Ja.«

Ohne den Hohen Gul aus den Augen zu lassen, bewegte Sisko sich seitlich durch den Raum, bis er vor Kira stand.

»Alles in Ordnung?« fragte er.

Unter der Hand, mit der sie ihren Mund bedeckte, drang zu ihrer Überraschung ein Lachen nach außen. Es war ein Lachen der maßlosen Erleichterung. Sie blickte auf. »Ich bin so froh, Sie zu sehen!«

»Geht mir genauso. Halten Sie sich bereit.«

Sie fühlte sich plötzlich leicht wie nie zuvor, als ihr das Gewicht der Verantwortung von den Schultern genommen wurde. Sie brachte nur ein Nicken und ein idiotisches Grinsen zustande.

»Sie ist ein harter Brocken«, sagte der Hohe Gul. »Ihre Bajoranerin da drüben. Ich habe mit ihren Ängsten gespielt, aber sie hat gar keine. Sie war so furchtlos wie meine Gardisten. Ich drohte ihr, ich würde ihr das Herz herausschneiden, wie ich es mit Ihnen versucht habe, und sie hat mir das Messer in die Hand gedrückt. Ich war nur wenige Zentimeter vom Erfolg entfernt, aber eine Frau hat ihn vereitelt. Ich bin tief beeindruckt.«

»Fransu hat Sie angelogen, das wissen Sie«, sagte Sisko. »Sie wurden verraten.«

»Ja. Also haben Sie unser Gespräch abgehört?«

»Teilweise. Als Sie von den zweitausend Soldaten sprachen. Ich wette, er hat niemanden wiederbelebt. Er hat vermutlich jeden hingerichtet, der in irgendeiner Verbindung zu Ihnen stand.«

»Ich weiß. Er hat die Eroberung von Tal Demica vollendet und den Ruhm für das eingeheimst, was ich und meine Männer aufgebaut haben. Heute ist er gekommen, um sicherzustellen, daß die Wahrheit niemals ans Tageslicht kommt. Unser Kampf hier draußen war völlig umsonst. Jetzt wird er die Station vernichten.«

»Der Angriff auf die Station wäre eine offene Kriegserklärung«, sagte Sisko.

Kira hatte den Eindruck, er würde mit dieser Frage gewissermaßen die Tragfähigkeit der Eisfläche testen, um zu hören, was der Hohe Gul über diese Aussicht dachte.

»Davor hat Fransu keine Angst«, sagte der alte Krieger. »Ihrer Föderation werden nur ein paar zerschmolzene Trümmer im All und ein Geheimnis bleiben.« Er zuckte die Schultern und blickte zu Sisko auf. »In Ihren Augen flackert ein starker Kampfgeist. Sie sind ein viel zu guter Kämpfer, um nicht auch Spaß daran zu haben, Captain. Statt sich gegen mich zu stellen, sollten sie gemeinsam mit mir nach der Macht streben.«

»Es ist jedoch meine Pflicht, Sie aufzuhalten«, sagte Sisko.

Der Hohe Gul streckte ihm eine Hand hin. »Wenn wir uns zusammentun, entscheiden wir selbst, was unsere Pflicht ist.«

Sisko antwortete ihm nicht, sondern blickte sich nur zu Kira um.

Sie verstand Siskos unausgesprochene Frage. »Das

andere Schiff nähert sich uns auf Angriffskurs, und wir haben keine Schilde mehr.«

»Das ist mir bekannt. Übernehmen Sie die Navigation, Major. Drehen Sie die *Defiant* herum und geben Sie dann für zwei Sekunden Schub mit voller Warpenergie, Kurs vier eins eins vier.«

»Ja, Sir! Kurs ist gesetzt!«

21

»Wie kommt es, daß Sie nicht getötet werden können?«

Der Hohe Gul vom Orden der Mondsichel blickte zur blutigen, verdreckten und zerrissenen Gestalt von Benjamin Sisko auf, und in den Augen des alten Soldaten stand eine Mischung aus Verwirrung und Erleichterung.

»Ich habe eine gute Besatzung«, krächzte Sisko und schwankte wie eine Marionette. Seine Muskeln zuckten unablässig, damit er sich auf den Beinen halten konnte. Nur seine Hand mit dem Phaser war völlig ruhig.

Sisko konnte sich vorstellen, wie er in den Augen des Hohen Gul – und auch in Kiras – aussah. Sein Kopf war mit Staub und Blut bedeckt, seine Uniform war zerfetzt und über dem Brustverband aufgerissen. An seiner nackten linken Schulter spürte er die Hitze des Brandherdes auf der Brücke und die eiskalten Tröpfchen von der automatischen Sprinkleranlage, die das Feuer einzudämmen versuchte.

Kira hatte nur eine Hand auf die Navigationskontrollen gelegt und saß wie auf dem Sprung, als wäre sie bereit, jederzeit zwischen den Hohen Gul und den Kommandosessel zu treten. Sie würde nicht zulassen, daß der Cardassianer dort noch einmal Platz nahm.

Sisko wußte ihre Besorgnis zu schätzen. Er wußte, daß sie nur ihm galt. Ihr Gesichtsausdruck ließ daran keinen Zweifel.

»Treten Sie zur Seite«, sagte er zum Hohen Gul. »Ihnen ist hoffentlich klar, daß Sie verloren haben!«

»Ja«, sagte der Hohe Gul. »Ich habe mein Ziel nicht erreicht. Wir müssen uns jetzt darauf konzentrieren, Ihr Schiff und Ihre Station zu retten. Obwohl ich nicht weiß, wie wir das tun sollen. Das Schiff versagt den Dienst, da wir niemanden haben, der Reparaturen ausführen kann. Ich weiß nicht, was wir tun sollen.«

Sisko erkannte, wieviel Kraft es einer Persönlichkeit wie dem Hohen Gul abverlangte, etwas Derartiges zugeben zu müssen. Er setzte seine protestierenden Beine in Bewegung und ging zu der Stelle, wo Elto am Boden lag. Er hob den Phaser des Toten auf und vergewisserte sich noch einmal, daß der Cardassianer wirklich tot war. Die Erfahrung hatte ihn gelehrt, nicht mehr dem Augenschein zu vertrauen.

»Könnten Sie Fransu dazu überreden, uns zu folgen?« fragte er.

»Die Technik mag sich verändert haben«, sagte der Hohe Gul und bedachte Kira mit einer beschwichtigenden Geste, deren Sinn Sisko nicht verstand. »Aber nicht das Wesen einer Person. Fransu ist wie ein Welpe, der nie den Respekt vor dem älteren Hund verliert, auch wenn er inzwischen erwachsen geworden ist.« Er deutete auf die Heckansicht, die in den Hauptbildschirm eingeblendet war. Sie zeigte Fransus Schiff, das ihnen folgte, sie aber nicht einholte. »Er läßt zwar nicht locker, aber er hält sich auf Distanz. Er fürchtet sich vor einer Bestrafung. Das ist der Grund, warum er mich vor all den Jahren nicht töten konnte, und ich weiß, daß er trotz allem auch jetzt noch Hemmungen hat, mich zu töten. Ja ... ich könnte ihn überreden.«

»Ich trete aus dem Bild«, sagte Sisko. »Er soll glauben, Sie hätten immer noch das Kommando.«

»Captain Sisko«, erwiderte der Hohe Gul, »ich habe verloren. Es gibt keinen Grund, warum Sie und Ihre

Leute sterben sollten. Rufen Sie Fransu ... heben Sie ihren Handphaser und töten Sie mich vor seinen Augen. Dann wird er vielleicht den Angriff abbrechen.«

»Nein!« rief Kira. Als beide Männer sie verblüfft über diesen nachdrücklichen Protest anstarrten, fügte sie hinzu: »Es würde nicht funktionieren. Wir alle haben Sie gesehen. Er darf keine Zeugen am Leben lassen. Das wissen Sie genau.«

Der Hohe Gul lächelte sie an. »Sie hat einen scharfen Verstand.«

»In der Tat«, stimmte Sisko zu. Doch er wußte, daß mehr dahintersteckte. Irgendwie hatte Kira Respekt vor dem Hohen Gul gewonnen. Das war also der Grund für ihre Kooperation gewesen.

So etwas war wirksamer als jede Folter.

Er beschloß, die Sache vorerst auf sich beruhen zu lassen. Bis vor wenigen Minuten hatte Kira das Kommando und damit auch alle Vorrechte dieser Position gehabt. Sie war ihm keine Erklärung schuldig, auch wenn er glaubte, sie von selbst erkannt zu haben.

»Wir verlassen jetzt die Warpgeschwindigkeit«, sagte Kira.

»Kurs beibehalten, volle Impulskraft.«

»Kurs steht. Er führt genau zwischen der Station und dem Wurmloch hindurch.«

Sisko aktivierte die Kommunikationseinheit des Kommandosessels. »Garak, können Sie mich hören?«

Einige Sekunden verstrichen.

Kira blickte ihn erstaunt an. »Garak? Er ist an Bord?«

»Er ist an Bord. Garak, hier ist die Brücke. Melden Sie ...«

»Ich höre Sie, Captain.«

»Wir brauchen die Triebwerke, nicht die Waffensysteme. Tun Sie, was Sie können.«

»Ich habe an den Schilden gearbeitet. Ich schätze, ich kann die Deflektoren mit einem Viertel der üblichen Leistung wieder aufbauen.«

»Sehr gut, aber ich brauche die volle Schubkraft der Impulstriebwerke.«

»Impulstriebwerke, verstanden.«

»Sir!« Kira schluckte, als ihre Monitore plötzlich aufleuchteten. »Die Schilde haben wieder fünfundzwanzig Prozent Kapazität!«

»Schirmen Sie uns vor Fransu ab.«

»Heckschilde aktiviert. Sie stehen, Sir!«

Sisko setzte sich neben sie an die taktische Konsole. »Ich leite die Phaserenergie auf die Deflektoren ... die Leistung liegt jetzt bei vierzig Prozent ...«

Kira blinzelte durch den Rauch auf die Anzeigen zwischen ihren versengten Händen. »Er überholt uns ... er zieht an uns vorbei und setzt sich vor unseren Bug ... aber er bleibt auf Abstand.«

»Sehen Sie?« sagte der Hohe Gul.

»Er ist zu weit entfernt«, sagte Sisko. »Wenn wir umkehren, wird er dasselbe Manöver vollführen und immer noch zu weit weg sein. Ich muß ihn näher heranlocken.«

»Verzögern Sie«, schlug der Hohe Gul vor, »dann fahren Sie langsam die Schilde herunter.«

»Wir haben sie doch gerade erst aktiviert!« Kira beugte sich vor, um dem Mann, der genau neben Sisko stand, einen Blick zuwerfen zu können. »Ein Photonentorpedo, und wir sind tot!«

Sisko beschwichtigte sie mit einer Handbewegung. »Ich bin schon einmal tot gewesen. Tun Sie, was er gesagt hat.«

Sie wischte sich an den Knien den Schweiß von den Händen und bediente dann die Kontrollen, bis die Schilde fielen.

Dann warteten sie ab.

Fransus Schiff hing scheinbar reglos im Raum, knapp außerhalb der Phaserreichweite.

»Verdammt, er wittert die Falle«, knurrte Sisko. »Er traut sich nicht näher heran.«

»Das einzige, was ihm wirklich Angst macht, Captain«, sagte der Hohe Gul, »ist die Möglichkeit, daß ich ihm irgendwie entkommen könnte. Er wird auf jeden Fall versuchen, meine Flucht zu verhindern.«

Sisko warf ihm einen anerkennenden Blick zu.

»Dann wollen wir einen Fluchtversuch inszenieren«, sagte er. »Major, fliegen Sie das Wurmloch an. Bringen Sie uns so nahe heran, daß es sich öffnet.« Seine rechte Hand fühlte sich taub an, als er einen neuen Kode in die Kommunikationseinheit tippte. »Sisko an *Deep Space Nine*. Dax, hören Sie mich?«

»Ich höre Sie, Benjamin. Alles in Ordnung?«

»Ich weile immer noch unter den Lebenden. Halten Sie alle Stationskontrollen besetzt. Ende der Durchsage.«

»Verstanden.«

»Er kommt!« gab Kira bekannt.

Auf dem Hauptbildschirm war zu sehen, wie Fransus Schiff langsam verzögerte und sich näherte. Er schien mißtrauisch zu sein, aber der Hohe Gul behielt recht, da Fransu keineswegs einen Sturmangriff startete.

Näher und näher ...

Das Wurmloch, das erstaunliche Naturphänomen, das normalerweise unsichtbar war, spürte die Annäherung des Schiffes und öffnete sich. Mitten im scheinbar leeren Weltraum explodierte plötzlich der blauweiße Wirbel, ein gewaltiger Schlund, der nur darauf wartete, sie zu verschlingen und in unvorstellbar weiter Ferne wieder auszuspucken. Es war das Tor zu einem anderen Quadranten, eine Brücke, die mehrere zehntausend Lichtjahre überspannte, und dieser Tatsache verdankte es seine überragende und gleichzeitig problematische Bedeutung für die Föderation und Bajor.

Der Wirbel rotierte und war bereit, eines der wartenden Schiffe aufzunehmen. Sogar jetzt, mitten im

Kampf, ging eine verlockende, hypnotische Faszination von diesem Naturschauspiel aus.

»Sir«, sagte Kira, »Fransu drängt sich zwischen uns und die Öffnung. Er versucht uns den Weg abzuschneiden.«

Sie klang niedergeschlagen.

»Ich habe ohnehin nicht vor, diesen Weg zu nehmen.« Sisko blickte auf den Bildschirm. »Sisko an Quark! Deaktivieren Sie die Backbord-Waffensysteme der Station. Setzen Sie Strahlung frei. Er soll glauben, daß es zu einer Störung gekommen ist und wir einen letzten verzweifelten Versuch unternehmen. Dr. Bashir, setzen Sie die Manöverdüsen ein und lassen Sie die Station rotieren, als wollten Sie die Steuerbordwaffen in Schußposition bringen.«

»Ja, Sir ... Manöverdüsen aktiviert.«

Eine Weile geschah nichts. Dann war im Hintergrund zu sehen, wie ein Stück vor dem Planeten Bajor die zehn Millionen Tonnen der Station langsam in Rotation versetzt wurden.

»Was haben Sie vor?« fragte Kira.

»Ich will ihm etwas präsentieren, das seine ganze Konzentration beansprucht. Er soll glauben, daß die Station das Feuer auf ihn eröffnen wird, damit er seine Schilde in dieser Richtung aufbaut.«

»Warum?«

Er antwortete nicht. Schließlich befanden sie sich nicht auf einem Lehrgang.

Als Fransus Schiff reagierte, richtete Kira sich in ihrem Sitz auf und zeigte auf den Schirm. »Er macht es! Er dreht der Station den Bug zu.«

Sisko berechnete im Kopf die Entfernungen und Geschwindigkeiten, während er sich mit den Kontrollen beschäftigte und gleichzeitig Fransus Schiff im Auge behielt. »Ich bin in erster Linie an seiner Heckseite interessiert«, sagte er, ohne sich genauer zu erklären.

Kira blickte sich zu ihm um, fragte aber nicht nach.

Der Schlund des Wurmlochs befand sich nun direkt hinter Fransus Schiff.

»Machen Sie sich bereit zum Abdrehen, Major«, sagte Sisko und starrte gebannt auf das Wurmloch und Fransus Schiff.

Seine Finger berührten eine Schaltfläche.

Im nächsten Moment kam ein winziger Punkt aus dem Wurmloch geschossen und flog direkt auf Fransus Schiff zu. Es sah aus, als würde ein Stichling einen Hai angreifen.

»Was ist das?« fragte Kira.

»Abdrehen, Major!« rief Sisko, ohne auf ihre Frage einzugehen.

Sie griff hektisch nach ihren Kontrollen und ließ die *Defiant* wie einen ausgefallenen Turbolift wegsacken.

Als der Stichling den Schwanz des Hais erreicht hatte, biß Sisko die Zähne zusammen und flüsterte: »Detonation!«

Er drückte auf eine weitere Schaltfläche.

Der Stichling zerplatzte auf einmal zu einem Schwarm funkelnder Scherben. Die Explosion war so heftig, daß die Stücke kaum mehr als fingernagelgroß sein konnten.

Die *Defiant* heulte auf und schüttelte sich, als sie von ihren Triebwerken herumgerissen wurde. Kira bemühte sich, das Schiff unter Kontrolle zu behalten, damit es nicht durchs All davonwirbelte. Schließlich gelang es ihr, die Bewegung abzufangen und einen stabilen Kurs einzuschlagen. Das Heulen ließ nach.

»Genau im richtigen Moment!« rief Sisko und schlug mit der Faust auf die Konsole, vor der er saß. »Es kann nie schaden, über solide Physikkenntnisse zu verfügen!«

Das cardassianische Schiff wirbelte unkontrolliert durch den Raum, nachdem es durch die Wucht der Explosion aus dem Gleichgewicht gebracht worden war. Die Bewegung ließ sich nicht mehr stabilisieren, zumal ein Teil der Hecksektionen abgerissen worden war und eine grüne Flüssigkeit herausschoß, die sich als spiralförmiger Nebel im Raum verteilte.

»Brillant!« meinte der Hohe Gul dazu. »Großartig, Captain!« Er lachte. »Wir beide sind von Toten besiegt worden!«

Sisko warf ihm einen Blick zu. Sie standen plötzlich Seite an Seite. »Für Tote sehen wir beide noch recht lebendig aus.«

»Aber es war doch nur ein Flitzer!« keuchte Kira. »Er kann doch gar nicht so schwer bewaffnet gewesen sein.«

Sisko blickte sich zu ihr um und musterte sie aus schmalen Augenschlitzen. »Es ist etwas anderes, wenn man den Impulskern mit Antimaterie füllt, Major.«

Sie starrte ihn fassungslos an und schlug mit der Hand auf die Navigationskonsole. »Ein Köder für die Bestie?«

»Richtig. Rufen Sie bitte die Bestie, wenn Sie so freundlich wären.«

»Aber sicher doch, Captain!«

Kira schüttelte immer noch den Kopf, während sie über ihre Kontrollen die Kommunikationsstation hinter ihrer rechten Schulter aktivierte und die richtige Frequenz programmierte. Die Funktion ließ sich auch über die Navigationsstation abrufen, obwohl es von hier aus ein paar Sekunden länger dauerte.

»Sie können sprechen, Sir«, sagte sie schließlich und mußte dabei ein Lächeln unterdrücken.

Sisko nickte. »Auf den Schirm!«

»Verstanden.«

Auf dem Bildschirm erschien ein Flimmern, bis die beschädigten Systeme ein halbwegs klares Bild von Fransus Brücke erzeugt hatten. Rauchschwaden trieben durch das Bild, und der Raum war mit Leichen übersät. Fransu selbst hatte Brandflecken im Gesicht, und seine strenge silbergraue Uniform war mit Blut und bläulicher Schmiere verschmutzt. Er kniete neben seinem Kommandosessel und hielt die blutige Leiche eines cardassianischen Offiziers im Arm. Der Schädel des Toten war zerplatzt. Blut und Hirnmasse klebten an Fransus Arm.

Fransu machte sich nicht die Mühe, seine Niedergeschlagenheit zu verbergen, als er auf den Bildschirm starrte. Es bestand kein Zweifel, daß er sie sehen konnte.

Sisko ließ seinem geschlagenen Feind ein paar Sekunden Zeit, um sich zu fassen, bis er mit schmerzhafter Anstrengung die Schultern reckte. »Hier spricht Benjamin Sisko. Wenn Sie nicht unverzüglich kapitulieren, werden wir oder die Station das Feuer auf Sie eröffnen. Ohne Schilde können Sie nichts mehr ausrichten. Antworten Sie!«

Fransu blickte eine Weile auf den toten Offizier, den er im Arm hielt. Er schien völlig vergessen zu haben, was vor sich ging. Das Gefühl der Trauer breitete sich auf beiden Schiffen aus, und es gab einen Augenblick des Schweigens, während die Feindseligkeit zwischen den Gegnern verrauchte.

Dann ließ Fransu geradezu zärtlich die Leiche seines Gefährten zu Boden gleiten und stand langsam auf.

Schließlich blickte er Sisko an.

»Ist der Hohe Gul am Leben?« fragte er.

Der Angesprochene rückte in den Erfassungsbereich der Übertragung. »Ja, Fransu. Ich lebe noch.«

Fransu schluckte ein paarmal und deutete dann mit dem ausgestreckten Arm nach rechts.

»Dann sehen Sie!«

Er trat aus dem Bild, worauf eine andere Person seinen Platz übernahm. Es war eine magere, runzlige Gestalt mit blasser Haut und grauem Haar. Die Augen waren fast blind, und die Zähne nur noch Stummel. Die Haut wirkte wie Pergament, und die arthritischen

Hände krümmten sich wie die Krallen eines toten Vogels. Sie war uralt.

Der Hohe Gul starrte vor Schock gelähmt auf das lebende Fossil – und tief in eine Vergangenheit, die für ihn erst gestern stattgefunden hatte.

Die uralte Gestalt blinzelte mit einem Auge. Sie teilte die dünnen, spröden Lippen, bis die Wangenknochen wie Steine unter einem Spinnennetz hervortraten.

Und als sie sprach, klang die Stimme wie zerreißendes Papier.

»Mein Gemahl?«

22

»Meine Frau..«
Der Hohe Gul schien einer alter Melodie zu lauschen, als er seine verwelkte Frau anstarrte und in dieser bizarren Harmonie die vielen Jahre vergaß.

Ben Sisko starrte ebenfalls die Greisin auf dem Bildschirm an und wußte, daß sie in Schwierigkeiten waren. Fransu war schlau – er hatte sich diese Trumpfkarte bis zuletzt aufgehoben und sie alle damit ausgestochen.

Was nun?

Sisko wußte nur, daß er nicht mehr auf das Schiff feuern konnte, nachdem bekannt geworden war, daß sich eine Geisel an Bord befand.

Das Gesicht des Hohen Gul neben ihm war völlig friedfertig geworden. Seine Stimme war kaum mehr als ein Hauch.

»Du bist ... wunderschön ...«

Sie mochte es vielleicht einmal gewesen sein. Sisko versuchte sich vorzustellen, wie sie mit vollen Wangen, klaren Augen, dunklen Haaren und strafferer Haut ausgesehen hatte.

Während er den Atem anhielt, versuchte er, sie sich als starke und betörende Verführerin vorzustellen, doch irgendwie paßte diese Vorstellung nicht zu dem, was er sah. Oder sie paßte einfach nicht zum Hohen Gul.

Ihm wurde klar, daß er es mit der Grande Dame einer ganzen Zivilisation zu tun hatte, mit der Fürstin einer cardassianischen Revolution, die weitreichende Folgen für Bajor und die Föderation gehabt hatte und der letztendlich auch Sisko sein Hiersein zu verdanken hatte.

»Es ist ein göttliches Geschenk«, sagte die Greisin, »noch einmal dein Gesicht zu sehen, bevor ich sterbe, und zu wissen, daß die Gerüchte Lügen waren.«

»Es waren Lügen«, bestätigte der Hohe Gul. »Hat man dich gut behandelt?«

»Als Ehefrau des Hohen Gul wurde ich mit allem Notwendigen versorgt.«

»Hast du den Gesang der Vögel gehört? Hast du den Anblick von Ziergräsern genossen?«

»Ich lebte in den Bergen. Das wilde Gras rauschte in jeder Nacht.«

Diese Antwort schien den Hohen Gul zutiefst zu befriedigen. Er lächelte wehmütig. Dann riß er plötzlich die Augen auf und fragte: »Wie lange hat der Hund gelebt?«

Die alte Frau grinste so sehr, daß ihr blindes Auge unter den Lidern verschwand. »Noch sechs Jahre!«

Sie lachten gemeinsam, während in einem Augenblick viele Wunden verheilten.

Ohne Vorankündigung trat Fransu hinter der Frau ins Bild, legte ihr ohne eine Spur von Gewalttätigkeit einen Arm um den Oberkörper und hielt ihr die scharfe Klinge eines kurzen Messers an die Kehle. Er umklammerte sie immer fester, bis ihr Lächeln und auch das des Hohen Gul verschwand.

Fransus Gesichtsausdruck war fast leidenschaftslos. Nur seine Trauer betrübte ihn, da er anscheinend keinen anderen Ausweg aus dieser Situation mehr sah. Er war von seinem Feind in die Enge getrieben worden, und nun spielte er seine letzte Karte aus.

»Lassen Sie sich zu mir herüberbeamen, Exzellenz«, sagte er. »Dann werde ich Ihre Frau der Föderation übergeben. Dort kann sie noch länger leben und noch älter werden, wenn sie möchte.«

Der Gesichtsausdruck des Hohen Gul veränderte

sich schlagartig. »Fransu, wissen Sie, daß Sie eine niederträchtige Person sind? In all den erfüllten Jahrzehnten unseres Lebens als Mann und Frau habe ich niemals eine Entscheidung für meine Frau getroffen. Sie wird sie auch diesmal selbst treffen.«

»Das kann ich akzeptieren. Schließlich ist sie nicht dumm.« Fransu hob das Messer, bis die alte Frau gezwungen war, den Kopf in den Nacken zu legen. »Nun? Sagen Sie Ihrem Mann, was das Vernünftigste ist!«

Die Greisin keuchte, während sie das Messer an ihrer Kehle spürte. Ihre fast blinden Augen blinzelten hektisch, während sie ihren jung gebliebenen Ehemann auf dem Bildschirm zu erkennen versuchte. Sie konnte sich offenbar gar nicht an ihm satt sehen. Schließlich grenzte es an ein Wunder, daß er sich in den achtzig langen Jahren überhaupt nicht verändert hatte und daß er ein Leben verwirklichen konnte, das sie bereits verloren geglaubt hatte.

»Mein Gemahl«, krächzte sie über den Abgrund des leeren Weltraums hinweg, als würde das Messer an ihrer Kehle gar nicht existieren. »Du bist der Hohe Gul. Seit dir hat sich niemand mehr eines solchen Titels würdig erwiesen. Jetzt habe ich meinen Frieden gefunden. Du bist der einzige Hohe Gul... und ich habe lange genug gelebt.«

Das Lächeln des Hohen Gul verschwand. Er nickte. Er kostete diesen letzten Augenblick mit seiner Frau aus.

Dann trat er vor und legte die Hand auf die Kontrollen der Waffensysteme. Die Phaser der *Defiant* entluden ihre Energien gegen die *Rugg'l*.

»Nein!« rief Sisko, doch es war zu spät.

Auf dem Bildschirm war zu sehen, wie sich die Brücke der *Rugg'l* rings um Fransu und die Greisin auflöste. Trotzig zog Fransu das Messer durch die Kehle der alten Frau, und das hervorschießende Blut bildete einen überraschend farbigen Kontrast zu ihrem blassen Körper.

Ohne mit der Wimper zu zucken, beobachtete der Hohe Gul den Mord an seiner Frau. Er war stolz. In ihm mochten tausend andere Gefühle toben, doch er behielt sie für sich. Falls er schockiert war, ließ er es sich nicht anmerken.

Mit einem Mal wurde das Bild blendend hell, dann grau, und schließlich erlosch es ganz. Die Sensoren der *Defiant* schalteten automatisch auf die Außenansicht des Weltalls vor ihnen um...

Fransus Schiff glühte immer heller, doch es war noch in der Lage, das Feuer zu erwidern. Ein Stoß ging durch die *Defiant* und brachte Sisko und den Hohen Gul fast aus dem Gleichgewicht. Kira klammerte sich an die Konsole, um nicht aus ihrem Sitz geschleudert zu werden.

Bevor Sisko sich wieder gefangen hatte und reagieren konnte, schnitten zwei Speere aus hochkonzentrierter Phaserenergie über den Bildschirm und bündelten sich auf der Hülle von Fransus Schiff.

Die *Rugg'l* knickte zusammen wie jemand, der einen Schlag in die Magengrube erhalten hatte. Unmittelbar darauf schlug ein Blitz in einer etwas anderen Orangeschattierung in das Schiff, worauf es in zwei Stücke gerissen wurde. Das zerfetzte Heckteil wirbelte durch den Weltraum davon.

Mit tauber Faust schlug Sisko auf die Kommunikationskonsole. »Dax! Feuer einstellen!«

Aber es war zu spät. Fransus Schiff hing brennend im All und stieß Rauch, blauweiße Funken und gelbgrünes Gas aus. An Bord mußte die Hölle ausgebrochen sein.

»Dax, Bashir, melden Sie sich!«

»Wir haben Sie gehört, Benjamin, aber wir haben nicht auf Fransus Schiff geschossen.«

»Wer dann?«

»Sie waren es.«

»Wer sind *sie?*«

»Schalten Sie Ihren Bildschirm auf Heckansicht um.«

Kira blickte zu Sisko auf, und als er nickte, betätigte sie die Kontrollen, um den Bildschirm umzuschalten.

Dann sahen sie die drei schweren Schiffe der Galaxy-Klasse und einen fast genauso leistungsfähigen klingonischen Kampfkreuzer. Sie flogen in Angriffsformation und boten einen wunderbaren und gleichzeitig furchterregenden Anblick.

»Sie hatten recht«, sagte Kira. »Starfleet wartet nicht untätig ab, wenn plötzlich die Kommunikation eines gesamten Sektors lahmgelegt wird.«

Sisko konnte ihr nur mit einem kurzen Seitenblick antworten, während er tief ein- und ausatmete. Er war zutiefst erleichtert, weil er sich nicht nur auf die einfache Logik einer Invasionsstrategie verlassen konnte, sondern auch auf die Hilfe durch Starfleet. Sogar die Klingonen waren bereit, ihren Verbündeten zur Seite zu stehen.

»Sie rufen uns«, sagte Kira.

Er räusperte sich. »Stellen Sie sie durch.«

»Hier spricht Captain Gamarra vom Föderationsraumschiff *Exeter*. Wir werden von den Raumschiffen *Potemkin* und *Hood* und dem Kriegsschiff *N'gat* vom Klingonischen Imperium begleitet. Benötigen Sie weitere Unterstützung, Captain Sisko?«

Sisko schrak unwillkürlich wie ein eingeschüchtertes Kind vor der Flotte strahlender Schiffe zurück. »Jetzt wohl nicht mehr... Ist noch jemand im cardassianischen Schiff am Leben?«

»Wir empfangen einige Lebenszeichen aus den unteren Decks. Und von einer Person auf der Brücke.«

»Beamen Sie ein Sicherheitsteam hinüber und besetzten Sie das Schiff, Captain Gamarra. Und die Person auf der Brücke ... beamen Sie bitte zu mir!«

»Bitte bestätigen! Sie möchten, daß die Person in die *Defiant* geschickt wird?«

»Ja, hierher.«

»Sofort. *Exeter* Ende.«

Ohne weitere Umstände entstand kurz darauf ein Vorhang aus Transporterenergie mitten auf der Brücke der *Defiant*. Sisko hielt den Atem an.

Das Licht flimmerte, bildete Hände und den Rest eines humanoiden Körpers aus. Aber seine stille Hoffnung war natürlich vergeben – es war nicht die Frau des Hohen Gul.

Es war Fransu.

Er stand reglos vor ihnen, sagte kein Wort, sondern starrte nur den Hohen Gul mit einem merkwürdigen Gesichtsausdruck an. Es war keine Verachtung. Nur das Erstaunen über die Wendungen des Schicksals, das unkalkulierbar wie eine Fahne im Wind flatterte.

Sisko wandte sich an den Hohen Gul. »Es tut mir leid«, sagte er mit einem Mitgefühl, das ihn selbst überraschte. Nicht weil der Mann seinen Kampf verloren hatte. Sondern weil sie beide ihre Frauen verloren hatten.

Der Hohe Gul sah überhaupt nicht mehr wie ein Soldat aus, als er Fransus Blick erwiderte. »Ich hatte das Gefühl, es wäre meine Pflicht.«

Sisko neigte den Kopf, um mit dieser winzigen Geste sein Verständnis auszudrücken. »Ich müßte lügen, wenn ich sagen wollte, daß ich es nicht verstanden hätte.«

Der Hohe Gul starrte Fransu leidenschaftslos an. Dann blickte er auf die Hände des Offiziers, auf denen das Blut seiner uralten Frau glänzte.

»Was meine Frau sagte«, begann er leise, »ist ein Teil des Lebens im Weltraum. Sie hat von Anfang an verstanden, was es bedeutet, die Frau eines Soldaten zu sein, eines Kriegsherrn ... Sie wußte um die Gefahren, die an meiner Seite lauern. Bis zum bittern Ende hat sie gewußt, daß sie immer hinter meine Pflichten zurücktreten muß.« Er blickte sich zu Sisko um. »Ihre Frau war bestimmt genauso.«

Sisko fühlte sich von der grabesschweren Verpflichtung erdrückt, etwas Freundliches zu erwidern, doch seine Kehle war wie zugeschnürt. Er fand weder die richtigen Worte noch die Kraft, sie auszusprechen.

Plötzlich flammte das helle Licht einer Explosion hinter *Deep Space Nine* auf, so daß die Station vorübergehend nur als Schattenriß zu sehen war. Kurz darauf wurde das Schiff von Schockwellen durchgeschüttelt.

Sisko hielt sich an der Konsole fest und suchte nach den Anzeigen der Sensoren. »Was war das?«

Kira kam ihm zuvor. Doch während sie sprach, wurde sie leichenblaß.

»Fünftausend Kilometer hinter der Station«, keuchte sie, »eine nukleare Explosion des Elements Eins-zehn.«

Sisko blickte auf den Sichtschirm, wo sich die glitzernden Überreste der Explosion verteilten. »Odo ...«

Er fühlte sich schrecklich, wie ausgehöhlt, weil er den Gestaltwandler und seine unerträglichen Leiden völlig vergessen hatte.

Er starrte auf den Bildschirm. »Er muß die Station gerade noch rechtzeitig verlassen haben.«

Tränen traten in Kiras Augen. Sie gab sich keine Mühe, sie zurückzuhalten.

»Das letzte Opfer dieses Kampfes«, sagte der Hohe Gul. »Ich möchte mich nicht von Schuld freisprechen, aber es tut mir trotzdem leid. Es ist bedauerlich. Wir beide sind Soldaten, und Sie haben bestimmt Verständnis.«

Sisko versetzte dem Sessel vor der Konsole einen Fußtritt. »Ich habe es satt, ein Soldat zu sein«, tobte er verbittert. »Ich bin nicht mehr bereit, den Preis zu zahlen, der damit verbunden ist.«

Sein Brustkorb hob und senkte sich, während seine Kräfte erlahmten und die tiefe Stichwunde in seinem

Körper ihren Tribut forderte. Er taumelte rückwärts gegen den Kommandosessel und hatte nicht mehr den Willen, sich auf den Beinen zu halten.

Es war der Hohe Gul, der zu ihm eilte und ihn auffing, damit der Aufprall auf den Boden nicht zu schmerzhaft wurde. Sisko sah noch, wie Kira herumwirbelte, als befürchtete sie, der Hohe Gul könnte versuchen, an Siskos Phaser zu gelangen.

»Nein, Major ...«, keuchte er und hob beschwichtigend eine Hand, als der Hohe Gul ihn vorsichtig zu Boden gleiten ließ. »Es ist alles in Ordnung. Ich komme schon zurecht. Bringen Sie den Gefangenen nach unten.«

Kira erhob sich steif und mit zitternden Knien aus ihrem Sitz, ohne den Hohen Gul aus den Augen zu lassen. Doch als sie etwas im getrübten Blick des alten Cardassianers entdeckte, konnte sie nicht schweigen. »Sir ...«

Es gab offenbar keine Worte, die ihrer Befürchtung Ausdruck verleihen konnten, doch der Hohe Gul schien sie trotzdem zu verstehen.

»Es war mir eine Ehre, an Ihrer Seite zu kämpfen, Bajoranerin«, sagte er leise.

Sie starrte ihn unentwegt an, die Hände zu Fäusten geballt, dann gab sie sich einen Ruck und blickte Sisko an.

»Sie haben Ihre Befehle, Major«, sagte er gelassen. »Bringen Sie Gul Fransu nach unten.«

Wieder starrte sie auf den Hohen Gul, als könnte sie sich nicht von einer Ahnung losreißen. Schließlich verließ sie die Navigationskonsole. »Ja, Sir«, erwiderte sie mit erstickter Stimme.

Fransu ließ sich ohne Widerstand von ihr zum Turbolift führen.

Sisko schaute nicht hin, als sich die Türen zischend öffneten und schlossen, doch er spürte bis zum letzten Moment Kiras kritischen Blick im Nacken.

Das leise Summen wirkte ungewöhnlich laut, als sich der Turbolift in Bewegung setzte.

Sisko stützte sich mit dem Rücken an einer Stufe ab, ohne zu vergessen, daß der Hohe Gul ihn festhielt.

Doch der alte Soldat blickte ihn nicht an. Während er zusammengesunken dahockte, starrte er auf die drei Föderationsschiffe und den klingonischen Kampfkreuzer. In seinen Augen stand Bewunderung für die strahlende Schönheit und Macht, die er dort draußen sah.

Nach einer Weile fragte er: »Sind Sie bereit für einen heiligen Krieg, Captain?«

Sisko, der immer noch an Odos Schicksal dachte, erwiderte schroff: »Was soll das heißen?«

»Lassen Sie mich zuerst eine Frage stellen... Was werden Sie jetzt mit mir machen?«

»Sie haben Bürger der Föderation getötet. Ich habe jetzt nichts mehr mit der Angelegenheit zu tun. Sie werden von Starfleet in Untersuchungshaft genommen werden und vermutlich in einem Gewirr aus diplomatischen Verstrickungen ersticken.«

»Ein Prozeß? Gefängnis?«

»Vermutlich.«

»Also wird Ihre Föderation einen der Begründer des Cardassianischen Reichs in den Kerker werfen. Eine historische Persönlichkeit. In den Augen vieler Cardassianer fast ein Gott. Der Prozeß wird großes Aufsehen erregen. Die Cardassianer werden nicht untätig abwarten, sondern kommen, um mich zurückzuholen. Daran besteht kein Zweifel.«

»Also?«

»Wäre es nicht besser, wenn Sie mich einfach gehen lassen würden?«

»Sie gehen lassen?« Sisko grinste gehässig.

»Ich werde mich zur Ruhe setzen... Ich werde den Rest meiner Tage in einer landwirtschaftlichen Kommune verbringen.«

Ein paar Sekunden verstrichen, dann brach der Hohe

Gul in lautes Gelächter über Siskos angestrengten Gesichtsausdruck aus.

»Ich habe nicht damit gerechnet, daß Sie mir das glauben würden«, sagte der alte Soldat. »Sie kennen mich genauso gut wie ich mich selbst.«

»Gut genug«, pflichtete Sisko ihm bei.

Der Hohe Gul stand auf und ging ein paar Schritte. Er berührte die Navigationskonsole, die zerstörten Stationen. Schließlich fand er ein abgebrochenes Stück Verkleidung, das er in den Händen hielt und von allen Seiten betrachtete.

»Können Sie sich vorstellen, wie berauschend es ist, wenn Millionen bereit sind, auf einen Befehl von Ihnen in den Tod zu gehen? Ich habe es erlebt. Ganz gleich, wie tief ich im Ackerboden wühle, ich würde irgendwann zwangsläufig wieder in die Politik hineingezogen werden. Ich hätte Erfolg, würde irgendwann eine Armee mobilisieren, und dann käme es trotzdem zum Krieg.«

Siskos Wut und Trauer ließen ein wenig nach, während er die Beine anzog und zum Hohen Gul aufblickte.

»Ich verstehe die Galaxis nicht mehr«, redete der Cardassianer weiter. »Im Gesicht Ihres Freundes Garak habe ich den Beginn des Zweifels erkannt. Genauso wie er wird auch jeder andere von mir erwarten, daß ich ein Wundermittel hervorzaubere, mit dem Cardassia wieder unbesiegbar wird. Aber so etwas habe ich nicht. Ich denke, es wäre wohl besser, wenn niemand so etwas hätte.«

»Ach, ich weiß nicht«, sagte Sisko. »Es gäbe durchaus Menschen, denen ich folgen würde ... wenn sie die gleiche Überzeugung wie ich hätten.«

Der Hohe Gul lächelte ihn an. »Vielen Dank.« Dann seufzte er. »Ich bin ein Fossil. Ich wollte das Cardassianische Reich wieder zu der Größe führen, die wir uns einst erträumt hatten. Ich konnte so viele Siege feiern, daß ich an das zu glauben begann, was die Leute über mich sagten. Aber die Leute werden irgendwann ihrer Götter überdrüssig, wenn sie nicht von Mal zu Mal größere Wunder bewirken. Jetzt ist es zu spät für Cardassia, neue Macht zu gewinnen. Ich verstehe jetzt, warum das Reich dazu verdammt war, eines Tages nicht mehr weiter zu expandieren. Sie haben mir einen großen Gefallen erwiesen, Captain Sisko. Ich hätte mein Volk vermutlich in den Untergang geführt, wenn ich gegen Männer wie Sie in den Krieg gezogen wäre.«

Er deutete mit der einen Hand auf Sisko und mit der anderen auf den Bildschirm mit den Starfleet-Schiffen, die im Weltraum Stellung bezogen hatten.

»Die Galaxis ist im Verlauf der letzten achtzig Jahre erwachsen geworden, doch einige Dinge werden niemals aussterben. Wenn ich von der Föderation eingekerkert werde, bin ich aus dem Verkehr gezogen... doch sobald etwas nach außen dringt, wird Cardassia sich meinetwegen selbst zerreißen. Mein Volk wird in den Krieg gegen die Föderation ziehen, um mich zurückzuholen. Oder um mich zu vernichten, je nachdem, wie sich die Stimmung entwickelt.« Er kniff leicht die Augen zusammen und starrte auf den Bildschirm, als könnte er dort in die Zukunft sehen. »Ein heiliger Krieg, geführt im Namen eines Gottes, der kein Gott mehr ist... Um mich zu ›retten‹, wird Cardassia die Föderation, die Klingonen, die Romulaner und alle anderen zwingen, sich zu erheben und das Reich zu zerstören. Das kann ich nicht zulassen...« Er hielt inne, dachte kurz nach und fragte dann: »Was ist mit Fransu?«

»Fransu wird vielleicht reden«, antwortete Sisko. »Aber er wird es in irgendeiner Strafkolonie der Föderation tun. Er wird nicht viel Publikum erreichen.«

Der Hohe Gul nickte traurig.

»Captain, ich möchte nicht, daß mein Erbe zum Verderben meines eigenen Volkes wird. Dieser Dummkopf

Fransu hätte mich schon damals töten sollen. Oder mich am Leben lassen. Aber so war es das Schlimmste, was er mir antun konnte. Ich bestehe nicht mehr aus Fleisch und Blut... ich bin zu einer Legende geworden.«

Er drehte sich zu Sisko um.

»Es ist das beste, wenn sich daran nichts ändert.« Er hob eine Hand. Darin hielt er ein kleines Gerät, das nur in Extremsituationen benutzt wurde. »Der Hohe Gul sollte nie wieder erwachen.«

Dann wandte er sich an den Computer. »Aufzeichnung starten!« sagte er.

»Aufzeichnung läuft«, erwiderte die Computerstimme.

Der Hohe Gul entfernte sich einen Schritt von Sisko, entschied dann, daß er immer noch zu nahe war und bezog noch weiter entfernt auf der Brücke Stellung. Er beschäftigte sich eine Weile mit dem Handphaser, als würde er sich für die technische Konstruktion interessieren, als wollte er die seltsamen Zeichen entziffern, die er nie zuvor in seinem Leben gesehen hatte. Fächerung... Photonenenergie... Emission... Strahldichte... Auslöser... Schließlich war er mit der Einstellung zufrieden.

Sisko hob eine Hand, um seine Augen vor dem blendenden Licht zu schützen, als der Hohe Gul vom Orden der Mondsichel sich selbst mit einem sengenden Strahl vom Reich der Lebenden in das der Legenden zurückbeförderte.

23

Ich glaube es einfach nicht!«
In der Zentrale war es kühl und nicht zu hell, und es drang sogar ein frischer Luftstrom aus den Ventilatoren. Auf dem Hauptbildschirm hingen die *Exeter* und das klingonische Kampfschiff in majestätischer Pracht. Die *Exeter* hatte gerade das Wrack der *Rugg'l* ins Schlepptau genommen.

Sisko und Kira standen nebeneinander und starrten fassungslos auf den ewig schlechtgelaunten Ordnungshüter ihrer Station. Der Gestaltwandler war offensichtlich erschöpft, aber er stand nicht mehr unter extremer körperlicher Belastung. Das Gift war aus seinem Körper verschwunden, und Odo lebte noch. Er stand direkt vor ihnen und fühlte sich unter ihren Blicken unwohl.

»Wie haben Sie es aus ihm herausbekommen?« fragte Kira mit einem Seitenblick auf Julian Bashir.

»Ich hatte damit nichts zu tun«, erwiderte der Arzt in gelassenem Tonfall. »Der Chief war es.«

Er deutete auf Miles O'Brien.

Sisko stützte sich mit einer Hand auf einer Konsole ab, da er sich immer noch schwach fühlte, als er sich zum Ingenieur herumdrehte. »Wie haben Sie das gemacht, Chief?«

»Mit einer seit Jahrhunderten bewährten Methode«, sagte O'Brien, während ein verschmitztes Glitzern in seine Augen trat. »Nämlich einer Zentrifuge. Wir haben ihn in einen großen Frachtzylinder gesteckt und das Ganze mit Antigrav-Generatoren in Rotation versetzt, bis sich das Element Eins-zehn ganz außen sammelte.

Dann haben wir es herausgefiltert und in den Weltraum gebeamt, wo es sich nach Herzenslust austoben konnte.«

Kira schüttelte den Kopf. »Ich fasse es einfach nicht!«

O'Brien blickte sie grinsend an. »Weil Sie irrtümlicherweise davon ausgehen, daß er fest ist. Aber Odo ist flüssig. Und eine Flüssigkeit läßt sich relativ einfach in ihre Bestandteile trennen. Warum haben Sie mich nicht früher gefragt?«

Odo blickte unbehaglich zu Boden und hoffte, die anderen würden ihn verstehen und aufhören, ihn pausenlos anzustarren. Er hatte überlebt, und damit war die Sache erledigt.

Sisko blickte der Reihe nach die Leute an, die ihn umringten. Jadzia Dax beobachtete die Szene mit einem abgeklärten Gesichtsausdruck, bei dem sich Sisko zu seiner Überraschung an die uralte Frau des Hohen Gul erinnert fühlte. Neben ihr stand Julian Bashir, der offenbar nur auf einen günstigen Augenblick wartete, den Captain für eine zwölfstündige Erholungspause in die Krankenstation zu schicken.

Kira waren immer noch die Ereignisse der letzten Stunden anzusehen. Sie war unruhig und gehetzt wie Peter Pan, obwohl sie sich vielleicht sogar schämte. Sisko wußte es nicht genau und war so respektvoll, sie nicht danach zu fragen. Indem er nicht weiter darauf einging, teilte er ihr stillschweigend sein Einverständnis mit ihrer Handlungsweise an Bord der *Defiant* mit. Er wußte, daß sie auf einem schmalen Grat balancierte, und er wollte sie nicht aus dem Gleichgewicht bringen.

So standen die Dinge für all jene, die in dieser ungemütlichen Station gestrandet waren. Die aufbrausende Kira übernahm gelegentlich das Kommando oder die Sicherheit, der undurchsichtige Odo verirrte sich ab und zu in der taktischen oder der technischen Abteilung, Sisko kümmerte sich nebenbei um die Sicherheit oder die Verteidigung, während auch der Ingenieur O'Brien mehr als einmal wichtige Entscheidungen getroffen hatte, und bei Dax mußte man ohnehin ständig mit Überraschungen rechnen. Sie waren eine bunt zusammengewürfelte Gruppe ohne klare Abgrenzungen, aber vielleicht war es gerade das, was sie von anderen abgrenzte und sie zusammenhielt.

Und die grauen Wände und dunkelblauen Schatten von *Deep Space Nine* waren so einladend wie eine Waldlichtung im Sonnenschein.

Schließlich wandte er sich wieder Odo zu, ohne seine Bewunderung für den Wächter von Sicherheit und Ordnung in der Station verbergen zu können. »Nun«, sagte er, »ich schätze, diese Geschichte wird sich wie ein Lauffeuer durch den ganzen Sektor verbreiten.«

»Das wäre mir nicht recht, Captain«, sagte Odo, der sehr angespannt wirkte. »Es ist eine unwürdige Vorstellung, auf einen Ingenieur als Arzt angewiesen zu sein, wie ein Cocktail durchgeschüttelt zu werden und ... Es wäre mir lieb, wenn Sie es nicht weitererzählen würden, Chief. Ich danke Ihnen aus ganzem Herzen, doch mehr gibt es dazu nicht zu sagen.«

»Hereinspaziert! Hier bekommen Sie Ihre Autogramme – gegen eine bescheidene Gebühr. Damit werden Sie noch ihre Enkelkinder beeindrucken können! Wir haben eine Aufzeichnung der gesamten Episode und werden sie um Punkt neun Uhr in den Holokammern präsentieren! Hier entlang bitte. – Odo! Diese Leute möchten ein Autogramm von Ihnen!«

»Quark!« rief Odo entsetzt und wich zurück, als würde er von einer Giftschlange bedroht.

Für viele Leute war dies ein sehr treffender Vergleich, doch Sisko hatte inzwischen einen tieferen Einblick in den Charakter des Ferengi gewonnen. Er sah ihn nicht mehr als unsauberen Geschäftsmann, sondern eher als gerissenen Schwindler, der sich selbst am meisten über seine ehrlichen Anwandlungen ärgerte.

»Quark«, mischte Sisko sich ein und packte den kleinen Betrüger am Kragen. »Wo kommen all die Leute her? Ich dachte, die Station wurde evakuiert.«

»Oh, das wurde sie auch, Captain«, sagte Quark. »Bis auf das eine Transportschiff, das sich nicht von den Andockklammern lösen konnte. Die Leute wurden soeben von der Sicherheit herausgeholt, und jetzt besteht wohl keine Veranlassung mehr, sie nach Bajor zu schicken, nicht wahr? Ich meine, wenn sie schon einmal hier sind, sollen sie doch auch etwas davon haben! Außerdem habe ich wegen Odos Zentrifugenholo Kontakt mit dem Flüchtlingslager auf dem Planeten aufgenommen. Wir sind schon bis Mittwoch nachmittag ausgebucht! Meine Damen und Herren! Wenn Sie mir bitte folgen, werde ich mit Ihnen eine kurze Besichtigungstour durch das Operationszentrum von *Deep Space Nine* veranstalten. Es ist ein außerordentliches Privileg, da der Zutritt für Unbefugte normalerweise strengstens verboten ist, wie Sie vielleicht wissen ...«

»Quark!« unterbrach Sisko die Ankündigung des Ferengi. »Nicht hier und nicht jetzt!«

»Selbstverständlich!« rief Quark mit falscher Unterwürfigkeit. »Meine Damen und Herren, hier entlang bitte! Wir stören das Zentrum des Stationsbetriebes, den Herzschlag der Station, die Kommandozentrale ... wenn Sie mir bitte folgen, werde ich Sie zu den Holokammern führen, wo in Kürze die erste Vorstellung beginnt!«

Sisko grinste, als Quark die Schaulustigen durch die Zentrale drängte und sie auf einem langen Umweg zum Turbolift führte. »Keine Sorge, Odo«, sagte er beruhigend, »der Trubel dürfte kaum länger als einen Monat dauern.«

»Und ich kann überhaupt nichts dagegen unternehmen!« stöhnte der ewige Außenseiter. »Ich muß mich in mein Quartier zurückziehen und mich ausruhen. Kommen Sie nicht auf die Idee, nach mir zu sehen, wenn ich mich einen Monat lang nicht blicken lasse! Gute Nacht!«

Odo richtete den Blick starr auf den Boden und marschierte zum nächsten Lift, während Quark seinem Publikum gerade die Schiffstypen auf dem Hauptbildschirm erklärte.

»Armer Odo«, sagte Sisko. »Also gut, alle gehen wieder an ihre Arbeit! Doktor, kümmern Sie sich um die Verwundeten und durchsuchen Sie dann die Station nach Toten. Führen Sie im Zweifelsfall eine Autopsie durch. Dax, wir werden damit beginnen, den geregelten Rücktransport der Bewohner und Besucher vom Planeten zur Station zu organisieren. Vorrang haben Familien mit kleinen Kindern und Händler mit verderblichen Waren. Chief, Sie teilen die Reparaturteams ein. Wir wollen die Station wieder in Schuß bringen.«

Seine Leute teilten sich auf und kehrten zu ihren Posten zurück, während Quark auch noch die letzten Sekunden nutzte, um seine Besichtigungstour fortzusetzen. Sisko gönnte sich ein leises Stöhnen, als er zum ersten Mal darauf achtete, wie verletzt er eigentlich war. Sein rechtes Knie war völlig taub, durch die Schultern zog sich ein Schmerz bis zu den Ohren hinauf, und das Atmen war wegen seiner verletzten Lunge ein ständiger Kampf. Er spürte, daß die Wirkung von Bashirs Medikamenten allmählich nachließ. Seine Wunden machten sich immer schmerzhafter bemerkbar. Er mußte sich erst wieder zusammenflicken lassen, bis er Jake von Bajor zurückholen konnte. Sein Sohn durfte ihn auf keinen Fall so sehen.

Kira beäugte mißtrauisch Quarks Besichtigungsgruppe, als sie neben Sisko trat und dann zum Hauptbildschirm aufblickte. »Die *Potemkin* hat die Kommunikationsdrohnen eingesammelt, die den Sektor blockierten, und die *Hood* sichert die Umgebung. Die Kommunikationsblockade ist vorbei.«

»Gut. Vielen Dank.« Sisko lehnte sich gegen den Situationstisch mitten in der Zentrale.

»Und was jetzt?« fragte Kira. »Wie wird unser Bericht aussehen? Es dürfte eine Menge großer und häßlicher Probleme zwischen Cardassia und allen anderen geben.«

»Erstens«, sagte Sisko nachdenklich, »werden wir die Sache dadurch verzögern, daß wir wichtige Reparaturen durchführen und die Besatzungen der Raumschiffe da drüben auf Landurlaub schicken. Und wenn wir nach einer Woche oder später unseren Bericht abliefern, sieht die Angelegenheit schon gar nicht mehr so schlimm aus.«

»Wieso das?«

»Wenn wir sofort einen Bericht verfassen, wird man sich unverzüglich in die Untersuchungen stürzen. Je länger wir die Sache hinausschieben, desto gelassener wird man sich damit befassen. Die Diplomaten sollen sich mit dem unprovozierten Angriff auf die Station beschäftigen. Wir werden andeuten, daß Gul Fransu ein Schurke war, der nicht auf Befehl des Cardassianischen Zentralkommandos handelte. Wir werden das Ausmaß der Schäden herunterspielen und für die schnelle Rückkehr geordneter Verhältnisse sorgen. Das bin ich dem Hohen Gul schuldig. Er hat seinem außergewöhnlichen Leben selbst ein Ende gesetzt, um Cardassia keinen Grund für einen heiligen Krieg zu geben. Er wußte genau, daß sein Volk gegen die Mächte der Galaxis keine Chance hätte. Ich würde alles zunichte machen, wenn ich schonungslos die Wahrheit hinausposaunen würde. Also denke ich, daß wir uns ein wenig Zeit lassen können.«

Sie hörte ihm aufmerksam zu. Anfangs war sie verwirrt, doch dann ließ sie sich durch seine Argumentation beruhigen. Seine Worte ließen die Anspannung aus ihren Schultern verschwinden, während sie die Gründe für seine Entscheidung einsah.

Diese Veränderung in ihrer Haltung überzeugte auch ihn davon, daß er sich auf dem richtigen Weg befand.

Nicht daß er sich von seinem Entschluß hätte abbringen lassen ...

»Wie werden wir den Hohen Gul darstellen?« fragte sie leise. »Ich weiß nicht mehr, was ich von ihm halten soll. Zu Anfang habe ich ihn gehaßt, aber dann ...«

»Zu Anfang war er nur ein gesichtsloser Feind«, faßte Sisko zusammen. »Doch irgendwann hatte er ein Gesicht. So etwas kommt häufiger vor, Major.«

Sie nickte nachdenklich. »Aber er war hier, er hat Spuren hinterlassen, und jetzt ist er nicht mehr hier. Was werden Sie Starfleet erzählen, wie er gestorben ist?«

Sisko holte tief Luft und atmete langsam aus. »Ich würde sagen, er hat sich den Geistern unserer toten Ehefrauen geopfert.«

Er stieß sich vom Situationstisch ab, mußte einen Augenblick lang um sein Gleichgewicht ringen und humpelte dann zum Turbolift.

»Sie übernehmen die Zentrale, Major«, brummte er auf dem Weg nach draußen.

Kira blickte ihm nach. »Gehen Sie in die Krankenstation, Sir?«

»Wohl oder übel.« Er warf einen Blick zurück über seine blutige Schulter. »Anschließend werde ich mir das Odo-Holo ansehen. Quark, wieviel verlangen Sie für den Eintritt?«

STAR TREK™

in der Reihe
HEYNE SCIENCE FICTION & FANTASY

STAR TREK: CLASSIC SERIE
Vonda N. McIntyre, Star Trek II: Der Zorn des Khan · 06/3971
Vonda N. McIntyre, Der Entropie-Effekt · 06/3988
Robert E. Vardeman, Das Klingonen-Gambit · 06/4035
Lee Correy, Hort des Lebens · 06/4083
Vonda N. McIntyre, Star Trek III: Auf der Suche nach Mr. Spock · 06/4181
S. M. Murdock, Das Netz der Romulaner · 06/4209
Sonni Cooper, Schwarzes Feuer · 06/4270
Robert E. Vardeman, Meuterei auf der Enterprise · 06/4285
Howard Weinstein, Die Macht der Krone · 06/4342
Sondra Marshak & Myrna Culbreath, Das Prometheus-Projekt · 06/4379
Sondra Marshak & Myrna Culbreath, Tödliches Dreieck · 06/4411
A. C. Crispin, Sohn der Vergangenheit · 06/4431
Diane Duane, Der verwundete Himmel · 06/4458
David Dvorkin, Die Trellisane-Konfrontation · 06/4474
Vonda N. McIntyre, Star Trek IV: Zurück in die Gegenwart · 06/4486
Greg Bear, Corona · 06/4499
John M. Ford, Der letzte Schachzug · 06/4528
Diane Duane, Der Feind – mein Verbündeter · 06/4535
Melinda Snodgrass, Die Tränen der Sänger · 06/4551
Jean Lorrah, Mord an der Vulkan Akademie · 06/4568
Janet Kagan, Uhuras Lied · 06/4605
Laurence Yep, Herr der Schatten · 06/4627
Barbara Hambly, Ishmael · 06/4662
J. M. Dillard, Star Trek V: Am Rande des Universums · 06/4682
Della van Hise, Zeit zu töten · 06/4698
Margaret Wander Bonanno, Geiseln für den Frieden · 06/4724
Majliss Larson, Das Faustpfand der Klingonen · 06/4741
J. M. Dillard, Bewußtseinsschatten · 06/4762
Brad Ferguson, Krise auf Centaurus · 06/4776
Diane Carey, Das Schlachtschiff · 06/4804
J. M. Dillard, Dämonen · 06/4819
Diane Duane, Spocks Welt · 06/4830
Diane Carey, Der Verräter · 06/4848
Gene DeWeese, Zwischen den Fronten · 06/4862
J. M. Dillard, Die verlorenen Jahre · 06/4869
Howard Weinstein, Akkalla · 06/4879
Carmen Carter, McCoys Träume · 06/4898

STAR TREK™

Diane Duane & Peter Norwood, Die Romulaner · 06/4907
John M. Ford, Was kostet dieser Planet? · 06/4922
J. M. Dillard, Blutdurst · 06/4929
Gene Roddenberry, Star Trek (I): Der Film · 06/4942
J. M. Dillard, Star Trek VI: Das unentdeckte Land · 06/4943
David Dvorkin, Die Zeitfalle · 06/4996
Barbara Paul, Das Drei-Minuten-Universum · 06/5005
Judith & Garfield Reeves-Stevens, Das Zentralgehirn · 06/5015
Gene DeWeese, Nexus · 06/5019
D. C. Fontana, Vulkans Ruhm · 06/5043
Judith & Garfield Reeves-Stevens, Die erste Direktive · 06/5051
Michael Jan Friedman, Das Doppelgänger-Komplott · 06/5067
Judy Klass, Der Boacozwischenfall · 06/5086
Julia Ecklar, Kobayashi Maru · 06/5103
Peter Norwood, Angriff auf Dekkanar · 06/5147
Carolyn Clowes, Das Pandora-Prinzip · 06/5167
Diana Duane, Die Befehle des Doktors · 06/5247
V. E. Mitchell, Der unsichtbare Gegner · 06/5248
Dana Kramer-Rolls, Der Prüfstein ihrer Vergangenheit · 06/5273
Michael Jan Friedman, Schatten auf der Sonne · 06/5179
Barbara Hambly, Der Kampf ums nackte Überleben · 06/5334
Brad Ferguson, Eine Flagge voller Sterne · 06/5349
J. M. Dillard, Star Trek VII: Generationen · 06/5360
Gene DeWeese, Die Kolonie der Abtrünnigen · 06/5375
Michael Jan Friedman, Späte Rache · 06/5412
Peter David, Der Riß im Kontinuum · 06/5464
Michael Jan Friedman, Gesichter aus Feuer · 06/5465
Peter David/Michael Jan Friedman/Robert Greenberger, Die Enterbten · 06/5466
L. A. Graf, Die Eisfalle · 06/5467
John Vornholt, Zuflucht · 06/5468
L. A. Graf, Der Saboteur · 06/5469
Melissa Crandall, Die Geisterstation · 06/5470
Mel Gilden, Die Raumschiff-Falle · 06/5471
V. E. Mitchell, Tore auf einer toten Welt · 06/5472
Victor Milan, Aus Okeanos Tiefen · 06/5473
Diane Carey, Das große Raumschiff-Rennen · 06/5474
Margaret Wander Bonanno, Die Sonde · 06/5475
Diane Carey, Kirks Bestimmung · 06/5476
L. A. Graf, Feuersturm · 06/5477
A. C. Crispin, Sarek · 06/5478
Simon Hawke, Die Terroristen von Patria · 06/5479
Barbara Hambly, Kreuzwege · 06/5681
L. A. Graf, Ein Sumpf von Intrigen · 06/5682

STAR TREK™

Howard Weinstein, McCoys Tochter · 06/5683
Judith & Garfield Reeves-Stevens, Die Föderation · 06/5684 (in Vorb.)

STAR TREK: THE NEXT GENERATION
David Gerrold, Mission Farpoint · 06/4589
Gene DeWeese, Die Friedenswächter · 06/4646
Carmen Carter, Die Kinder von Hamlin · 06/4685
Jean Lorrah, Überlebende · 06/4705
Peter David, Planet der Waffen · 06/4733
Diane Carey, Gespensterschiff · 06/4757
Howard Weinstein, Macht Hunger · 06/4771
John Vornholt, Masken · 06/4787
David & Daniel Dvorkin, Die Ehre des Captain · 06/4793
Michael Jan Friedman, Ein Ruf in die Dunkelheit · 06/4814
Peter David, Eine Hölle namens Paradies · 06/4837
Jean Lorrah, Metamorphose · 06/4856
Keith Sharee, Gullivers Flüchtlinge · 06/4889
Carmen Carter u. a., Planet des Untergangs · 06/4899
A. C. Crispin, Die Augen der Betrachter · 06/4914
Howard Weinstein, Im Exil · 06/4937
Michael Jan Friedman, Das verschwundene Juwel · 06/4958
John Vornholt, Kontamination · 06/4986
Mel Gilden, Baldwins Entdeckungen · 06/5024
Peter David, Vendetta · 06/5057
Peter David, Eine Lektion in Liebe · 06/5077
Howard Weinstein, Die Macht der Former · 06/5096
Michael Jan Friedman, Wieder vereint · 06/5142
T. L. Mancour, Spartacus · 06/5158
Bill McCay/Eloise Flood, Ketten der Gewalt · 06/5242
V. E. Mitchell, Die Jarada · 06/5279
John Vornholt, Kriegstrommeln · 06/5312
Laurell K. Hamilton, Nacht über Oriana · 06/5342
David Bischoff, Die Epidemie · 06/5356
Diane Carey, Abstieg · 06/5416
Jeri Taylor, Die Zusammenkunft · 06/5418 (in Vorb.)
Michael Jan Friedman, Relikte · 06/5419
Michael Jan Friedman, Die Verurteilung · 06/5444
Simon Hawke, Die Beute der Romulaner · 06/5413
Rebecca Neason, Der Kronprinz · 06/5414
John Peel, Drachenjäger · 06/5415
Diane Duane, Dunkler Spiegel · 06/5417
Susan Wright, Der Mörder des Sli · 06/5438
W. R. Thomson, Planet der Schuldner · 06/5439
Michael Jan Friedman & Kevin Ryan, Requiem · 06/5442

STAR TREK™

Dafydd ab Hugh, Gleichgewicht der Kräfte · 06/5443
Michael Jan Friedman, Die Verurteilung · 06/5444 (in Vorb.)
Peter David, Q$_2$ · 06/5445 (in Vorb.)

STAR TREK: DIE ANFÄNGE
Vonda N. McIntyre, Die erste Mission · 06/4619
Margaret Wander Bonanno, Fremde vom Himmel · 06/4669
Diane Carey, Die letzte Grenze · 06/4714

STAR TREK: DEEP SPACE NINE
J. M. Dillard, Botschafter · 06/5115
Peter David, Die Belagerung · 06/5129
K. W. Jeter, Die Station der Cardassianer · 06/5130
Sandy Schofield, Das große Spiel · 06/5187
Lois Tilton, Verrat · 06/5323
Diane Carey, Die Suche · 06/5432
Esther Friesner, Kriegskind · 06/5430
Melissa Scott, Der Pirat · 06/5434
Nathan Archer, Walhalla · 06/5512
Greg Cox/John Gregory Betancourt, Der Teufel im Himmel · 06/5513
Robert Sheckley, Das Spiel der Laertianer · 06/5514
Diane Carey, Der Weg des Kriegers · 06/5515
Diane Carey, Die Katakombe · 06/5516
Dean Wesley Smith & Kristine Kathryn Rusch, Die lange Nacht · 06/5517 (in Vorb.)

STAR TREK: STARFLEET KADETTEN
John Vornholt, Generationen · 06/6501
Peter David, Worfs erstes Abenteuer · 06/6502
Peter David, Mission auf Dantar · 06/6503
Peter David, Überleben · 06/6504
Brad Strickland, Das Sternengespenst · 06/6505
Brad Strickland, In den Wüsten von Bajor · 06/6506
John Peel, Freiheitskämpfer · 06/6507
Mel Gilden & Ted Pedersen, Das Schoßtierchen · 06/6508
John Vornholt, Erobert die Flagge! · 06/6509
V. E. Mitchell, Die Atlantis Station · 06/6510
Michael Jan Friedman, Die verschwundene Besatzung · 06/6511
Michael Jan Friedman, Das Echsenvolk · 06/6512
Diane G. Gallagher, Arcade · 06/6513
John Peel, Ein Trip durch das Wurmloch · 06/6514
Brad & Barbara Strickland, Kadett Jean-Luc Picard · 06/6515

STAR TREK™

Brad & Barbara Strickland, Picards erstes Kommando · 06/6516
  (in Vorb.)
Brad & Barbara Strickland, Zigeunerwelt · 06/6517 (in Vorb.)

STAR TREK: VOYAGER
L. A. Graf, Der Beschützer · 06/5401
Peter David, Die Flucht · 06/5402
Nathan Archer, Ragnarök · 06/5403
Susan Wright, Verletzungen · 06/5404
John Betancourt, Der Arbuk-Zwischenfall · 06/5405
Christie Golden, Die ermordete Sonne · 06/5406
Mark A. Garland & Charles G. McGraw, Geisterhafte Visionen ·
  06/5407
S. N. Lewitt, Cybersong · 06/5408

DAS STAR TREK-UNIVERSUM, 2 Bde.,
überarbeitete und aktualisierte Neuausgabe!
von *Ralph Sander* · 06/5150

DAS STAR TREK-UNIVERSUM, 1. Ergänzungsband
von *Ralph Sander* · 06/5151

DAS STAR TREK-UNIVERSUM, 2. Ergänzungsband
von *Ralph Sander* · 06/5270

William Shatner/Chris Kreski, Star Trek Erinnerungen · 06/5188
William Shatner/Chris Kreski, Star Trek Erinnerungen: Die Filme ·
  06/5450

Phil Farrand, Cap'n Beckmessers Führer durch
  STAR TREK – DIE NÄCHSTE GENERATION · 06/5199
Phil Farrand, Cap'n Beckmessers Führer durch
  STAR TREK – DIE CLASSIC SERIE · 06/5451

Ralph Sander, Star Trek Timer 1997 · 06/1997
Nichelle Nichols, Nicht nur Uhura · 06/5547
Leonard Nimoy, Ich bin Spock · 06/5548
Lawrence M. Krauss, Die Physik von Star Trek · 06/5549
J. M. Dillard, Star Trek: Wo bisher noch niemand gewesen ist ·
  06/6500
Judith & Garfield Reeves-Stevens, Star Trek – Deep Space Nine:
  Die Realisierung einer Idee · 06/5550
Judith & Garfield Reeves-Steven, Star Trek Design · 06/5545
Aris Kazidian & Bruce Jacoby, Das Star Trek Kochbuch · 06/5546

Diese Liste ist eine Bibliographie erschienener Titel
KEIN VERZEICHNIS LIEFERBARER BÜCHER!

Lois McMaster Bujold

Romane aus dem preisgekrönten Barrayer-Zyklus der amerikanischen Autorin

Waffenbrüder
Band 7
06/5538

Spiegeltanz
Band 8
06/5885

06/5885

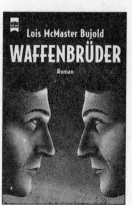

06/5538

Heyne-Taschenbücher

Das Comeback einer Legende

George Lucas ultimatives Weltraumabenteuer geht weiter!

01/9373

Kevin J. Anderson
Flucht ins Ungewisse
1. Roman der Trilogie »Die Akademie der Jedi Ritter«
01/9373

Der Geist des Dunklen Lords
2. Roman der Trilogie »Die Akademie der Jedi Ritter«
01/9375

Die Meister der Macht
3. Roman der Trilogie »Die Akademie der Jedi Ritter«
01/9376

Roger MacBride Allen
Der Hinterhalt
1. Roman der Corellia-Trilogie
01/10201

Angriff auf Selonia
2. Roman der Corellia-Trilogie
01/10202

Vonda McIntyre
Der Kristallstern
01/9970

Kathy Tyers
Der Pakt von Bakura
01/9372

Dave Wolverton
Entführung nach Dathomir
01/9374

Heyne-Taschenbücher